जीवन - एक कसौटी

श्रेष्ठ मानव ही उत्कृष्ट समाज का निर्माता है

सतीश चंद्र जोशी

सर्वाधिकार © 2023 सतीश चन्द्र जोशी

यह एक काल्पनिक कृति है। नाम, वर्ण, व्यवसाय, स्थान, और घटनायें या तो लेखक की कल्पना का उत्पाद है या एक कल्पित तरीके से इस्तेमाल की गई हैं। वास्तविक व्यक्तियों, जीवित या मृत, या वास्तविक घटनाओं के साथ कोई भी समानता विशुद्ध रूप से संयोग होगा।

प्रथम संस्करण: फ़रवरी 2023
भारत में मुद्रित

टाइप: कोकिला / कलाम

ISBN: 978-93-95374-98-9

आवरण रचना: कोमल लालवानी

प्रकाशक: स्टोरीमिरर इंफोटेक प्राईवेट लिमिटेड,
7वीं मंजिल, एल तारा बिल्डिंग, डेल्फी बिल्डिंग के पीछे,
हीरानंदानी गार्डन, पवई, मुंबई,
महाराष्ट्र - 400076, भारत

Web: storymirror.com
Facebook: @storymirror
Instagram: @storymirror
Twitter: @story_mirror
Contact Us: marketing@storymirror.com

इस प्रकाशन का कोई भी हिस्सा, इलेक्ट्रोनिक, मैकेनिकल, फोटोकॉपी, रिकॉर्डिंग या अन्यथा द्वारा, के रूप में या किसी भी तरह, लेखक/प्रकाशक की पूर्व अनुमति के बिना, पुनरूत्पादित, हस्तांतरित, या किसी भी पुनर्प्राप्ति प्रणाली में संग्रहीत नहीं किया जाना चाहिए।

<u>समर्पण</u>

मैं अपनी पुस्तक 'जीवन एक कसौटी' अपने **गुरुजन, माता-पिता, पत्नी** व बच्चों **समीर, ऋचा, शिशिर** और **मिताली** तथा पौत्री **आरिका** एवम् पौत्र द्वय **श्रेय** और **आरव जोशी** को समर्पित करता हूँ।

मेरे जीवन की समग्रता व सफलता आप सभी के प्रयासों का परिणाम है।

धन्यवाद!

सतीश चन्द्र जोशी

आभार

मैं सतीश चन्द्र जोशी सर्वप्रथम अपने माता-पिता का हृदयतल से आभार व्यक्त करता हूँ। जिनके संस्कारों व सद्विचारों ने मुझे सदैव प्रत्येक परिस्थिति में सकारात्मक बने रहने की प्रेरणा दी।

मैं अपनी सहधर्मिणी 'दिनेश्वरी जी' का भी धन्यवाद ज्ञापित करता हूँ। मेरी पत्नी ने मेरे हर फैसले में मेरा सदैव सहयोग किया है। जब भी मुझे किसी सलाह की आवश्यकता होती, मेरी पत्नी ने एक सच्चे मित्र की भांति हमेशा मेरा मार्गदर्शन भी किया है। मेरी पत्नी ने मेरे लेखन में कभी बाधा नहीं आने दी एवं लेखन के प्रति सदैव अग्रसर रहने की प्रेरणा दी।

मेरे बच्चों 'शिशिर और मिताली' ने मुझे लेखन के लिए प्रेरित किया और हमेशा स्नेह से मेरे जीवन को गुंजायमान किया है। मेरे पौत्र श्रेय जोशी एवं मित्रों ने सदैव प्रत्यक्ष व अप्रत्यक्ष रूप से मेरा उत्साहवर्धन किया है।

अन्ततोगत्वा, मैं स्टोरी मिरर प्रकाशक समूह का हृदय से आभार व्यक्त करना चाहता हूँ। जिन्होंने मेरी पुस्तक को एक साकार रूप प्रदान किया है। स्टोरी मिरर के माननीय सदस्यों श्री बिभु दत्ता राउत जी, श्री हितेश जैन जी, श्री श्रेयस प्रथमशेट्टी जी, श्रीमती दिव्या मीरचंदानी जी एवं डॉ. शिखा माहेश्वरी जी का हृदयतल से आभार व्यक्त करना अपना परम कर्तव्य व नैतिक जिम्मेदारी समझता हूँ। मैं उम्मीद करता हूँ कि, पाठकगण भी मुझे व मेरी पुस्तक को ढेर सारा स्नेह अवश्य देंगे।

धन्यवाद!

सतीश चन्द्र जोशी

प्राक्कथन

जीवन हमेशा ही कसौटी रहा है। जीवन के खट्टे - मीठे अनुभव ही जीवन को सार्थकता प्रदान करते हैं। अच्छे बुरे दिनों, घटनाओं, परिणामों का विस्तृत रूप जीवन है।

जीवन भले ही छोटा हो या बड़ा, उसमें आत्मीयता, तरलता, शुचिता, सहृदयता, सात्विकता, सरलता, सकारात्मकता का रहना उतना ही महत्वपूर्ण है जितना जीने के लिए साँसें। "जीवन एक कसौटी" में जितने भी चरित्र हैं उनकी सार्थकता इसी में चरितार्थ होती है कि हर घटना पानी के बहाव की तरह बहती रहती है, घटती रहती है। सदाचार, सद्गुण, सद्व्यवहार सभी गुणों का समावेश हर पात्र में कम या अधिक मात्रा में मिलता है। स्त्री - पुरुष चाहे किसी भी उम्र के हो, समुदाय के हो, जाति के हो, सभी में आपसी सौहार्द है। जीने की कला को बताया गया है। दिन आयेंगे चले जायेंगे, उसी प्रकार व्यक्ति और घटनाएँ आयेंगी और चली जायेंगी। घर, परिवार, नौकरी, समाज, संस्कृति, पूजा – पाठ, धार्मिक कार्यों का निर्वाह करते हुए जीवन को सुचारू रूप से चलाने के अनेक गुण इस पुस्तक में मिल सकते हैं।

आदर्श परिवार, आदर्श समाज की परिकल्पना को अपना ध्येय मानते हुए समाज सेवा को सर्वोपरि कहा गया है। हर उम्र में व्यक्ति की जरूरतें बदलती रहती हैं और बदलती रहेंगी यही जीवन चक्र है। जो आज है वो कल

नहीं होगा। समय का चक्र चलता रहेगा। जीवन परिवर्तनशील है, जीवन -
मरण एक अपरिवर्तनीय सत्य क्रम है।

संक्षेप में कहें तो "जीवन एक परख और कसौटी है जिसमें, अपनी
सामर्थ्य का परिचय देने पर ही कुछ पाया जा सकता है"

- सतीश चन्द्र जोशी

विषय सूची

कल रात देर से आँख लगी थी और कब सुबह हुई पता ही नहीं चला। कौवों की कांव-कांव और चिड़ियों की चहचहाहट से फिर सो नहीं पाया। बिस्तर से उठ कर खिड़की का पर्दा सरकाया और बाहर सुदूर में निहारने लगा। आकाश में सूर्य के आगमन की लालिमा देखकर मन विभोर हो उठा। घर के पीछे बने रसोईघर से खटपट की आवाज आ रही थी। शायद राधा चाय बना रही होगी। बाड़े में बंधी नंदिनी गाय रम्भा रही है।

"बड़े साहब! चाय बन गई है, बरामदे में लगा दूँ?" सेवकराम ने दस्तक देते हुए आकर पूछा।

"ठीक है" मैंने जवाब दिया।

मैं बरामदे में जाकर बैठ गया। चाय आ गई थी। चुस्की लेते हुए मैं आँगन में खेलते हुए सेवकराम के बच्चों को देख रहा था।

सेवकराम और राधा के दो बेटे हैं, बड़ा विष्णु आठ साल का और छोटा सुदामा छः वर्ष का, दोनों घर के पास ही कस्बे के सरकारी स्कूल में पढने जाते हैं।

सेवकराम मेरे साथ कई सालों से रह रहा है। अब तो वह परिवार का एक सदस्य जैसा ही है। उसकी शादी मेरी पत्नी ने ही करवाई थी, तब से उसकी पत्नी राधा भी साथ ही रहती है।

चाय पीकर मैं नहाने चला गया। नहाकर बाथरूम से निकल कपड़े पहन ही रहा था कि गुरमीत की आवाज सुनाई दी, वह सेवकराम से बातें कर रहा था। मैं जल्दी-जल्दी तैयार होकर बरामदे में आया। उससे दुआ-सलाम हुई, फिर वहीं लॉन

में हम दोनों बैठ गए।

गुरमीत ने मेरी आंखों में झांकते हुए कहा, "एक अच्छी खबर है इसलिए, सुबह सुबह ही तुम्हें बताने चला आया।"

मैंने पूछा, "ऐसी क्या बात है जो तुझसे रहा नहीं गया?"

वह मुझे टालते हुए बोला, "बात ही कुछ ऐसी है यार! वैसे सेवकराम बता रहा था कि नाश्ता तैयार चुका है, चल पहले नाश्ता कर लें, फिर इत्मिनान से सुनाता हूँ।"

सेवकराम ने वहीं हम दोनों के लिए नाश्ता लगा दिया। नाश्ता शुरू करने से पहले ही मेरे सब्र का बाँध टूट गया। दोबारा पूछ लिया उससे, "अब तो बता दे बात क्या है? क्या तेरी गाय ने बछिया जनी है? या तेरा बेटा कनाडा से आ रहा है?"

उसने मुझे उकसाते हुए कहा, "सुनकर उछल पड़ेगा, खबर ही ऐसी है।"

मैं सोच में पड़ गया और गुरमीत पराठे उड़ाने में। कुछ देर ख़ामोश रहने के बाद उसने आगे कहा, "कोई आने वाला है, अब सोचो कौन हो सकता है?"

मैंने थक हार कर बेसब्री से कहा, "यार! तुम ही बता दो, कौन आ रहा है?"

"ठीक है, तो सुनो, आने वाला अपने बचपन का दोस्त है, अब नाम बताओ।"

बहुत देर सोचता रहा आखिर हताश होकर उससे कहा, "अब बता भी दे मेरे भाई! पहेलियां मत बुझा।"

"बात यह है मेरे भाई कि, आज नफीसा आ रही है" धीमी आवाज में फुसफुसाते हुए गुरमीत ने कहा।

मैं अवाक् होकर बोला, "क्या? नफीसा...कब?"

गुरमीत ने मुस्कुरा कर कहा, "आज दोपहर को। पर एक बात अभी से बोल देता हूँ...अब तुम लोग मुझे अनारकली बनाकर नचा नहीं पाओगे।" और हम दोनों ठहाके लगाकर हँसने लगे। पुरानी यादें ताजा हो गई, कितना प्यारा था हमारा बचपन!

मैं, शरीफ़ और गुरमीत तीन दोस्त थे। नफीसा, शरीफ़ की छोटी बहन थी, हमसे करीब दो साल छोटी। एहमद नूर चाचा के दो ही बच्चे थे। वे कचहरी में मुंशी थे और उनका घर हमारे घर से कुछ ही दूरी पर था।

गुरमीत का घर गली के नुक्कड़ पर था। उसके दो बड़े भाई और थे, गुरमीत

सबसे छोटा था। उसके पिताजी सरदार हवेलीराम जुनेजा का लकड़ी का पीठा था जहाँ से सब लोग जलाऊ और इमारती लकड़ी खरीदते थे। गौतम नगर जहां हम रहते थे, जिले का सब डिवीजन था और मेरे पिताजी नगर के एस. डी. एम.। मैं उनका इकलौता बेटा था। खूब लाड़ प्यार में पला बढ़ा। मेरे पिताजी आर्य समाज के नियमों का पालन करते थे। सप्ताह में एक दिन हमारे घर में हवन होता था। उस दिन घर में खूब चहल-पहल रहती थी। हवन के पश्चात् मेरे पिताजी, पंडित श्यामा प्रसाद शुक्ला और माँ मनोरमा देवी सब अतिथिगणों को स्वयं परोसगारी कर बड़े प्रेमभाव से भोजन कराते थे।

माँ का चौका, घर में एक ऐसा स्थान था जहाँ बगैर स्नान किये प्रवेश निषेध था। फिर भी कभी-कभी मैं चोरी छुपे वहां घुसकर मिठाई खा लिया करता था।

मैं, शरीफ़ और गुरमीत तीनों चौथी कक्षा में एक साथ पढ़ते थे। मैं पहले घर से निकलकर शरीफ़ को आवाज लगाता था, फिर दोनों मिलकर गुरमीत के घर जाते थे। स्कूल घर से कुछ दूर था, पैदल जाने में करीब आधा घंटा लग जाता था। रास्ते में चौक से गुजरते हुए घंटाघर पार करके कुतुब पतंग वाले की दुकान के पास वाली गली से निकलकर कचहरी रोड़ के आखिर में हमारा स्कूल था। लम्बे बरामदे वाली स्कूल बिल्डींग में कई कमरे थे। हर कमरे के दरवाजे पर कक्षा और विभाग लिखा हुआ था। आखिरी कमरे में हेडमास्टर साहब का दफ्तर था। सामने खेल के लिए मैदान था। जिसके चारों ओर छायादार पेड़ थे। एक दिन हम सब बच्चे मैदान में बातचीत करने में मशगूल थे। तभी सीताराम भैया ने घंटी बजा दी, टन-टन-टन घंटी की आवाज़ सुनकर सब अपनी-अपनी क्लास की ओर दौड़े।

हम तीनों दोस्त भी अपनी क्लास में जा बैठे। हाजिरी लगना शुरू हुई। उपस्थित और प्रेजेंट सर की आवाजें आने लगी। हाजिरी समाप्त होने के बाद मास्टर साहब ने ध्रुव की कहानी पढ़ाना शुरू किया। पढ़ाते हुए उन्होंने बीच में रुककर सुरेश से पूछा, "राजा उत्तानपाद की कितनी रानियाँ थी?" वह सकपका गया उसका ध्यान कक्षा में नहीं था, मुँह नीचा करके खड़ा रहा।

"अच्छा शरीफ़ तुम बताओ" मास्टर जी ने कहा।

शरीफ़ ने उत्तर दिया, "राजा की दो रानियाँ थी, बड़ी सुनीति और छोटी सुरुचि।"

मास्टर जी ने संतुष्ट होकर कहा, "बिलकुल सही, ठीक है, बैठ जाओ।"

"हाँ तो आगे कहानी यह है कि, रानी सुनीति का बेटा ध्रुव और सुरुचि के बेटे का नाम उत्तम था। राजा उत्तानपाद अपनी छोटी रानी सुरुचि को अधिक चाहते थे इसलिए बड़ी रानी सुनीति हमेशा उपेक्षित रहती थी। एक दिन सुबह-सुबह ध्रुव खेलते हुए राजा की गोद में जा बैठा। यह देखकर छोटी रानी सुरुचि क्रोधित हो गई और उसे खींचकर गोद से उतार दिया। रानी बोली हे, ध्रुव! यह स्थान और सिंहासन तुम्हारे लिए नहीं है, इस पर केवल मेरे पुत्र उत्तम का अधिकार है। यह सुनकर तिरस्कृत ध्रुव रोने लगा और उसने जाकर सब बात अपनी माँ को बताई।" मास्टर साहब पढ़ा ही रहे थे कि इतने में सीताराम भैया ने घंटी बजाई टन-टन-टन और सब बच्चे मैदान की तरफ दौड़ पड़े।

शरीफ़ मेरा सबसे प्रिय और आदर्श दोस्त है। बचपन में साथ खेले, पढ़े और बड़े हुए हम। शरीफ ऊँची कद-काठी का सुडौल और आकर्षक शरीर का मालिक है। उसकी बोलती आँखों में अजीब-सी कशिश है। पचास पार होने के बाद भी उसमें वही आकर्षण बरक़रार है। उसे अनुशासित और व्यवस्थित रहना पसंद है।

जब हम कक्षा पाँचवी में पढ़ते थे तब एक दिन सुबह रविवार को शरीफ़ ने आवाज दी, "किशन ओ किशन! क्या कर रहा है?"

मैंने कहा, "स्कूल का बस्ता जमा रहा हूँ, कल के लिए।"

"अरे! छोड़ उसे, जल्दी आ कहीं चलना है।"

मैं बाहर आया, उसने कहा, "चल गुरमीत को भी ले लेते हैं।" हम दोनों गुरमीत के घर चल दिए। उसके घर पहुँचे, वह बाहर बरामदे में रखी उसकी सायकिल साफ़ कर रहा था। हम दोनों को देख सफाई का कपड़ा छोड़ आकर उसने पूछा, "कहीं चलना है क्या?"

हम दोनों एक साथ बोले, "हाँ।"

उसने सहमति में सर हिलाया और बोला, "पहले गुरुद्वारा चलेंगे, मत्था टेकेंगे, प्रसाद पा के आगे का काम। बोलो मंजूर?"

हमने कहा, "सब मंजूर...अब चलें?"

गुरमीत, "अरे रुको, तुम दोनों के लिए सरोपा तो ले लूँ" फिर घर में जाकर

सरोपा ले आया और हम तीनों चल पड़े गुरुद्वारा की तरफ। गुरुद्वारा पहुंचकर हाथ-पैर धोये, सर पर सरोपा बाँधा, मत्था टेका, ग्रंथी जी ने तीनों को आशीर्वाद दिया। दोने में प्रसाद लेकर तीनों वहीं चबूतरे पर बैठकर खाते हुए आज का प्लान बनाने लगे।

शरीफ़ का प्लान था छोगालाल के बगीचे की सैर, वजह समझाते हुए उसने कहा, "इन दिनों अमरुद और बेर पूरी बहार पर हैं। रसीले फलों का लुत्फ लेंगे और वैसे भी वह हमें कई दिनों से बुला रहा है।" गुरमीत ने मेरी आँखों में झाँका, मैंने सहमति में सिर हिला दिया और फिर तीनों चल दिए।

घोड़ेवाला चौक पार कर के सदर बाजार से गुजरते हुए कमल तालाब से कुछ दूरी पर ही छोगालाल का बगीचा था। संकरे रास्ते से होते हुए हम कुछ ही दूर पहुँचे थे तभी छोगालाल दिख गया शायद पेड़ों की गुढ़ाई कर रहा था। हमें देखकर दौड़कर पास आया और बोला, "यार! तुम लोगों ने तो आज मेरे घर आकर दिल खुश कर दिया। आओ, पहले कुएं के ठंडे-ठंडे पानी से हाथ-पैर धो लो और फिर मैं तुमको बगीचे की सैर कराता हूँ।"

हाथ-पैर धो, ठंडा पानी पीकर हम उसके साथ पीछे पीछे चल दिए। पहले उसने फूलवाड़ी दिखाई, वहां कई रंग-बिरंगे फूलों के पौधे क्यारियों में लगाए गए थे। फूलों से दिलखुश महक भी आ रही थी। गुलाब की क्यारियों में फूलों पर रंग बिरंगी तितलियाँ मंडरा रही थी। हम तीनों प्रसन्न होकर वाह-वाह कर उठे। छोगालाल के पिताजी शहर में बेचने के लिए फूल चुन रहे हैं। उन्हें देख हम तीनों ने उनको नमस्ते की। खुश होकर हमारा अभिवादन स्वीकार करते हुए उन्होंने छोगालाल से कहा, "बेटा! अपने दोस्तों को बगीचे के अमरुद और बेर खिलाओ।"

फिर हम तीनों चल दिए छोगालाल के साथ मीठे-रसीले अमरुद खाने पीछे बगीचे में। बगीचे में एक अमरुद का पेड़ ऐसा था, जिसमें कम बीजों के गुलाबी गुदे वाले अमरुद लगते थे जो आकार में गोल न होकर कुछ लम्बे होते थे। हम तीनों उस पर टूट पड़े। गुरमीत को एक बड़ा फल मिला जिसे हम चारों ने बाँट कर खाया।

अभी हम रसीले अमरुद का मजा ले रहे थे कि किसी ने पुकारा, "किशन भैया।" पलटकर देखा तो रामू काका है।

बोले, "भैया आप मेमसाब को बिना बताये आ गए वे आपकी फिक्र कर

रही हैं।"

मैंने कहा, "हाँ, भूल तो हो गई। क्या आप मुझे ढूँढ़ते हुए यहाँ आये हो?"

उन्होंने कहा, "नहीं मैं तो पूजा के लिए फूल और फल लेने आया हूँ।"

मैंने कहा, "ठीक है आप घर पहुंच कर माताजी को बता देना कि मैं, गुरमीत और शरीफ़ के साथ घूमते हुए छोगालाल के बगीचे में अमरूद खाने आया हूं, एक-दो घंटे में वापस घर आ जाऊंगा।"

छोगालाल का घर भी बगीचे में ही था। उसकी मां ने हमसे आग्रह करते हुए कहा, "बेटा! भोजन का समय हो गया है। भूख लगी होगी, आप लोग मकई की रोटी खाओगे? मैंने आज बैंगन की सब्जी बनाई है।"

हमारे कुछ बोलने से पहले ही गुरमीत तपाक से बोल उठा, "जरुर चाची जी, मुझे बैंगन की सब्जी बहुत पसंद है" और हम हँसते हुए उसके घर के बरामदे में रखी चारपाई पर जाकर बैठ गए। कुछ ही देर में छोगालाल हमारे लिए गरमागरम मकई की रोटी और बैंगन की सब्जी लेकर आ गया। खाने की स्वादिष्ट खुशबू से भूख भी लग गई थी। सब ने प्रेम से खाया।

कुछ समय तक हम चारों दोस्त गपशप करते रहे। दोपहर हो चली थी, शरीफ़ ने मुझसे कहा, "अब घर चलना चाहिए वरना डांट पड़ेगी।" हमने चाची को भोजन के लिए धन्यवाद दिया और छोगालाल से बिदाई लेकर वापस घर की ओर चल दिए।

वापसी में शरीफ़ ने हम दोनों से पूछा, अगले रविवार को क्या करेंगे? मैंने तपाक से जवाब दिया, "रविवार को नफीसा और चाची तालाब पर कपड़े धोने जाती हैं उनके साथ हम भी जायेंगे। वे दोनों कपड़े धो लेंगे और हम तीनों तालाब में नहायेंगे, पानी में तैरे बहुत दिन हो गए यार!"

तीनों की सहमति से तालाब जाना पक्का हो गया और छः दिन बाद अगला रविवार भी आ गया। मैंने सुबह उठकर ही अम्मा को बता दिया था कि आज हम चाची और नफीसा के साथ तालाब जायेंगे। जल्दी-जल्दी नाश्ता किया, दूध पिया और एक जोड़ी कपड़े, तौलिया आदि एक झोले में रखकर माताजी को कहकर मैं शरीफ़ के घर चल दिया।

नफीसा मैले कपड़े इकट्ठा कर रही है। शरीफ़ तैयार है। चाची ने साबुन, बाल्टी, तगारी वगैरह लिया और फिर हम लोग तालाब की तरफ चल दिए। रास्ते से गुरमीत को लिया और पहुँच गए तालाब। सुबह के करीब दस बजे होंगे, हल्की-हल्की हवा चल रही है। तालाब में नीली आभा लिए गुलाबी कमल खिले हुए हैं। हम सब कपड़ा धोने वाले घाट पर गए। चाची और नफीसा ने मैले कपड़ों को सोडे में भिगोकर रख दिया। रंगीन कपड़े अलग और सफ़ेद अलग। हम तीनों के भी कमीज और बनियान निकलवाकर भिगो दिए ताकि मैल छूट जाए।

अब तीनों निकर पहने हुए सीढ़ियाँ उतरते हुए पानी के नजदीक आ गए। आखिरी सीढ़ी पर बैठकर पानी में पैर डुबाकर बैठने में अलग ही आनंद है।

हम तीनों में से केवल शरीफ़ को ही अच्छी तरह तैरना आता है, मुझे थोडा-थोडा और गुरमीत अभी सिख रहा है। शरीफ़ पानी में उतर गया और तैरकर एक चक्कर लगाकर वापस आया। मैंने गुरमीत के तैरने के लिए चाची से एक पायजामा माँगा और उसके तीनों सिरे कसकर बाँध दिए फिर उसे पानी में डालकर मुँह से हवा भरकर फूलाना शुरू किया और लो गुरमीत के तैरने के लिए साधन तैयार हो गया। वह उस पर बीच में लेटकर हाथ-पैर चलाने लगा। शरीफ़ उसकी तैरने में मदद कर रहा था। मैं भी छलांग लगाने के लिए तैयार हो गया और, कूद गया पानी में।

चाची और नफीसा ने सारे कपड़े धोकर और निचोड़कर एक तगारी में रख छोड़े थे। चाची ने हमें आवाज लगाई, "अब पानी से बाहर आ जाओ तीनों और कपड़े सुखाने में हमारी मदद करो।" हम तीनों ने मिलकर कपड़े सूखने के लिए झाड़ियों पर फैला दिए।

गुरमीत कुछ याद करते हुए बोला, "यार! मुझे बीजी ने कमल ककड़ी लेकर आने को कहा था।"

"ठीक है" शरीफ़ ने उसकी परेशानी जानकर कहा, "फिकर मत कर, अभी लेकर आता हूँ" और तालाब में कूद गया।

वापस घर जाने का समय हो चला। चाची ने सूखे कपड़े समेटे और उनकी गठरी बांधकर शरीफ़ से कहा, "तुम तीनों इसे उठाकर घर ले जाओ हम नहाकर आते हैं।" हमने घर की राह पकड़ी।

गुरमीत का घर आने वाला था। शरीफ़ ने उससे कहा, "दोपहर में आ जाना,

आज एक नया प्लान है।''

गुरमीत ने कहा ''ठीक है, खाना खाकर आ जाऊँगा।'' उसे छोड़कर हम दोनों अपने घर की ओर चल दिए।

राह चलते मैंने शरीफ़ से पूछा, ''क्या नया प्लान है?''

उसने कहा, ''मेरे पास सिनेमा रील की बहुत सारी फ़िल्में और बिल्लोरी कांच भी है। तुम अपने घर से जूतों का एक खाली डिब्बा लेते आना बस, आज प्रोजेक्टर बनाकर सिनेमा देखेंगे।'' मैंने खुश होकर कहा, "ले आऊंगा खाली डिब्बा"

शरीफ़ के दिमाग में नयी-नयी तकनीक की योजनायें जन्म लेती रहती थी।

लगभग तीन बजे होंगे, पिताजी खाना खाकर लेटे थे, अम्मा दाल बीन रही थी और चाचा जी अपने कमरे में पढ़ाई कर रहे थे। मैंने अम्मा से कहा, ''मैं शरीफ़ के घर खेलने जा रहा हूँ।'' और चल दिया। शरीफ़ के घर पहुँचने ही वाला था कि सामने से गुरमीत आता हुआ दिखाई दिया। हम दोनों करीब-करीब एक साथ शरीफ़ के घर पहुँचे। शरीफ़ ने मुझसे खाली डिब्बा लिया और उसमें दोनों ओर छेद करके एक तरफ बिल्लोरी कांच लगा दिया और दूसरी तरफ फिल्म लगाने के लिए चौकोर साकेट चिपका दिया। और इस तरह हमारा प्रोजेक्टर बन गया। अब शीशे से धूप में जाकर बिल्लोरी कांच में रोशनी डालनी थी ताकि दीवार पर बिंब बन जाए। गुरमीत को शीशा दिया गया, उसने धूप में जाकर फोकस करके रोशनी प्रोजेक्टर की तरफ़ की परन्तु फोकस ठीक नहीं होने से फिल्म धुँधली दिखाई दे रही थी। शरीफ़ ने कुछ एडजस्टमेंट किया और सामने दीवार पर 'मुगले आजम' फिल्म का दृश्य दिखाई देने लगा। शरीफ़ एक-एक करके नयी-नयी फिल्म बदल रहा था और हम खूब चाव से देख रहे थे। कुछ देर बाद नफीसा भी आ गई और फिर चल पड़े हर दृश्य पर अपने-अपने कमेंट्स। जब अनारकली का दृश्य दिखाई दिया तब नफीसा ने कहा यहीं पर रोक दो, अब ऐसा करते हैं कि मैं इस दृश्य का गाना गाऊंगी और गुरमीत अनारकली बनकर नाचेगा। कुछ देर ना नुकुर करने के बाद गुरमीत को मना लिया गया और फिर उसे नफीसा के कपड़े पहनाए गए। नफीसा ने उसके बालों की चोंटी भी गूंथ दी। गुरमीत के अनारकली की तरह तैयार होने के बाद नफीसा ने गाना शुरू किया " प्यार किया तो डरना क्या" गाने के बोल पर गुरमीत के पैर थिरकने लगे। गुरमीत नाच रहा था और शरीफ के साथ साथ मैं भी अपनी हंसी नहीं रोक पा रहा

था।

इसी तरह हंसते हंसाते कब शाम हो गयी पता ही नहीं चला।

हमारी मस्ती चल ही रही थी कि बाहर से रामू काका की आवाज आई, "भैया! घर चलो, अम्मा जी बुला रही है।" फिर मैं दोस्तों से विदा लेकर घर की ओर चल दिया।

पाँचवी कक्षा की परीक्षा नजदीक आ गई थी। हम तीनों खूब पढाई कर रहे थे। एक दिन विचार आया क्यों न इकट्ठा होकर पढाई करें ताकि कोई कठिन सवाल हो तो मिलकर हल किया जा सके। मेरा घर बड़ा था। रात में बाहर बरामदे में बड़े-बड़े दो लैंप भी जलाये जाते थे। हमारे नगर में बिजली नहीं थी। मेरे घर में पाँच कमरे थे। चाचा और मेरा अलग-अलग कमरा था। चाचा कॉलेज की पढाई कर रहे थे। मैंने अम्मा से पूछा, "क्या मैं शरीफ़ और गुरमीत को अपने घर पढाई के लिए बुला सकता हूं?" उन्होंने खुश होकर अपनी सहमति दे दी। फिर क्या था, चल दिया दोस्तों के घर और अपना प्रस्ताव रखा कि आज से सब मेरे घर पर इकट्ठा होकर पढाई करेंगे। इस तरह मेरे घर पर हमारी परीक्षा की तैयारी शुरू हो गई।हमारी पढ़ाई का टाइम टेबल चाचा ने तीन भागों में बनाया था। सुबह नौ से बारह बजे, उसके बाद तीन से शाम छः बजे और रात में आठ बजे से दस बजे तक पढाई होने लगी। गणित के सवालों को हल करने में चाचा हमारी मदद कर देते थे।गुरमीत और शरीफ दोपहर में उनके घर जाकर तीन बजे से पहले वापस आ जाते थे। शाम को हम तीनों एक घंटा खेलते थे।

इसी तरह पढ़ाई करते हुए एक महिना बीत गया और परीक्षा का समय आ गया। शरीफ़ तो गणित में तेज था, गुरमीत भी ठीक-ठीक कर लेता था, परन्तु मेरे मन में गणित विषय को लेकर एक अनजाना-सा डर हमेशा बना रहता था। सोचता था किसी तरह पास हो जाऊं बस। हम तीनों के सभी पेपर अच्छे गए थे और परीक्षा समाप्त होते ही स्कूल की छुट्टियां शुरू हो गई थी। अब हम गर्मियों की छुट्टियों का आनंद लेने लगे।

एक दिन चौक में सीताराम भैया दिख गए, मैंने पूछ लिया उनसे "हमारा रिजल्ट कब आयेगा?" उन्होंने बताया, "तीस अप्रैल को। क्या तुमने स्कूल बोर्ड पर नोटिस नहीं पढ़ा?" मैंने जवाब में नकारात्मक सिर हिला दिया, वो हँसकर चल दिए।

कुछ दिनों बाद चाचा की परीक्षा भी ख़त्म हो गई थी। उन्होंने इस साल बी.ए. की परीक्षा दी है। उनके साथ कभी कभी सुबह की सैर करने जाता हूँ।

एक दिन गुरमीत सुबह-सुबह मेरे घर आकर बोला कि, "मैं कल सुबह दस दिनों के लिए मेरी मौसी की शादी में लुधियाना जा रहा हूं। घर से सब जा रहे हैं सिर्फ वीरजी यहां रूकेंगे।"

मैंने उदास मन से कहा " ठीक है, परन्तु दशहरे से पहले तो आ जायेगा ना "

"अरे हां यार! आ जाऊंगा तब तक" जवाब दिया गुरमीत ने।

मैंने उसे गले लगाकर कहा " जल्दी आ जाना, तेरे बगैर मन नहीं लगेगा।"

अम्मा और पिताजी बैठक के कमरे में बैठकर पूजा का कार्यक्रम बना रहे थे। राम नवमी आने वाली थी। उस दिन घर में बहुत काम होता है, सब व्यस्त रहेंगे। अम्मा उनसे कह रही थीं, "सिर्फ चार दिन रह गए हैं पूजा को और अभी तक कुछ तैयारी नहीं हो पाई है। आपने हवन के लिए समिधा इकट्ठा करने के लिए रामू को कह तो दिया था ना?"

"हाँ...जी...हाँ तभी कह दिया था, शायद ले भी आया होगा अब तक। हवन और पूजा का मैं देख लूँगा, तुम सिर्फ प्रसाद और रसोई की व्यवस्था संभाल लेना। पूजा के एक दिन पहले किशन और मनोहर (मेरे चाचा) समाज के मित्र परिवार में निमंत्रण दे आयेंगे। तुम नाहक चिंता करती हो, प्रभु का नाम लो, पूजा निर्विघ्न सम्पन्न हो जायेगी। हां तो, जैसा हमने तय किया है उसके अनुसार, तुम प्रसाद में हलवा, भोजन में आलू की सूखी सब्जी, छोले, रायता, चटनी, पूड़ी और दाल-भात बनवा लोगी। और हां, मिठाई दो तरह की रखोगी तो अच्छा रहेगा, क्या सोचती हो??

अम्मा बोली, "ठीक है, खीर के साथ जलेबी बन जाएगी। मेहमान कितने होंगे?" अम्मा ने पूछ लिया।

"करीब चालीस-पैंतालीस हो जायेंगे, तुम पचास मान कर चलो।"

अप्रैल का महिना था, दिन भर गर्मी रहने के बाद शाम को मौसम ठंडा हो चला था। मैं और चाचा निमंत्रण देने के लिए शाम को घर से निकले। सबसे पहले उपाध्याय जी के यहाँ गए, उन्हें नमस्ते कर के कहा कि, "कल सुबह हमारे घर पर

हवन और राम नवमी की पूजा का आयोजन है आप परिवार सहित सुबह दस बजे जरुर पधारिए।" इसी तरह सूची के अनुसार सभी घरों में निमंत्रण देते हुए हम दोनों वापस घर लौट आए। रात्रि भोजन करते समय चाचा ने पिताजी को बताया कि किस-किस घर पर निमंत्रण दिया है। पिताजी ने कहा, "ठीक है। कल सुबह तुम दोनों जल्दी तैयार होकर पूजा और हवन की सारी व्यवस्था देख लेना। रामू समिधा ले आया है, फूल वगैरह कल सुबह ले आयेगा।" हम दोनों ने सहमति में सर हिला दिया।

रात में सुबह के पूजा आयोजन के बारे में सोचते सोचते नींद आ गई। पक्षियों की चहचहाट के साथ सबेरे जल्दी नींद खुल गई। फटाफट बिस्तर छोड़ा, गुसलखाने में गया और झटपट तैयार होकर बरामदे में आया। अम्मा ने मुझे देखकर कहा, "नहा लिए बेटा?" मैंने हाँ में सर हिला दिया। वे मुझे प्यार से बोलीं, "चलो, अब तुम और चाचा नाश्ता कर लो।"

नाश्ता करके मैं बरामदे में आया तो देखा कि शरीफ़ गेट से अंदर आ रहा है। मैंने उसके नजदीक आने पर कहा, "ठीक समय पर आये हो दोस्त। एक से भले दो, अब सारे काम चुटकी बजाते निपट जायेंगे।" हम दोनों बाहर आंगन की तरफ गए जहाँ हवन होना था। चाचा वहां पर रामू काका को कुछ समझा रहे थे। हवन कुंड के चारों ओर मंडप बन चुका था। आसापाला के पत्तों और फूलों के द्वारा तोरण सजाया जा रहा था। हवन कुंड के दांई और बाँई तरफ बैठने की व्यवस्था की गयी थी। मैं और शरीफ़ जाजम बिछाने में रामू काका की मदद करने लगे। एक बार सब व्यवस्था देखकर चाचा को कहा, "यहाँ सब ठीक हो चुका है क्या पिताजी को जाकर बता दें?"

"ठीक है" उन्होंने सहमत होते हुए कहा।

सुबह साढ़े नौ बजे से मेहमान आना शुरू हो चुके थे। वे सब पंडाल में आकर बिझात पर बैठ रहे थे। उपाध्याय जी और पिताजी ने मंत्रोच्चार के साथ ठीक मुहूर्त समय पर अग्नि प्रज्वलित कर हवन आरंभ किया। वातावरण में चन्दन, समिधा आदि की महक के साथ-साथ स्वाहा-स्वाहा की ध्वनि गुंजायमान होने लगी। हवन आरम्भ हुए लगभग एक घंटा हो चला था, धीरे धीरे समिधाएँ ख़त्म हो रही थी। अब पूर्णाहुति का समय आने वाला था। एक नारियल में छेद करके उसमें घी डालकर

पिताजी ने पूर्णाहुति दी।

हवन समाप्ति के पश्चात प्रभु श्रीराम का पूजन किया गया और फिर आरती शुरू हुई। शंख, घंटी के नाद के साथ-साथ सब एक स्वर में आरती उच्चारित कर रहे थे। आरती समाप्त होने के पश्चात् चाचा ने प्रसाद वितरण किया। प्रसाद बंट रहा था इसी बीच पिताजी ने आवाज लगाई, "मनोहर, अरे भाई इसे क्यों छोड़ गए, इसे भी तो प्रसाद दो।" शरीफ़ की तरफ इशारा करते हुए बोले। "जी...जी...भूला नहीं दादा, अभी दिए देता हूँ" और शरीफ़ को प्रसाद देते हुए आगे चल दिए चाचा।

अब पिताजी और उपाध्याय जी दोनों मेहमानों के बीच जाकर बैठ गए। जो उम्र में छोटे थे एक-एक करके आकर पिताजी और उपाध्याय जी को धोक दे रहे थे तथा बड़े व हमउम्र उन्हें अभिवादन कर रहे थे। तिवारी जी ने उपाध्याय जी की तरफ देखकर कहा, "पंडितजी! एक बात तो माननी पड़ेगी। समय-समय पर साहब जो हवन का आयोजन करते रहते हैं उससे पूरा गौतम नगर रोग और शोक मुक्त रहता है और साथ ही सभी परिवारों में प्रेम और एकता बनी रहती है। न धर्म आड़े आता है और न ही अन्य धर्मों के त्योहार। हम लोग तो सभी त्योहार मिल-जुलकर मनाते हैं। इस अखंड एकता के लिए हम सभी नगरवासी साहब के सदा ऋणी रहेंगे।"

भोजन की व्यवस्था बरामदे में रखी गई थी। पंगत शुरू कर दी गई। पिताजी और चाचा सब को भोजन परोस रहे थे। सारे व्यंजन एक-एक कर के परोसे जा रहे थे। सब्जी-सब्जी, पूड़ी-पूड़ी-पूड़ी, खीर-खीर की आवाज के साथ तेजी से परोसगारी हो रही थी।मैंने और गुरमीत ने जलेबियां परोसी। मेहमानों के हाथ धुलवाने और पानी पिलाने की ज़िम्मेदारी शरीफ ने संभाल रखी थी। भोजन समाप्त कर मेहमान पिताजी को नमस्कार कर शुभकामनायें देते हुए एक-एक करके बिदा लेने लगे। मेहमानों की बिदाई के साथ ही बरामदे में से झूठी पत्तलें उठाने का काम शुरू हुआ। फिर पोंछा लगाकर नयी बिछात बिछाकर हम घर के सदस्य भोजन करने बैठ गए।

आज तीस अप्रैल है। स्कूल का रिजल्ट आने वाला है। सुबह से ही मन में एक अजीब-सी हलचल थी, पता नहीं क्या होगा, पास तो हो ही जाऊँगा मन में सोचा। फटाफट नहाकर, तैयार होकर नाश्ता करने बैठा ही था कि पिताजी ने पूछ लिया, "क्या बात है किशन? आज सुबह सबेरे सजधज कर कहां जा रहे हो?"

मैंने धीरे से जवाब दिया, "जी, स्कूल जा रहा हूँ। आज रिजल्ट आने वाला है।"

पिताजी हँसते हुए बोले, "मुझे विश्वास है तुम पास तो हो ही जाओगे, बहुत पढ़ाई जो की है तुमने। परन्तु अगर फर्स्ट डिविजन लाये तो तुम्हारी साईकिल पक्की।"

मेरी जगह चाचा ने जवाब दिया, "जरूर फर्स्ट आयेगा दादा, मैं शर्त लगा सकता हूँ। आप साईकिल का ऑर्डर दे दीजिए।"

"अच्छा! इतना विश्वास है तो जरूर पहला दर्जा पायेगा। और मनोहर! तुम्हारा रिजल्ट कब आने वाला है?"

चाचा ने जवाब दिया, "पक्का तो नहीं परन्तु पंद्रह से बीस मई के बीच आ सकता है।" पिताजी ने हुंकारा देते हुए आगे पूछा, "बी.ए. के बाद तुम्हें पुलिस इंस्पेक्टर बनना है तो उसके लिए फॉर्म वगैरह भी समय रहते भर कर जमा कर देना।"

"जी दादा" चाचा का जवाब था।

नाश्ता करके अम्मा को कह कर मैं स्कूल जाने के लिए घर से बाहर निकला। आगे शरीफ़ तैयार होकर इंतजार कर रहा था। हम दोनों ने स्कूल की राह पकड़ी। गुरमीत के घर के सामने पहुँचकर उसे आवाज दी और फिर तीनों साथ चलते हुए स्कूल पहुँचे। स्कूल के प्रांगण में बहुत शोर-शराबा था। सब रिजल्ट को लेकर उत्साहित थे। सीताराम भैया ने जैसे ही घंटी बजाई सब विद्यार्थी दौड़कर भागे अपनी-अपनी कक्षा की ओर। हम तीनों भी क्लास में अपनी जगह जाकर बैठ गए। पता नहीं क्यों सुबह से ही गुरमीत गुमसुम था। मैंने पूछा, "क्या हुआ? उदास क्यों है?"

बोला, "कुछ नहीं, ऐसे ही यार! मन में डर है कि यदि फैल हो गया तो आगे की पढाई पापाजी बंद करवा देंगे और फिर लक्कड़ पीठे पर बैठना होगा।" उसका जवाब सुन मैं और शरीफ, दोनों मुस्कुरा दिए।

जैसे ही हमारे क्लास टीचर पुरोहित सर ने क्लास में प्रवेश किया वैसे ही शोर बंद हो गया। पुरोहित सर के हाथों में रिजल्ट कार्ड का बंडल था। सब विद्यार्थियों ने एक स्वर में 'प्रणाम गुरूजी' कहा और उनके प्रत्युत्तर तथा इशारे के साथ सभी विद्यार्थी बैठ गए। उन्होंने कहना शुरू किया, "आज आप सब को अपनी मेहनत का फल दिया जायेगा। जिसने ध्यान लगाकर नियमित पढाई की होगी उसे सर्वोत्तम और मीठा फल मिलेगा। जिन्हें छोटा और खट्टा फल मिले उसे निराश नहीं होना है। हर वर्ष परीक्षा होगी और नतीजे आएंगे। इस साल भी आप सभी ने अच्छी पढाई

की और नतीजा यह रहा कि इस क्लास में एक भी विद्यार्थी फैल नहीं हुआ है।"

सब ने एक साथ खुश होकर तालियाँ बजाई। सर ने आगे कहना जारी रखा और बोले, "मैं आप सब को अगली कक्षा के लिए बधाई और आशीर्वाद देता हूँ। अब मैं एक-एक क्रम से नाम पुकारूँगा और उस छात्र को उसका रिजल्ट कार्ड दूँगा। सब तैयार हो?"

'जी गुरूजी' एक साथ सब बोले।

पहला नाम पुकारा गया...अमीर बरकत अली...पास, दूसरा दर्जा, बसंत घीसालाल...पास, तीसरा दर्जा, छोगालाल दयाराम...पास, दूसरा दर्जा, सुरिन्दर कौर साहनी...पास, पहला दर्जा...सब ने तालियाँ बजाई...गुरमीत कुछ शरमा-सा गया। उसे सुरिन्दर कौर अच्छी लगती थी। वंदना रमेशचंद्र शर्मा...पास, दूसरा दर्जा...अब मेरा नाम पुकारा गया...किशन कुमार श्यामा प्रसाद शुक्ला...पास पहला दर्जा...एक बार फिर जोर-जोर से तालियाँ गूँज उठी। मैं अवाक् हो कर उठा और कार्ड लेने गया। गुरु जी को प्रणाम किया। "वे बोले किशन! कुछ और प्रयास करो अधिक अंक लाओ, कीर्तिमान बनाओ।" मैं गदगद हो उठा। अब गुरमीत का नंबर था, नाम पुकारा गया...गुरमीत सिंह हवेलीराम जुनेजा वह सकपकाकर खड़ा हो गया...उन्होंने कहा, "गुरमीत ने अच्छा प्रयत्न किया है। इसके लिए तालियाँ।" सब चिल्लाने लगे गुरमीत...गुरमीत...गुरमीत और तालियाँ गड़गड़ाने लगी। तालियों का स्वर धीमा होते ही सर ने कहना आरंभ किया, "शुरू-शुरू में जब स्कूल खुले थे तब गुरमीत का ध्यान पढाई में नहीं रहता था। मासिक परीक्षा में फेल होने वाला लड़का बामुश्किल छः माही परीक्षा में पास हो सका था। आज मुझे गर्व है कि तीन विषयों में विशेष योग्यता के साथ मात्र छः अंकों से प्रथम श्रेणी चूकने के बाद गुरमीत उच्च द्वितीय श्रेणी में पास हुआ है, बहुत-बहुत बधाई गुरमीत।"

इसी तरह एक-एक कर के सब के नतीजे बताये जा रहे थे। हम सब सोच रहे थे कि शरीफ़ का रिजल्ट अभी तक क्यों नहीं बताया गया है? गुरमीत से रहा नहीं गया खड़े हो कर पूछ ही लिया, "सर शरीफ़ का रिजल्ट?"

वे मुस्कुरा कर बोले, "हाँ शरीफ़ का रिजल्ट आज का मुख्य आकर्षण है। मेरे हाथ में आखिरी रिजल्ट कार्ड शरीफ़ एहमद नूर कुरैशी का है। आओ शरीफ़।" शरीफ उठकर उनके पास गया और प्रणाम करके वहीं खड़ा हो गया। गुरुजी उसके

सिर पर हाथ रखकर बोले, "ये है कक्षा का सर्वोत्तम छात्र। इसने सभी विषयों में विशेष योग्यता के साथ-साथ सर्वाधिक अंक प्राप्त कर के सर्वप्रथम स्थान बनाया है।" हम सब चिल्ला उठे, शरीफ़...शरीफ़...शरीफ़...फिर तालियाँ गूँज उठी। शरीफ़ ने मुस्कुराकर कार्ड लिया और हमारे पास आकर बैठ गया।

गुरु जी ने कहा, "आप सभी को बधाई, शुभकामनायें।अब आज से आप सभी का ग्रीष्मकालीन अवकाश शुरू। एक जुलाई से फिर स्कूल खुलेंगे।"

हुर्रे...हुर्रे....हुर्रे....की आवाजों के साथ हम सभी क्लास के बाहर निकल गए।

सब दोस्तों से मिलते हुए हम अपने घर की ओर चल दिए। तीनों का मन बहुत प्रसन्न था। गुरमीत की ख़ुशी छुपाये नहीं छुप रही थी। मैंने अपनी खुशी छुपाते हुए कहा, "मेरे लिए साइकिल आने वाली है।"

शरीफ़ बोला, "अच्छा, फिर तो तुम दोनों साइकिल पर घूमोगे, मुझे क्यों पूछोगे?"

"अरे नहीं दोस्त! अब हमारे पास दो साइकिल हो जाएगी। तीनों सैर करेंगे। बारी-बारी डबल चला लेंगे" मैंने कहा।

गुरमीत ने हाँ में हाँ मिलाते हुए कहा, "तुम मेरी साइकिल चला लेना। मैं और किशन डबल निकल चलेंगे। यार, कुछ भी हो आज के रिजल्ट ने तो चौंका ही दिया मुझे। उम्मीद नहीं थी कि इतने नंबर आ जायेंगे।"

"चल रहने दे, शरीफ़ बोला, मेहनत तो तूने भी की थी। मन लगने लगा था तेरा पढाई में। सुरिन्दर कौर को देख वो घर का काम-काज भी करती है और हमेशा अच्छे नंबर लाती है। अब हमें भी खूब मन लगाकर पढाई करनी होगी। विषय भी बढ़ जायेंगे और हाँ अंग्रेजी भी तो शुरू हो जाएगी।"

मैंने कहा, "बात तो शरीफ़ तेरी ठीक है। मेरे विचार से हमें छुट्टियों में भी थोड़ी-बहुत पढाई करनी चाहिए?" अभी हमारी बात चल ही रही थी कि, पीछे से नफीसा की आवाज आई, "जरा रुको भैया! मैं भी आ रही हूँ और दौड़ते हुए हमारे पास आ गई।"

मैंने पूछा, "तू कहाँ रह गई थी? दिखी नहीं।"

बोली, सहेलियों से बात कर रही थी और इस बीच आप तीनों चल दिए।

शरीफ़ ने पूछा, "किस डिविजन से पास हुई?"

बोली, "फर्स्ट और क्लास में भी फर्स्ट।"

उसका रिजल्ट सुन उसे घूर कर देखते हुए गुरमीत बोला, "वाह! क्या बात है। ये भी फर्स्ट...सिर्फ मेरे छः नंबर और आ जाते तो हम चारों फर्स्ट क्लास हो जाते।" हम सब उसकी बात पर हँसने लगे। गुरमीत का घर आ चुका था। बीजी दरवाजे पर ही खड़ी पड़ोसन से बात कर रही थीं। हमने उन्हें नमस्ते कहा। "खुश रहो बेटा। क्या रहा तुम सब का रिजल्ट?" हमने एक स्वर में कहा, पास। "शाबाश बच्चों। चलो सब अंदर चलो बगैर मुँह मीठा कराये मैं नहीं जाने दूँगी। गुरमीते! जा हाथ पैर धोकर जल्दी आ जा। आओ बेटा आओ।" मनुहार के साथ बीजी ने हम तीनों को हॉल में बैठा दिया। गुरमीत ने बीजी को बताया. "ये तीनों फर्स्ट डिविजन से पास हुए हैं।"

और तू? उन्होंने पूछा।

मैं सेकंड। वो क्या हुआ बीजी कि मेरे छः नंबर कम आये, नहीं तो फर्स्ट तो मैं भी होता।

"चल कोई बात नहीं", कहते हुए बीजी हमारे लिए पिन्नी के लड्डू लेकर आ गईं। हम चारों बात करते हुए लड्डू का आनंद ले रहे थे कि बीजी बोली, "आज तो गुरमीत के पापाजी खूब खुश हो जायेंगे। हमेशा कहते रहते थे इसका पढाई में मन नहीं लगता है। हमेशा खेलता रहता है। एक-एक लड्डू और ले लो बेटा, भूख लग आई होगी। गुरमीते खिला अपने दोस्तों को। मैं सब के लिए लस्सी लेकर आती हूँ।" लस्सी ख़त्म करके हमने बीजी को प्रणाम किया और गुरमीत से विदा ली।

शरीफ़ का घर आने वाला था। मेरे मन में शरारत सूझी। मैंने शरीफ़ और नफीसा से खुफिया लहजे में कहा, "तुम दोनों उदास चेहरा बनाकर दरवाजा खटखटाना, पहले मैं चाची से बात करूँगा।" दोनों विस्मय से मुझे देखने लगे। मैंने एक आँख दबाकर उन्हें चुप रहने का इशारा किया। दोनों मेरा विचार समझ गए।

"चाची...ओ चाची, दरवाजा खोलिए।'

अन्दर से आवाज आई, "एक मिनट, अभी आती हूँ।" दरवाजा खुला। मैं बोला, "चाची सलाम। ये देखो मैं फर्स्ट डिविजन से पास हो गया हूँ। आप हमेशा कहती रहती थी ना कि खेलते रहते हो सारा दिन, पढ़ाई भी कर लो, नहीं तो पास भी नहीं हो पाओगे। अब बोलिए।" चाची ने प्यार से मुझे गले लगा लिया।

फिर नफीसा और शरीफ़ की ओर देखकर पूछा, "इन दोनों के मुँह क्यों लटके हुए हैं? क्या रहा इनका रिजल्ट?"

मैं तपाक से बोला, "नफीसा तो पास हो गई है। फर्स्ट डिविजन।"

"अच्छा...और शरीफ़?" उन्होंने उत्सुकता से पूछा। मैंने लम्बी साँस लेते हुए कुछ देर रूककर जवाब दिया, "चाची ये पूरी क्लास में अव्वल आया है और सब विषयों में विशेष योग्यता मिली है इसे। गणित में तो सौ में से सौ नंबर आये हैं इसके।" चाची की आँखों में ख़ुशी के आँसू छलक आये। हम तीनों को गले लगाते हुए बोली, "जुग-जुग जियो मेरे लाडलों। मालिक खूब तरक्की दे।" चाची ने हमें रेवड़ियाँ खिलाई।कुछ देर वहां रुककर, चाची को सलाम करते हुए मैंने शरीफ से कहा, "अब मैं घर जाता हूँ। शाम को मिलेंगे, मेरे घर आना तुम दोनों।" फिर घर पहुँचा।

माताजी अख़बार पढ़ रही थीं। मुझे देखकर बोली, "आ गए बेटा, देर हो गई। भूख लगी होगी।" मैंने उनके पैर छुए और अपना रिपोर्ट कार्ड उनके हाथों में रख दिया। वे रिपोर्ट कार्ड देखकर मुझे दुलारते हुए खुश होकर बोलीं, "तुम्हारे पिताजी और चाचा बहुत खुश हो जायेंगे। फर्स्ट डिविजन से जो पास हुए हो।" उन्होंने मुझे खूब प्यार और दुलार किया। मैं हाथ पैर धोकर आया तब तक वे खाना परोस चुकी थीं। भोजन समाप्त कर मैं अपने कमरे में जाकर सो गया।

मेरे कमरे के पास ही किचन था। खटर-पटर की आवाज से नींद खुल गई। उठकर दीवार घड़ी देखी साड़े चार बजे थे। इतने में गेट से आवाज आई, "रामू काका, ओ रामू काका।" मैं बाहर आया यह देखने कि कौन आया है? देखा कि एक अनजान आदमी रामू काका को दो नई साइकिल सौंप रहा था। बोला, "चाँद भाई ने भेजी है। अंदर रख लो। और मेम साहब को बता देना।" रामू काका ने दोनों साइकिल बरामदे में रखी और फिर अपना काम करने लगे। मैंने उत्सुकता से बरामदे में आकर हाथ लगाकर दोनों साइकिल देखी। एक जैसी ही हरक्यूलिस कंपनी की थी, अट्ठारह इंच ऊँचाई की। "ये दूसरी साइकिल किसके लिए?" मन में विचार आ रहा था। सोचते हुए मैंने माताजी के पास जाकर पूछा, "पिताजी ने दो साइकिल क्यों भिजवाई है?"

वे बोली, "मुझे तो पता नहीं, तुम्हारे पिताजी आने ही वाले हैं वे ही बता

पायेंगे।" मैं माताजी से बात ही कर रहा था कि पिताजी की आवाज आई, "मनोहर।"

चाचा शायद कुछ लिख रहे थे। आवाज सुनकर दौड़े बाहर। "जी दादा।"

पिताजी बोले, "सुनो, राधेश्याम जलेबी लेकर आने वाला है। एक छबड़ी घर के लिए है, दूसरी मुंशी जी और एक हवेलीराम जी के घर के लिए। तुम जाकर दोनों घरों में दे आना, बच्चों के पास होने की ख़ुशी में।"

"जी मैं जाकर दे आऊँगा।"

"ठीक है, वापसी में शरीफ़ को साथ लेते आना।"

"जी अच्छा ले आऊँगा" राधेश्याम के आते ही चाचा दो छबड़ी अपने साथ लिए निकल गए। वस्त्र बदलकर पिताजी बैठक में आये। मैं अपना रिपोर्ट कार्ड लेकर वहीं खड़ा था। उनको कार्ड देकर प्रणाम किया। उन्होंने मुझे प्यार करते हुए आशीर्वाद दिया और कहा, "तुमने अपना काम किया, पहला दर्जा लाये और हमने अपना वादा पूरा किया, साइकिल पसंद आई?" मैंने शरमाकर इधर-उधर देखते हुए पूछ लिया, "दूसरी किसके लिए है?"

"वो भी पता चल जायेगा। तुम्हारे चाचा को तो वापस आने दो।" उन्होंने हँस कर कहा। मेरी उलझन और बढ़ गई। सोचा चाचा के लिए तो ये साइकिल छोटी है और वैसे भी उनके पास एक साइकिल पहले से ही है। फिर किसके लिए हो सकती है? मैं सोच में डूबा हुआ था कि चाचा आ गए। साथ में शरीफ़ भी। मैं ख़ुशी से झूमते हुए उसके पास गया और उसका हाथ पकड़कर उसे बरामदे में रखी साइकिल के पास लेजाकर बोला, "देखो अपनी नई साइकिल।"

वह विस्मय से उसे छू कर बोला, "इसे चलाने में बड़ा मजा आयेगा। पीछे कैरियर पर भी बैठ सकते हैं, डबल चलाएंगे।"

इतने में पिताजी की आवाज आई। वे बरामदे में आते हुए बोले, "डबल नहीं बेटा सिंगल ही चलाओगे। इन दोनों में से एक तुम्हारे और एक किशन के लिए है। पसंद आई?"

शरीफ़ ने अवाक् होकर कहा " मेरे लिए?"

"हाँ...हाँ...बेटा..एक तुम्हारे लिए और एक किशन के लिए। तुम दोनों के अति उत्तम परीक्षा परिणाम ने सबका दिल खुश किया है। ये तोहफ़ा मेरा आशीर्वाद

है तुम दोनों को।" और फिर पिताजी ने स्नेह से हम दोनों के सिर पर हाथ फिराते हुए कहा, "अब दोनों अपनी-अपनी साइकिल चलाकर दिखाओ।"

चाचा ने शर्त रखी, "यहाँ से शरीफ़ के घर तक जाना है, और जो पहले लौटकर आयेगा उसे दो जलेबियाँ ज्यादा मिलेंगी।" सब हँसने लगे।

हम दोनों चक्कर लगाकर करीब-करीब साथ ही लौटे। सब वहीं बरामदे में बैठ गए। रामू काका सब के लिए जलेबियाँ लेकर आ गए थे। माताजी भी वहीं आ गईं। चाचा ने हम दोनों से पूछा, "सबसे पहले कहाँ की सैर करने का इरादा है?" मैं बोला, "सबसे पहले हम तीनों दोस्त गौतमेश्वर जायेंगे। क्यों शरीफ़ ठीक है ना?" उसने सहमति में सिर हिला दिया। पिताजी ने बात को आगे बढ़ाते हुए कहा, "एकदम सही निर्णय। सब चलेंगे। बहुत दिनों से गए भी नहीं हैं कहीं। मेरा विचार है कि कचहरी के स्टाफ को भी बोल देते हैं। मुंशी जी सब इंतजाम कर लेंगे। दोपहर का भोजन वहीं बन जायेगा। सुबह-सुबह जिनके पास साइकिल है वे साइकिल पर, बाकी महिलाएं और बच्चे बैलगाड़ी से चले चलेंगे। ठीक है?"

माताजी ने भी सहमत हो कर कहा, "वहीं स्नान-ध्यान कर संध्या तक वापस आ जायेंगे।" इस तरह बातों-बातों में गौतमेश्वर का कार्यक्रम तय हो गया कि रविवार सुबह आठ बजे घर से प्रस्थान करना है। निमंत्रण की जिम्मेदारी रामू काका और राधेश्याम की रहेगी और भोजन की व्यवस्था मुंशी चाचा करेंगे।

गौतमेश्वर हमारे कस्बे से चार मील की दूरी पर शहर जाने वाली सड़क पर गौतमी नदी के किनारे स्थित है। वहाँ एक प्रसिद्ध पुरातन शिव मंदिर है। किंवदंती है कि, वहाँ गौतम ऋषि पूजा किया करते थे और उनका आश्रम भी वहीं पास में ही था। हम गौतम नगर वासियों के लिए यही सबसे नजदीक पर्यटन स्थल था। प्रतिवर्ष यहाँ शिवरात्रि के पहले पंद्रह दिनों का मेला लगता है। जिसमें शहर की कई दुकानें सजती हैं। खेल-तमाशे, बड़े झूले, सर्कस आदि का अलग ही मजा होता है। पूरा नगर उमड़ पड़ता है मेला देखने। किसी-किसी साल सिनेमा टॉकीज वाले भी टेम्परेरी थिएटर लगाते हैं। कपड़े, खिलौने, बर्तन, किराना सामान, मिठाई और चाट की दुकानों की भरमार होती है मेले में।

रविवार आ गया। मुंशी चाचा सात बजे ही निकल चुके थे गौतमेश्वर के लिए। उनके साथ बैलगाड़ी में रसोई का सामान, बर्तन और रसोई बनाने वाले महाराज

और उनके सहयोगी थे। एक बैलगाड़ी में इंधन के लिए हवेलीचाचा ने लकड़ियाँ रखवा दी थी और शामियानें का इंतजाम करके उसी में रखवा दिया था। उनकी दुकान के दो आदमी भी साथ थे जो शामियाना लगाना जानते थे।

हम लोग आठ बजे सुबह घर से निकल चले। पिताजी और माताजी के लिए बग्घी (घोड़ा गाड़ी) थी, मैं और चाचा साइकिल पर चले। आगे जाकर शरीफ़ हमसे आ मिला। नफीसा और मुंशी चाची बग्घी में माताजी के साथ बैठ गई। कारवां आगे बढ़ा। गुरमीत हमारे संग हो लिया। बीजी बग्घी में जा बैठीं। हवेली चाचा ने पिताजी को नमस्ते कर कहा, "मुझे कुछ दुकान का काम है, वह निपटाकर मैं साइकिल से आ जाऊँगा।" अमरजीत और पिंटू बैलगाड़ी से पहुँच चुके होंगे। अब हम शहर जाने वाले मुख्य मार्ग पर पहुंच चुके थे। चाचा के साथ-साथ शरीफ़ की साइकिल और उनके पीछे मैं और गुरमीत साइकिल पर सरपट चल दिए। डामर की सड़क थी, आवागमन कम था, हमने रेस लगा दी और करीब बीस मिनट बाद बाईं तरफ कच्ची सड़क पर जाने के लिए हम मुड़े जो गौतमेश्वर जाएगी, तीन फर्लांग कच्चा रास्ता पार करके हम अपने गंतव्य स्थान पहुँच गए।

शामियाने लग चुके थे। एक शामियाने में रसोई बन रही थी। वीरजी और पिंटू भैया वहीं रसोई की देख रेख में थे। मैं और गुरमीत उनके पास जा पहुंचे, वीरजी ने हमसे कहा, "चलो अच्छे समय पर आ गए हो, नहाकर मंदिर दर्शन कर लो तब तक नाश्ता बन जायेगा।" खाने की बढ़िया खुशबू आ रही थी। हमने पूछा, "नाश्ते में क्या बन रहा है?"

पिंटू भैया हँसकर बोले, "तुम्हारे लिए मालपुआ और शरीफ़, गुरमीत के लिए कचौड़ी।" सब हँसने लगे।

करीब-करीब सारे मेहमान आ चुके थे। पिताजी-माताजी, मुंशी चाची, नफीसा और बीजी भी थोड़ी देर बाद पहुँच गए। एक बड़े शामियाने में चारपाईयाँ डाल दी गई थी। सब वहीं जाकर बैठ गए। मुंशी जी ने राधेश्याम के हाथ सब के लिए ठंडा पानी भिजवा दिया। सब पानी पी ही रहे थे कि रामू काका ने आकर बताया, "साहब चाय बन रही है, पाँच-दस मिनट लगेंगे। उसे जवाब मिला ठीक है।

मिट्टी के सकोरे में चाय और दूध का दौर शुरू हुआ। हम तीनों ने भी दूध पिया और शामियाने में जाकर पिताजी को बोला कि, "हम नहाने जा रहे हैं।"

हमारी बात सुनकर माताजी ने भी महिला मंडल को आगाह किया, "हम सब भी चाय पीकर नहा लेते हैं, ताकि समय रहते दर्शन कर लेंगे।" सब ने अपनी सहमती दे दी।

हम तीनों तौलिया, साबुन लेकर नहाने चल दिए। हमारे पीछे-पीछे चाचा, बीजी और पिंटू भैया भी आ गए। हम नदी की तरफ बढे ही थे कि सामने से हवेली चाचा आते दिख गए, बोले अच्छा तो 'त्रिमूर्ति' स्नान करने जा रही है। मैंने और शरीफ़ ने उन्हें नमस्ते किया और कहा, "आप भी चाय पीकर आ जाइये नहाने।"

नदी में पैर डाले, पानी ठंडा था, घुटने तक पानी था, पसीना तो सूख चुका था, डुबकी लगाई, हाथ-पैर रगड़े, छप-छप करते एक-दूसरे पर पानी उछालने का आनंद लेने लगे। इसी तरह पानी में खेलते हुए एक-दूसरे के बदन पर साबुन रगड़ते हुए कई बार पानी में डुबकियाँ लगाई। जब नहा चुके तब पानी से बाहर आकर तौलिये से बदन पोंछा। धुले हुए कपड़े पहने और मैले कपड़ों को तौलिये में लपेटकर शामियाने में रख दिए।

एक एक कर सब स्नान कर के मंदिर पहुँचने लगे। पिताजी और अम्मा का स्नान हो चुका था। पुजारी जी ने उन्हें अभिषेक के लिए शिवलिंग के सामने बैठा दिया। उनके साथ और जितने भी जोड़े उपस्थित थे बैठ गए। पुजारी जी ने मंत्रोच्चार के साथ पूजा आरंभ की। पूजा समाप्ति के बाद आरती शुरू हुई। मैंने घंटी पकड़ ली, शरीफ़ को शंख बजाना आता था, उसने शंख ले लिया और गुरमीत ने चिमटा।आरती के स्वर से मंदिर का प्रांगण गूंज उठा। आरती के समापन के बाद, भगवान भोलेनाथ की जय-जयकार की गई, फिर सब ने शिवलिंग को प्रणाम कर पुजारी जी से चरणामृत लिया और मंदिर के प्रांगण में आकर बैठ गए।

मंदिर का प्रांगण बड़े-बड़े वृक्षों से अच्छादित था। बड़ा-सा बरगद, पीपल और नीम वृक्ष की त्रिवेणी के आस-पास गोल घेरेदार बड़ा-सा चबूतरा बना हुआ था। कुछ लोग वहाँ बैठ गए, कुछ पंडाल में जा बैठे। कुछ समय बाद पिंटू भैया ने आकर मुनादी कर दी, "नाश्ता तैयार है, आप सभी आ जाइए।"

सब उठकर रसोई वाले शामियाने की ओर चल दिए। दोने और पत्तल में साग, पूड़ी, कचौड़ी, चटनी और मालपुआ परोसा जा रहा था। रामू काका और राधेश्याम व्यंजनो से भरे बरतन लेकर शामियाने में नाश्ता लगा रहे थे। बाद में वीरजी और

पिंटू भैया भी परोसगारी में लग गए। मुंशी जी बाहर खड़े परोसगारी का इंतजाम देख रहे थे। शर्मा जी बोले, "बड़े बाबू! आप एक तरफ़ क्यों खड़े हैं, आप भी तो कुछ खाईए" और नज़दीक जाकर उनके मुँह में मालपुआ का बड़ा-सा निवाला भर दिया। सब हँसने लगे। इसी तरह हँसी-ठिठोली के साथ नाश्ता समाप्त हुआ। बच्चे खेल में व्यस्त हो गए। कुछ सितोलिया तो कुछ गिल्ली-डंडा खेलने लगे।

नदी के उस पास औघड़ साधु समुदाय रहता है। उन्होंने नदी के किनारे अपनी कुटियाएँ बना रखी हैं। सदाबहार फलों के बाग के अलावा बड़ी-सी अमराई भी साधु समाज की धरोहर है। साधु प्रमुख को सब नगरवासी 'आदेश बाबा' के नाम से जानते हैं। उनकी अमराई का लंगड़ा आम शहर तक प्रसिद्ध है। इस वर्ष भरपूर आम लगा है। हर साल जुलाई माह में आम की पहली खेप गौतम नगर में आती है, इसके बाद शहर में बिकने जाता है। नदी के उस पार घना जंगल है। जिसमें कई जंगली जानवर रहते हैं। हिरण के झुण्ड तो कई बार नदी में पानी पीते हुए दिखाई भी देते हैं। बहुत कम नागरिक ही उस ओर जाते हैं, ज्यादातर आदेश बाबा के अखाड़े के साधु ही नगर में कभी-कभी आवश्यक सामान खरीदने आते हैं। बड़ी और लम्बी जटाओं वाले साधुओं के पूरे शरीर पर भभूत लगी होती है और वे लम्बा काला चोगा पहनते हैं। हाथ में काला भिक्षा पात्र और एक चिमटा होता है। अलख... अलख की आवाज के साथ वे अपने आगमन की अनुभूति कराते हैं। बहुत ही शांतिप्रिय और अपने में मस्त रहने वाला यह बहुत ही विचित्र मलंग साधु समुदाय कई सालों से यहीं रहता है।

पिताजी और हवेली चाचा में बातचीत चल रही थी। पिताजी ने कहा, "इस बार नगरपरिषद के चुनाव में आप खड़े हो रहे हो, ऐसा मुंशीजी बता रहे थे।"

वे बोले, "हाँ, विचार तो है। कुछ राजनीति भी कर ली जाए।"

"जरुर, अच्छा विचार है। हवेलीरामजी आपको तो पता है, मैंने गौतम नगर को अपनी संतान के समान पाला है। इसे संवारा और सजाया है। नगर को धर्मनिरपेक्ष रखते हुए इसके विकास में कोई कसर नहीं छोड़ी है। परन्तु मैं ठहरा एक सरकारी मुलाजिम, कभी-भी तबादला हो सकता है, कहीं भी। इसलिए मेरी इच्छा है कि मेरे यहाँ रहते हुए आप नगर सभापति चुन लिए जाएँ जिससे विकास कार्यों में बाधा नहीं आये और वे पूर्ण आकार ले लेवे।"

हवेली चाचा बोले, "मैं आपकी भावनाओं की क़द्र करता हूँ और आपकी इच्छा के अनुसार चुनाव भी लड़ूँगा परन्तु आप ये तबादले की बात कह कर हमें दुखी मत किया करो।"

पिताजी ने हँसकर जवाब दिया, "ये मेरे हाथ में थोड़े ही है। जब भी आदेश आयेगा तो जाना ही पड़ेगा। परन्तु मैं कहीं भी रहूँ मेरी आत्मा यहीं रहेगी और मन यहीं लगा रहेगा।"

साहब! हवेलीचाचा बोले, "मेरे मन में एक विचार है अन्यथा ना लेवें तो कुछ बोलूँ?" पिताजी ने कहा, "आपकी किसी भी बात का मैं कभी-भी बुरा नहीं मानने वाला, यह हमेशा के लिए गाँठ बाँध लीजिये। बोलिए, क्या बात है?"

वे बोले, "मेरे नाम पर आपके बंगले से आगे कुछ दूरी पर सड़क से लगी हुई करीब चार एकड़ जमीन है जो मेरे किसी भी काम नहीं आ रही है। मैं चाहता हूँ कि आप वह ले लेवे, इस नाचीज की तरफ से छोटी-सी भेंट के रूप में। मैं मूल दस्तावेज़ आपके नाम पर ट्रांसफर कर दूँगा।"

"अरे नहीं मेरे भाई नहीं। मैंने आज तक किसी से कोई भेंट नहीं ली है और न ही कभी लूँगा। ये मेरे उसूल के खिलाफ है। हाँ, ये ठीक रहेगा कि आप मुझे जमीन के दस्तावेज़ भिजवा दीजिए, मैं उनकी जांच करवा लेता हूं। आपको बाजार मूल्य के मुताबिक़ भुगतान करके उस जमीन को किशन की माताजी के नाम करवा दूँगा।"

हवेली चाचा ने ठंडे स्वर में कहा, "जैसी आपकी मर्जी। मैंने तो यह प्रस्ताव इसलिए रखा था कि आप नगर छोड़ कर नहीं जाए, यहीं रहें हम सब के साथ।"

पिताजी ने बात आगे बढ़ाते हुए कहा, "जब इतना प्यार से आग्रह कर रहे हैं तो, उस जमीन को विकसित कर के उस पर सड़क से लगा हुआ एक बंगला भी आपकी देखरेख में ही बनवा दीजियेगा। कहिए मंजूर है?"

"जी साहब। सब मंजूर है। आपका हुकुम सर आँखों पर।" फिर दोनों हँसने लगे। इतने में मुंशी जी आ गये बोले, "साहब भोजन बन चुका है पंगत शुरू करवा दे?" "अरे! नेकी और पूछ-पूछ। जरूर शुरू करवा दीजिये। सब को भूख भी लग आई होगी।" पिताजी ने सहमति दी।

पंगत लग चुकी थी। स्त्रियाँ और पुरुष अलग-अलग लाइन में जा बैठे। बच्चे ज्यादातर अपनी-अपनी माँ के साथ थे। पत्तल-दोने लग जाने पर, दाल, बाटी,

चूरमा, गट्टे की सब्ज़ी, चटनी आदि परोसा जा रहा था। मुंशी जी मुस्तैदी से देखरेख कर रहे थे। उन्होंने देखा कि लड्डू नहीं आये। वीरजी के पास जाकर बोले, "बेटा लड्डू भी लगवा दो, शायद भूल गए।"

"ओह! हाँ चाचाजी, भूल ही गया था।" उन्होंने हम तीनों और पिंटू भैया को इशारा किया। हम उनके साथ चल दिए। उन्होंने चार तागारियों में लड्डू रखकर हमें परोसगारी करने के लिए भेजा और रामू काका को छाछ परोसने के लिए बोला।

सब भोजन की तारीफ़ कर रहे थे। बहुत ही स्वादिष्ट भोजन बना था। एक पंगत उठने के बाद हम तीनों दोस्त और पिंटू भैया भी खाने के लिए जा बैठे। चाचा ने वीरजी को भी बैठने को कहा। वे बोले, "बाद में बैठूँगा। आप बैठिये चाचाजी।"

छककर खाना खाकर, छाछ पी हम तीनों ने। साथ आए बच्चे भी खाना खाकर खेलने में व्यस्त हो गए। स्त्रियाँ एक शामियाने में बैठकर भजन गाने लगी। "मीरा साधु रो संग छोड़ो री...थारो पीहर, सासरो चित्तौड़ लागे री...चित्तौड़ लागे री, मेवाड़ लागे री"... एक भजन ख़त्म होते ही दूसरा शुरू हो जाता। मुंशी चाची ने अपनी मीठी आवाज में "दमादम मस्त कलंदर" गीत सुनाया। सब भजन और गीतों का आनंद ले रहे थे।

आखिरी पंगत लग रही थी। रसोइये भी भोजन करने बैठ गए। हम लोग चाचा के साथ नदी किनारे की पगडंडी पर साइकिल चलाने लगे। चाचा ने हम को सिखाया ब्रेक किस तरह और कब लगाना चाहिए, गड्ढे से बचकर कैसे निकला जा सकता है, चेन उतर जाये तो उसे कैसे चढ़ाते हैं।

ये सब साइकिल की बारीकियाँ हम बड़े ध्यान से समझ रहे थे। अचानक गुरमीत की नजर नदी के उस पार पड़ी। देखा हिरणों का एक झुण्ड पानी पी रहा है। वह चिल्लकर बोला इधर देखो, "कितने सारे हिरण एक साथ!" हम सब ने नजर दौड़ाई, वाकई बहुत ही मनोरम दृश्य था।

दोपहर ढलान पर थी। वापस घर जाने का समय पाँच बजे का तय था। चाय बनाई जा रही थी। वीरजी ने सब को ताकीद कर दी, "चाय पीने के बाद सब वापस गौतम नगर जाने के लिए तैयार रहें।" बर्तनों की सफाई हो चुकी थी। उन्हें बैलगाड़ी में रखा जा रहा था। शामियाने खुल रहे थे। वापसी की तैयारी शुरू हो चुकी थी। चाय पीकर स्त्रियाँ मंदिर में भगवान भोलेनाथ के दर्शन कर गाड़ी में बच्चों के साथ

बैठ रही थीं। हम भी माताजी को सूचित कर के चाचा के साथ साइकिल पर लौट चले गौतमनगर।

जीवन यात्रा

चंबल नदी के किनारे बसा था कुशलगढ़ गाँव। कुल बस्ती आठ हजार रही होगी। ब्रिटिश राज था उस समय हमारे देश में। कुशलगढ़ में मिडिल स्कूल तक ही पढ़ाई की व्यवस्था थी। स्कूल के प्रधान अध्यापक थे मेरे दादा जी पंडित श्याम सुंदर शुक्ला। बहुत ही मिलनसार और विद्वान व्यक्तित्व के मालिक। उन्होंने वहीं अपनी पढ़ाई पूरी की और उसी स्कूल में अध्यापक हो गए थे। गाँव के बीच में उनका खपरैल वाला पुश्तैनी कच्चा मकान था जिसमें वे अपनी पत्नी और पुत्र श्यामाप्रसाद के साथ रहते थे। पूरे कस्बे में वे ही सबसे ज्यादा पढ़े-लिखे इंसान थे। श्यामाप्रसाद की मिडिल क्लास तक की पढ़ाई उन्हीं की देखरेख में हुई। गाँव के सभी स्त्री-पुरुष उन्हें बड़े गुरूजी के नाम से जानते थे। मिडिल क्लास पास होने के बाद श्यामाप्रसाद को आगे की पढ़ाई के लिए अपनी बुआ के पास शहर भेज दिया गया था। महीने में एक या दो बार बड़े गुरूजी शहर जाकर उनसे मिल आया करते थे।

समय बीतता गया। श्यामाप्रसाद ने प्रथम श्रेणी में इंटर मिडियेट की परीक्षा पास कर ली थी और अपने घर कुशलगढ़ आये हुए थे। एक दिन सुबह सबेरे घर में खटर पटर की आवाजों के साथ श्यामाप्रसाद की नींद खुल गई। देखा उनके बाबूजी दालान में चिंतित बैठे हैं और अंदर कमरे से अम्मा के कराहने की आवाज आ रही है। उनसे जाकर पूछा, "क्या हुआ?"

जवाब मिला, "प्रसूति के लिए दाई आई है और मदद के लिए पड़ोस से चौधरी काकी भी।" कुछ ही देर में बच्चे के रोने की आवाज के साथ काकी ने बाहर आकर बताया, "बधाई हो! लड़का हुआ है। सब ठीक है। फिक्र नहीं करें।"

सुबह होते ही दाई ने थाली बजाकर पुरे मोहल्ले में खुश खबर फैला दी। पास-पड़ोस और समाज की स्त्रियाँ बधाइयाँ देने आने लगीं। घर का चूल्हा चौका पड़ोस में रहने वाली तिवारी काकी ने संभाल लिया था। शहर में बुआ को भी सूचना भेजी जा चुकी थी। दो दिन बाद बुआ भी आ गईं। अब घर की सारी व्यवस्था की जिम्मेदारी उनकी थी। एक सप्ताह बाद अम्मा को स्नान करवाने का कार्य होना था, सो नाइन भौजाई सुबह ही आ गई थी। उनको स्नान कराया जा रहा था इस बीच चौधरी काकी ने कमरा झाड़-पोंछकर लीप दिया था। उनकी खटिया की चादर बदल दी गई थी। स्नान के पश्चात् उन्हें नए कपड़े पहनाये गए। जब वे तैयार हो कर बैठ गईं और बच्चे को दूध पिलाकर सुला दिया तब श्यामाप्रसाद ने उनके कमरे में आकर उन्हें प्रणाम कर बच्चे को निहारते हुए पूछा, "अम्मा! मैं इसे कब गोद में उठाकर खिला सकूँगा?"

"सूरज पूजा के बाद तुम इसे दुलार पाओगे लल्ला! जाकर अपने बाबूजी से पूछो कि सूरज पूजा कब रखेंगे?"

पड़ोस से स्त्रियों का आना शुरू हो गया था। सब वहीं कमरे में बिछी चटाई पर बैठती जा रही थीं। किसी ने कहा, "अरे! गाना-बजाना नहीं करना है क्या? चलो, ढोलक संभालो" और फिर जच्चा-बच्चा के गीत गाना शुरू हो गए।

बाबूजी दालान में बिछी खटिया पर बैठे पंचांग लेकर कुछ देखते हुए नोट कर रहे थे, अचानक उन्होंने आवाज़ दी "श्यामा! इधर आओ देखो।" पास जाने पर बोले, "ये बालक तो बड़ा ही भाग्यशाली है। इसके सारे ग्रह प्रबल हैं। मेरी गणना के अनुसार यह बहुत ही शौर्यवान, बुद्धिमान होने के साथ-साथ समाज और परिवार की कीर्ति बढ़ाएगा। इसका जन्माक्षर 'म' निकला है। क्या नाम रखें? तुम सुझाओ"

"बाबूजी! मनोहर रखते हैं इसका नाम" श्यामाप्रसाद चहकते हुए बोले, "पंडित मनोहर..."

"बाबूजी! अब आप सूरज पूजा का मुहूर्त और दिनमान भी बता दीजिये ताकि मैं मनोहर को गोदी में लेकर खिला सकूँ।"

"अरे लल्ला! वो तो मैंने पहले ही निकाल दिया है। सुनो आज से चौथे दिन गुरूवार सुबह नौ बजे का मुहूर्त है। जाओ जाकर बुआ और अपनी अम्मा को बता दो।"

गुरुवार के दिन ठीक समय पर सूरज पूजा संपन्न हुई। उसके बाद गृह शुद्धि और हवन हुआ फिर भोजन। पूजा समाप्त होते ही श्यामाप्रसाद दौड़कर अपनी अम्मा के पास गए और नन्हे मनोहर को गोद में लेकर खूब दुलार करने लगे। यह देखकर अम्मा हँसकर बोली, "जी भर कर दुलार कर लो अब कोई बंधन नहीं है।" उनकी बात सुन वहां बैठी सब स्त्रियां हँसने लगी।

अब मनोहर डेढ़ माह का हो चुका था। बुआ की बिदाई का समय भी हो चला था। वह वापस शहर जाने की तैयारी करने लगीं। उनसे बाबूजी ने आग्रह किया, "एक-दो दिन और रुक जाओ।"

"हाँ, मन तो मेरा भी बहुत है रुकने का भैया परन्तु, वहाँ भी घर में श्यामा के फूफाजी अकेले हैं, ऐसे में मेरा और ज्यादा रुकना संभव नहीं है।"

"ठीक है, जैसी तुम्हारी इच्छा।"

श्यामाप्रसाद को बुआ के साथ ही जाना था अतः दोपहर का भोजन कर के अपनी बुआ को साथ लेकर बस अड्डे पर जा पहुँचे। बस थोड़ी लेट थी, आधा घंटा देरी से आई। कंडक्टर से टिकट लेकर बस में बुआ के संग बैठ गए। शहर में बुआ के घर पहुँचते-पहुँचते शाम के छः बज गए थे। बुआ ने ताला खोलकर घर में प्रवेश किया। घर देख चकित हो गईं, घर में सब कुछ व्यवस्थित और साफ़-सुथरा था।उन्होंने प्रसन्न होकर कहा, "लल्ला! देखो तुम्हारे फूफाजी हमारा कितना ध्यान रखते हैं। पूरा घर झाड़ पोंछ कर व्यवस्थित करके दफ़्तर गए हैं।"

हम दोनों चाय पीते हुए सफर की थकान से सुस्ता ही रहे थे कि फूफाजी के ऑफिस से लौट आने की आहट हुई। वे साइकिल बरामदे में रख घर में आये। मैंने और बुआ ने उन्हें प्रणाम किया। उन्होंने आर्शीवाद देते हुए मुझसे पूछा, "कैसा है अपना नया मेहमान? तुम्हारे जैसा दिखता है या तुम्हारी बुआ जैसा?"

मुस्कुराकर जवाब दिया, "फूफाजी! वो तो मुरली मनोहर जैसा है और उसका नाम भी मनोहर रखा है सब ने।"

"अरे वाह! बहुत अच्छा। वैसे कुशलगढ़ में सब कुशल तो है? अब बाबूजी की तबियत कैसी रहती है?" "जी, सब ठीक है, भगवतकृपा से" श्यामाप्रसाद ने संक्षिप्त जवाब दिया।

फूफाजी ने बात आगे बढ़ाते हुए कहा कि, "तुम्हें याद है तुमने इन्टर के

इम्तिहान के बाद जो रेवेन्यु डिपार्टमेंट में अर्जी लगाई थी उसकी लिस्ट घोषित हो गई है। तुम्हें सेलेक्ट कर लिया गया है। मेरे विचार से दो-तीन दिनों में इसकी सूचना पत्र द्वारा भी जारी कर दी जाएगी। तुम कुछ दिन यहीं ठहर जाओ तो अच्छा रहेगा। मुझे उम्मीद है कि कलेक्टर साहब से तुम्हारे इन्टरव्यू के बाद तुम्हें नियुक्ति पत्र भी मिल सकता है।"

"अरे वाह! यह तो बहुत ही अच्छी खबर है फूफाजी" श्यामाप्रसाद ने प्रसन्न होकर कहा।

फूफाजी कलेक्टर ऑफिस में डिस्ट्रिक्ट एकाउंटेंट थे। कलेक्टर से उनका सीधा संपर्क था। उन्होंने आगे कहा, "कल दफ्तर में तलाश करूँगा। तुम भी मेरे साथ ही चले चलना।"

"जी अच्छा", कहकर श्यामाप्रसाद बाहर टहलने निकल गए।

दूसरे दिन बुआ ने सुबह का नाश्ता तैयार कर आवाज दी, "नाश्ता तैयार है आ जाइये।" हम तीनों ने नाश्ता साथ में किया। फूफाजी ने नाश्ता करते हुए बताया कि, "चंबल नदी पर एक विशाल डेम बनाने की घोषणा हो गयी है।"

"हाँ मैंने सुना तो था। आजादी के बाद बिजली आपूर्ति के लिए सरकार का यह प्रयास सराहनीय है" श्यामाप्रसाद ने चर्चा आगे बढ़ाते हुए कहा।

"सो तो ठीक ही है परन्तु इस योजना में कई कस्बे और गाँव डूब जायेंगे।"

"ठीक तो है, फूफाजी! कुछ नुकसान होने की बनिबस्त फायदे ज्यादा हैं।"

नाश्ता करके श्यामाप्रसाद अपने फूफाजी के साथ कलेक्टर ऑफिस के लिए निकल पड़े।

फूफाजी ने ऑफिस में तलाश करके मुझे बताया, "तुम्हारा कॉल लेटर तैयार हो चुका है। तुम्हें कल कलेक्टर साहब से मिलना होगा, वे तुम्हारा इन्टरव्यू लेंगे। आज दोपहर में तुम्हारा कॉल लेटर ले लेंगे।"

पूरा दिन फूफाजी के साथ उनके ऑफिस में बिताकर अपना कॉल लेटर लेते हुए श्यामाप्रसाद संध्याकाल घर लौटे।

बुआ और फूफाजी के साथ रात्रि भोजन करके श्यामाप्रसाद अपने कमरे में सोने चले गए।

कल सुबह कलेक्टर साहब से मुलाकात है सोचकर ही श्यामाप्रसाद रात भर ठीक से सो नहीं पाए थे। दूसरे दिन सुबह जल्दी जाग गए। तैयार होकर हॉल में आये, वहां फूफाजी उनसे पहले ही तैयार होकर नाश्ते के लिए टेबल पर इंतजार कर रहे हैं। "अरे! तैयार हो गए क्या? आओ चलो नाश्ता शुरू करें।" श्यामाप्रसाद उनके पास वाली कुर्सी पर बैठ गए। आज नाश्ते में बुआ जी ने आलू का चोखा और पूड़ियाँ बनाई थी। देखते ही भूख लग गई। "बुआ आप भी आ जाइये। साथ में नाश्ता करते हैं।"

"बस अभी आती हूँ। तुम दोनों तब तक शुरू करो।" कुछ ही देर में बुआ भी आ गई। आते ही बोली, अरे! ये क्या...आप दोनों ने अभी तक कुछ खाया ही नहीं। लीजिये गरम पूड़ियाँ हैं" कहते हुए हम दोनों की प्लेट में और पूड़ियाँ रख दी।

फूफाजी बोले, "बस भी करो अब। मेरा नाश्ता हो चुका।"

"अभी से कैसे?" बुआ बोल पड़ी "एक ख़ास चीज जो आप दोनों के लिए बनाई है वह तो अभी बाकी है।" उन्होंने हँसते हुए एक बर्तन का ढक्कन खोला। देखते ही श्यामाप्रसाद प्रसन्न हो कर बोल पड़े, " हलवा...फूफाजी, आप खाए चाहे ना खाए मैं तो जरुर खाऊँगा क्योंकि मुझे तो हलवा बहुत पसंद है। लाइये बुआ जी मुझे तो दीजिये। वाह वाह! क्या स्वाद है। लाजवाब! सोच लीजिये फूफाजी, यदि आप नहीं खायेंगे तो इतना स्वादिष्ट व्यंजन ना खाने का अफ़सोस रहेगा।"

"ठीक है भाई" लम्बी साँस लेते हुए और मुस्कुराते हुए फूफाजी बोले, "लाइए जब इतना ही आग्रह है तो मुझे भी परोस दीजिये।" उनकी बात सुनकर बुआ और श्यामाप्रसाद ठहाका लगाकर हँस पड़े।

हम तीनों का नाश्ता हो चुका था। फूफाजी बोले, "चलो लल्ला दफ्तर के लिए कहीं देर ना हो जाए, अब हमें चलना चाहिए।" हम दोनों दफ्तर के लिए घर से चल दिए।

दफ्तर पहुँचकर फूफाजी ने मुझे उनके कार्यालय में बैठकर इंतजार करने के लिए कहा और बोले, "तुम कुछ देर यहीं बैठो मैं देखकर आता हूँ, कि कलेक्टर साहब तुमसे कितने बजे मुलाकात करेंगे?"

कुछ देर बाद वापस आकर उन्होंने बताया, "दस मिनट बाद तुम्हारा नंबर है मुलाकात का, आत्मविश्वास से सवालों के जवाब करना, वे बहुत ही सज्जन व्यक्ति

हैं और हाँ इस बात का ख़ास ध्यान रखना कि कुछ भी असत्य बात तुम्हारे मुँह से ना निकले। डर और घबराहट मन से निकालकर इन्टरव्यू देना। मेरी शुभकामना और ईश्वरका आशीर्वाद तुम्हारे साथ है, सब ठीक होगा।"

दोनों की बात चीत चल ही रही थी कि तभी एक चपरासी ने आकर कहा, "श्यामाप्रसाद जी को साहब ने याद किया है।"

"हाँ हाँ" फूफाजी बोले, "लल्ला! आप इनके साथ जाइये।" श्यामाप्रसाद उनके साथ चल दिए। कलेक्टर साहब के चेंबर के बाहर चार-पाँच कुर्सियाँ रखी हुई थी। चपरासी ने इशारा करते हुए कहा, "आप यहाँ बैठिये, मैं साहब को खबर देकर आता हूँ।"

कुछ देर बाद वह लौटकर आया और बोला, "आप आइये" और चेंबर का दरवाजा खोल दिया।

"गुड मॉर्निंग यंग मैन" कहते हुए कलेक्टर साहब ने श्यामाप्रसाद को अंदर बुला लिया। जवाब में श्यामा ने उन्हें दोनों हाथ जोड़कर नमस्ते किया।

जब श्यामाप्रसाद सहज होकर उनके सामने बैठ गए तब कलेक्टर साहब बोले, "आपने इंटरमीडिएट में सर्वोच्च अंक हासिल कर जिले को सम्मान दिलाया, आप बधाई के पात्र हैं। वैसे मुझे बताया गया है कि प्रथम साक्षात्कार में भी आपने अद्भुत जवाब दिए हैं। आपके सर्वश्रेष्ठ प्रदर्शन को जानकर मेरी भी इच्छा हुई कि क्यों न मैं भी इस प्रतिभाशाली प्रत्याशी से मिलूं। वैसे आपके पिताजी क्या करते हैं?"

अब श्यामा की बारी थी, जवाब देने के लिए, "जी वह कस्बे के मिडिल स्कूल में प्रधान अध्यापक हैं।"

"अरे हाँ! याद आया मुझे तिवारी जी ने बताया था। घर में और कौन-कौन हैं?"

"बाबूजी और माताजी के अलावा मेरा एक छोटा भाई भी है।"

"अच्छा...वह किस कक्षा में पढता है?" उन्होंने पूछा।

श्यामा ने हँसकर जवाब दिया, "नहीं-नहीं! श्रीमान!अभी तो वह सिर्फ दो माह का ही है।" जवाब सुनकर कलेक्टर साहब को भी हँसी आ गई। कुछ संयत होते

हुए उन्होंने कहा, "मिस्टर श्यामाप्रसाद यह तो आपको पता ही होगा कि सरकार ने चंबल नदी पर एक बड़ा बाँध बनाने की योजना को मंजूरी दे दी है और इस कार्य को शुरू करने के लिए सरकार प्रतिभाशाली राजस्व अधिकारीयों की नियुक्ति कर रही है। आपका चयन भी अधिकारी पद के लिए कर लिया गया है। अब शीघ्र ही आपको प्रशिक्षण के लिए भेजा जाएगा। आपके अलावा चार अन्य प्रशिक्षु और हैं जिनके साथ आपकी ट्रेनिंग होगी। प्रशिक्षण के दौरान आपको प्रतिमाह रुपये अस्सी स्टायपंड दिया जायेगा और आपके निवास तथा खाने की व्यवस्था सरकार की तरफ से की जाएगी। मेरी ओर से आपको शुभकामनायें और आपके उज्जवल भविष्य की बधाई। मैं उम्मीद करता हूँ कि आपको यह सरकारी प्रस्ताव स्वीकार होगा? फिर भी यदि आपके मन में कुछ दुविधा हो तो बेफिक्र पूछ सकते हैं।"

श्यामाप्रसाद ध्यानपूर्वक उनकी बात सुन रहे थे। प्रसन्न होकर बोले, "सर! यह तो मेरे ऊपर आपका उपकार है। आपसे इतने बड़े तोहफे की तो मैंने कल्पना भी नहीं की थी। मैंने तो जब नौकरी के लिए अर्जी लगाई थी तह यह सोचा था कि शायद मुझे क्लर्क की नौकरी के लिए चयनित कर लिया जायेगा। आपने तो मेरा भाग्य ही बदल दिया। मैं आपका आभारी हूँ। मेरे पास आपका धन्यवाद करने के लिए शब्द भी नहीं हैं।"

उन्होंने मुस्कुराते हुए कहा, "इसमें मेरा योगदान नहीं है, यह तो आपकी प्रतिभा का परिणाम है। आप भाग्यशाली हैं, ईश्वर की कृपा तथा आशीर्वाद आपके साथ है। अब आप जाकर तिवारी जी को खुशखबरी दीजिये और अपना नियुक्ति पत्र ले लीजिये।"

"जी! बहुत-बहुत शुक्रिया।" नमस्ते करके श्यामाप्रसाद उनके चेम्बर से बाहर निकल गए।

तेज कदमों से चलते हुए फूफाजी के कार्यालय में जाकर उन्हें प्रणाम करके बताया कि उनकी नियुक्ति अधिकारी पद पर हो गई है। उन्होंने भाव विभोर होकर श्यामा को गले से लगा लिया और सिर पर हाथ रखकर बोले, "मुझे विश्वास था, ईश्वर की कृपा होगी और तुम्हारा चयन अवश्य होगा। आज मैं बहुत खुश हूँ कि तुमने परिवार का गौरव और मान बढ़ाया है। मेरा और प्रभु का आशीर्वाद सदा तुम पर बना रहेगा।"

"अब चलें लल्ला, तुम्हारा नियुक्तिपत्र ले लिया जाय"। दोनों एस्टाब्लिश डिपार्टमेंट के कार्यालय में पहुँचे तो वहाँ के बाबू सक्सेना जी ने उठकर फूफाजी का अभिवादन किया और आदर भाव से हमें बैठने का इशारा किया। फिर उठकर पीछे रखी रेक से एक फाइल लेकर आये। फाइल खोलकर उसमें से नियुक्ति पत्र की एक कॉपी हमें देकर बोले, "बहुत-बहुत बधाई साहब! लीजिये ऑफिस कॉपी पर प्राप्ति और स्वीकृति देकर हस्ताक्षर कर दीजिये।" श्यामाप्रसाद ने हस्ताक्षर करके उन्हें धन्यवाद कहा। उनके चेहरे से प्रसन्नता छुपाये ना छुप रही थी। सक्सेना बाबू का अभिवादन करके दोनों वापस लौट चले। जब बरामदे से गुजर रहे थे तब श्यामाप्रसाद ने गौर किया कि आते-जाते ऑफिस के कर्मचारी फूफाजी को देखकर नमस्कार करते हुए उन्हें बधाई दे रहे थे। कुछ दूर आगे जाने पर देखा लड्डू बाँटे जा रहे थे। श्यामाप्रसाद फूफाजी से पूछ बैठे, "ये आज मिठाई किस ख़ुशी में बाँटी जा रही है?"

उन्होंने हँसकर जवाब दिया, "आइये, दफ़्तर में चलिए, कुछ ही देर में पता चल जाएगा।" वे जैसे ही कार्यालय में दाखिल हुए तो वहाँ जश्न का माहौल देख श्यामा भोचक्के होकर फूफाजी की ओर देखने लगे। दोनों के अंदर पहुँचते ही श्यामाप्रसाद को फूलों का मोटा हार पहनाया गया और सभी उपस्थित कर्मचारियों ने उन्हें बधाइयाँ दी।

"अच्छा! तो यह मामला था" फूफाजी की ओर देखते हुए श्यामाप्रसाद मुस्कुराकर बोल पड़े, "अब समझ में आया, आपने ही खुशी में लड्डू बंटवाए हैं।" सभी को बधाई के प्रतिउत्तर में श्यामाप्रसाद ने हाथ जोड़कर उनका आभार व्यक्त करते हुए धन्यवाद दिया। शाम हो चली थी, घर जाने का समय हो गया था। फूफाजी ने अपने टेबल पर फैले कागजात ठीक तरीके से व्यवस्थित करते हुए कहा, "चलो लल्ला, घर के लिए प्रस्थान करें। आज का दिन तो बहुत ही आनंदमय बीत गया अब घर की सुध लें।" दोनों चल दिए।

रास्ते में बाबू हलवाई की दूकान पर फूफाजी रुक गए। वहाँ से दो सेर पेड़े की एक छबड़ी बंधवा ली और मुस्कुराकर बोले, "अपने घर और पड़ोसियों का भी तो मुँह मीठा करवाना है।" फूफाजी बहुत खुश थे।

कुछ ही देर में हम घर पहुँच गए। बुआ पड़ोस वाली भाभी से बातों में मशगूल

थी। श्यामाप्रसाद उनके पास गए और पैर छूकर बोले, "बुआ जी आशीर्वाद दीजिये।"

"ये क्या लल्ला? कोई शुभ समाचार है क्या?"

फूफाजी प्रसन्नता से बोल पड़े, "देवी जी अपने लल्ला अब साहब बन गए हैं।" सुनते ही बुआजी ने श्यामाप्रसाद को बाँहों में लेकर ललाट चूमा और दुलारते हुए बोली, "जुग-जुग जियो लल्ला। कभी तुम्हें बुरी नजर ना लगे।"

बुआ भतीजे का स्नेह देख, फूफाजी प्रसन्नता से दोनों को निहारते हुए बोले, "यदि आप दोनों का लाड़-दुलार पूरा हो गया हो तो ये मिठाई पास-पड़ोस के घरों में भिजवाने की मेहरबानी करिए।" इतना सुनकर तीनों एक साथ हँस पड़े। हँसते हुए बुआजी ने छबड़ी उठाई और मिठाई बाँटने चल दी। उनके वापस आने के पहले दोनों ने हाथ-पैर धोकर कपड़े बदल लिए थे। श्यामाप्रसाद चौके में जाकर बुआजी से बोले, "बुआ बहुत तेज भूख लगी है चलो खाना खा लेते हैं।"

फूफाजी ने सुन लिया और कहा, "घर का खाना रहने दो, आज बाहर खाने चलेंगे। अपनी बुआ से कहो जल्दी तैयार हो जाएं।"

दोनों तपाक से बोले, "ये हुई बात! आज तो दिल की बात हो गयी।" और बुआजी तैयार होने चली गई।

कुछ ही देर में तीनों घर से चल दिए। घर से निकल रिक्शा में बैठकर कुछ ही समय में फव्वारा चौक में स्थित शहर के प्रसिद्ध छप्पन भोग रेस्टोरेंट पहुँच गए। साफ़-सुथरा रेस्टोरेंट था। अंदर जाते ही रेस्टोरेंट के मालिक लाला अमरनाथ ने हमारा स्वागत किया और आदर सहित बैठाया। लाला जी बोले, "साहब आज तो मेरा रेस्टोरेंट धन्य हो गया, जो आप परिवार सहित पधारे। इत्मिनान से बैठिये। अभी भोजन की व्यवस्था करता हूँ।" तीनों के लिए थालियाँ लग गईं। व्यंजन परोसे जाने लगे। भूख तीनों को लगी थी। खाना शुरू कर दिया। भिन्डी की सब्जी के साथ सूखा आलू मसाले वाला, बड़ी की रसे वाली सब्जी, रायता, खीर के साथ गरमागरम पूड़ियाँ परोसी जा रही थी। हमने छककर भोजन किया, तृप्त हो गए। फूफाजी अब उठने ही लगे थे कि देखा लालाजी ट्रे में कुछ लेकर जल्दी-जल्दी आ रहे हैं। वे पास आकर बोले, "साहब बगैर मुँह मीठा किये कैसे आपको जाने देंगे? बैठिए, खास आपके लिए गरमागरम गुलाबजामुन हाजिर है।"

"अब बस लालाजी! नहीं खा पाएंगे।" फूफाजी ने कहा।

लालाजी हाजिर जवाब थे कहा, "बिना मिठाई भोजन अधूरा रहता है साहब!और आप तो ठहरे हमारे खास मेहमान, मीठे को ना तो नहीं कहीये। मेरा आग्रह मानिए और खाइए, आप इसका स्वाद भूल नहीं पाएंगे" और तीन कटोरियाँ हमारे टेबल पर रख दी। जब हम खाने लगे तो उन्होंने आगे कहा, "ऐसा स्वाद आपको पूरे शहर में नहीं मिलेगा। आपको कैसा लगा?"

बुआजी और श्यामाप्रसाद एक साथ बोले, "वाकई लाजवाब स्वाद है!"

सुनकर लालाजी प्रसन्नता से बोले, "मेरी पत्नी बनाती है अपने ख़ास मेहमानों के लिए एक एक कटोरी और लेकर आता हूँ।"

तीनों ने उठते हुए कहा, "अब नहीं लालाजी। फिर कभी अगली बार आएंगे तब।" हँसते हुए हमने हाथ मुंह धोये। काउंटर पर फूफाजी ने भुगतान करके लाला अमरनाथ से विदा ली और फिर हम लोग घर के लिए निकल चले। घर पहुँचते-पहुँचते रात घिर आई थी। नींद भी आ रही थी। सभी कपड़े बदलकर सो गए।

रमाकांत तिवारी, श्यामाप्रसाद के फूफाजी इंटर पास होकर रेवेन्यू डिपार्टमेंट में क्लर्क लग गए थे। उनके माता-पिता का उनके बाल्यकाल में ही स्वर्गवास हो गया था। नाना के घर बड़े हुए। पढ़ाई-लिखाई में होशियार थे। नौकरी लग जाने के कारण शहर में अकेले ही रहते थे। छुट्टियों में या त्योहारों में ही नाना जी के घर जा पाते थे। पिछली बार जब गए थे तब नाना जी ने उन्हें संबोधित करते हुए कहा कि, "बेटा! हमने तुम्हारा विवाह तय कर दिया है। लड़की का नाम चंद्रकांता है। कुशलगढ़ के पंडित श्यामसुंदर शुक्ला की छोटी बहन, उसने मिडिल क्लास तक पढ़ाई पूरी की है। तुम्हारी नानी को तो लड़की बहुत पसंद आई है। हम लोग एक विवाह में कुशलगढ़ गए थे वहीं देखा था उसे। बेटा! हम तो बात पक्की करके शगुन भी दे आये हैं। फिर भी यदि तुम्हारी ईच्छा उनसे मिलकर घर-बार देखने की हो तो एक बार हो आओ कुशलगढ़।"

रमाकांत सकपकाकर बोले, "इतनी भी क्या जल्दी है नानाजी? अभी नौकरी लगे हुए कुल डेढ़ साल हुए हैं, कुछ समय ठहर जाते।"

"देखो बेटा, हम दोनों की उम्र हो चुकी है, हमारे स्वस्थ रहते यह शुभ कार्य हो जाये बस। तुम्हारा घर-बार बस जाए तो हम निश्चिन्त हो जायेंगे।"

"ठीक है जैसी आपकी मर्जी" कहते हुए रमाकांत अंदर अपने कमरे में चले गए।

कुछ ही दिनों बाद शादी का मुहूर्त निकाला गया। रिश्तेदारों और सगे सम्बन्धियों को निमंत्रण भेज दिए गए। नियत समय पर बरात कुशलगढ़ पहुँची और शुभ विवाह आनंद पूर्वक संपन्न हुआ।

बुआजी के विवाह के समय श्यामाप्रसाद कक्षा आठ के छात्र थे। उम्र रही होगी लगभग पंद्रह साल। बिदाई में उन्हें दुल्हन के साथ भेजा गया था। कुछ दिन बुआ की ससुराल में रहे, उस दौरान उनकी घनिष्ठता फूफाजी से हो गयी थी। पग फेरे की रस्म पर वापस अपनी बुआ के साथ कुशलगढ़ लौट आये।

फूफाजी शहर लौट गए थे। घर-गृहस्थी बसाने की चिंता रहती थी। सतत प्रयास करने से आख़िरकार उन्हें एक सरकारी तीन कमरों वाला घर मिल ही गया। ऑफिस से लौटते हुए और छुट्टी के दिन का समय घर के लिए आवश्यक सामान की खरीददारी में बीतने लगा। गौना जो होना था, समय कम था।

घर को सजाकर उन्होंने एक सप्ताह की छुट्टी ली और गौने के लिए कुशलगढ़ पहुँच गए। नए-नए दामाद थे, खूब खातिरदारी हुई। श्यामाप्रसाद साए की तरह उनके साथ रहते थे। उन्होंने फूफाजी को अपने गाँव की सैर कराई। अपना स्कूल दिखाया और दोस्तों से भी मिलवाया। कल बुआ की ससुराल विदाई होनी थी। रात में मोहल्ले की स्त्रियों ने गाना-बजाना किया, बताशे बाँटे गए।

बिदाई के समय बुआजी, अम्मा और बाबूजी से लिपटकर खूब रोई। श्यामा को कलेजे से लगा रोते हुए बोली, "अपने बाबूजी और अम्मा का ख्याल रखना, खूब पढ़ाई करना और मुझसे मिलने आना।"

हम सभी के साथ मोहल्ले के स्त्री-पुरुष भी बस अड्डे तक बुआजी को बस में बिठाने गए। जाते हुए श्यामाप्रसाद ने भोलेपन से रमाकांत जी से कहा, "फूफाजी! मेरी बुआ का ध्यान रखना, उन्हें कोई कष्ट ना हो।" सुनकर रमाकांत जी भाव-विह्वल होकर बोले, "लल्ला आप लोग भी आते रहिएगा मिलने।" इतने में बस कंडक्टर ने आवाज लगाई, "चलिए अपनी-अपनी सीट पर बैठ जाइए।"

बस के चलने का समय हो गया था और कुछ ही देर में बस चल दी। बुआ और फूफाजी दो दिन नानाजी के घर रूककर शहर चले गए। बीते समय की बातों

को याद करते-करते कब श्यामाप्रसाद की आँख लग गयी पता ही नहीं चला। सुबह फूफाजी ने जगाया, "लल्ला उठो सुबह हो गयी है।" आँख मलते हुए श्यामा उठ खड़े हुए। प्रणाम करते हुए बोले, "रात देर से नींद आयी, अभी तैयार होकर आता हूँ" कहते हुए गुसलखाने में चले गए। स्नान करके कपड़े बदलकर हॉल में आ गए। बुआ को प्रणाम किया फिर फूफाजी की ओर देखकर पूछा, "आज क्या-क्या करना है?"

जवाब में उन्होंने हँसकर कहा, "सबसे पहले हम तीनों को नाश्ता करना है।" तीनों हँस दिए। नाश्ता करते हुए फूफाजी बोले, "आज दफ्तर में तुम्हारी शैक्षणिक योग्यता की सत्य प्रतिलिपि, निवासी और जाति प्रमाण-पत्र आदि कागजात जमा करना है और तुम्हारे प्रशिक्षण कार्यक्रम का ब्यौरा लेना है। आज आपके कार्य आरंभ का पहला दिन होगा।"

नाश्ता ख़त्म करके श्यामाप्रसाद फूफाजी के साथ कार्यालय के लिए चल दिए। कार्यालय पहुँचकर सक्सेना जी की टेबल पर पहुँचे और उन्हें आवश्यक कागजात की सत्य प्रतिलिपि जमा कर दी। सक्सेना बाबू ने उन्हें प्रशिक्षण कार्यक्रम संबंधित जानकारी समझाई और एक फाइल सौंप दी। जिसमें प्रशिक्षण की विस्तृत जानकारी लिखी हुई थी। वे फाइल लेकर फूफाजी के पास जाकर बोले, "मेरी जॉइनिंग हो गई है। अगले माह मुझे ट्रेनिंग के लिए देहरादून जाना होगा। तब तक यहीं इसी ऑफिस में तीस दिन का प्रवेश कार्यक्रम रहेगा। कल से मुझे सभी कार्य समझाए जायेंगे।"

प्रसन्न होकर फूफाजी उनसे फाइल लेकर देखने लगे। ट्रेनिंग प्रोग्राम की सारी जानकारी टाइप करके लिखी गई थी। पूरा पढ़ने के पश्चात वे समझाईश देते हुए बोले, "सारांश में यह है कि तुम्हें छः माह देहरादून इंडियन ऑफिसर्स ट्रेनिंग स्कूल में पढ़ना पड़ेगा वहीं हॉस्टल में रह कर। आपकी रहने-खाने की व्यवस्था सरकार करेगी। आपको राजस्व कानून और प्रशासनिक कार्यों के बारे में सिखाया पढ़ाया जायेगा।" फाइल के सारे पेपर्स देखने के बाद उसे बंद कर टेबल पर एक तरफ़ रखते हुए प्रसन्न होकर बोले,

"वाह भाई वाह! बहुत ही बढ़िया बात है। अब आपके देहरादून ट्रेनिंग कोर्स में जाने की तैयारी भी अभी से शुरू करनी होगी। सबसे पहले तो आपके लिए गरम

ऊनी कपड़े सिलवाने होंगे। देहरादून ठंडी जगह है।अभी से देंगे तो पंद्रह-बीस दिन तो टेलर ले ही लेगा।आज घर लौटते समय तुम्हारे लिए कपड़े खरीदते हुए चलेंगे।'' दोनों की बातचीत चल रही थी इसी बीच चपरासी ने आकर कहा, ''साहब आपसे मिलने मिश्रीलाल जी आये हुए हैं।''

फूफाजी ने प्रसन्नता से कहा, ''हाँ-हाँ उन्हें भेजिए।''

''मिश्रीलाल जी?'' श्यामाप्रसाद विस्मय से बोल उठे, ''मिश्री काका क्यों आये हैं? भला, कहीं पिताजी की तबियत तो ख़राब नहीं है?''

''अरे! नहीं लल्ला ऐसा कुछ नहीं सोचते। ठहरो, अभी पता चल जायेगा।'' इतने में मिश्रीलाल जी ने नमस्ते करते हुए चेंबर में प्रवेश किया। फूफाजी ने अभिवादन करते हुए उनका स्वागत करते हुए उन्हें प्रेमपूर्वक सामने रखी कुर्सी पर बैठने का इशारा किया। बैठते हुए मिश्री काका बोले, ''आज शहर खरीदादरी करने आया था। सब काम हो गया तो सोचा आपसे भेंट करता चलूँ। फिर श्यामाप्रसाद की ओर देखकर बोले भैया आप कैसे हो? आपका तो खूब मन लगता होगा यहाँ अपनी बुआ-फूफाजी के साथ।''

श्यामाप्रसाद ने शरमाकर जवाब दिया, ''जी अच्छा हूँ।''

फूफाजी बीच में बोल उठे, ''सेठ जी हमारे लल्ला रेवेन्यु ऑफिसर की ट्रेनिंग के लिए चुन लिए गए हैं, अगले माह ट्रेनिंग के लिए देहरादून जाने वाले हैं।''

''अरे वाह!'' मिश्री सेठ बोल उठे, ''बधाई हो ये तो हमारे गाँव के लिए बड़े गौरव की बात है। श्यामा भैया बहुत ही होनहार हैं यह बात हम सभी गाँव के लोग इनके बचपन से जानते हैं। आपने गुरूजी को खबर दी या नहीं?''

''नहीं अभी नहीं। दो दिन पहले ही चयन हुआ है। खैर! अब आपके साथ दस्ती-पत्र भेज देता हूँ'' और फूफाजी एक कोरे कागज पर बाबूजी के लिए पत्र लिखने लगे। पत्र पूरा लिख लेने के बाद उन्होंने सेठ जी से पूछा, ''भाई साहब! आपने भोजन किया या नहीं?''

''जी समय पर भोजन कर लिया था। आप तकल्लुफ ना करें।''

फूफाजी ने आग्रहपूर्वक कहा, ''फिर भी नाश्ता और चाय तो होगा ही'' और चपरासी को आवाज लगा दी। उसके आने पर कहा, ''सुनो, जल्दी से बालूराम

हलवाई की दुकान से समोसा-कचौड़ी लेकर आओ। ध्यान रहे, गरम ही लाना और हाँ चाय का भी बोल देना।"

चाय-नाश्ता के साथ-साथ गपशप चलती रही। गाँव की यादें और किस्से बातों का मुख्य विषय थे।

मिश्रीलाल महाजन को पूरा गाँव मिश्री सेठ या मिश्री काका के नाम से जानता था। पूरे गाँव में सिर्फ़ उनकी ही दुकान थी जहाँ किराना से लेकर जरुरत की हर चीज मिल जाती थी। उनकी दूकान पर आवश्यक दवाइयां भी मिलती थी। वे माह में एक बार शहर आकर बिक्री के लिए आपूर्त सामग्री खरीद कर गाँव के निवासियों की जरूरतें पूरी करते थे। बाबूजी का बहुत सम्मान करते थे। बहुत ही मिलनसार और दयालु स्वाभाव के इंसान थे।

आखिर बातों का सिलसिला ख़त्म हुआ और मिश्रीलाल जी ने कहा, "अब मुझे चलना चाहिए। बस निकलने का समय हो चला है।" फूफाजी ने उन्हें पत्र का लिफाफा देकर बिदा किया।

मिश्री काका के जाते ही फूफाजी ऑफिस के जरुरी कामकाज निपटाने में व्यस्त हो गए। श्यामाप्रसाद भी अपनी इंडक्शन क्लास के लिए चल दिए।

ऑफिस की दीवार पर लगी पेंडुलम घड़ी के बजर की आवाज से फूफाजी का ध्यान भंग हुआ, देखा छः बज गए हैं। जल्दी-जल्दी फाइलें बाँधी और श्यामाप्रसाद को साथ लेने उनके क्लासरूम की ओर चल दिए। सामने ही श्यामाप्रसाद आते हुए दिखाई दिए। दूर से ही पूछा "चलें लल्ला?"

"जी, मेरी भी क्लास अभी ही खतम हुई है।"

"ठीक है चलिए, तुम्हारे लिए कपड़े भी खरीदने हैं।"

"जी" कहकर श्यामा उनके साथ ऑफिस से चल दिए।

शहर के बीच चौक में लाला पिशौरीलाल एंड संस कपड़ों की सबसे बड़ी और मशहूर दुकान पर दोनों जाकर रुके। श्यामाप्रसाद ने कहा, "फूफाजी इतनी बड़ी और महँगी दुकान के बजाये क्यों ना हम कोई दूसरी छोटी दुकान से खरीददारी कर लें। मुझे तो बहुत महँगी दुकान लग रही है।"

"अरे! चलो तो लल्ला महँगी-वहंगी कुछ नहीं। मैं लाला को जानता हूँ

बहुत ही कम मुनाफे में माल बेचते हैं और इनकी दुकान में कपड़ों का हमेशा नया स्टॉक रहता है। आइये अंदर चलते हैं।" दोनों जब दुकान के अंदर पहुँचे तब गादी पर बैठे लालाजी ने उन्हें हाथ जोड़कर नमस्कार करते हुए स्वागत किया। बहुत ही बड़ी दुकान थी। वहाँ खरिददारी करते हुए ग्राहकों की भीड़-सी दिखाई दे रही थी। लालाजी ने श्यामाप्रसाद के मन में चल रही दुविधा को भाँप लिया और कहा, "भैया साहब, आप परेशान मत होइए। इसे अपनी ही दुकान समझिये। मैं खुद आपको आपकी पसंद के कपड़े दिखाऊंगा।" लाला का आग्रह और प्यार भरी बात सुनकर फूफाजी मुस्कुरा दिए।

सहमते हुए श्यामाप्रसाद अपने फूफाजी के साथ सफ़ेद चादर बिछी मोटी-सी लंबी और चौड़ी गादी पर बैठ गए। लाला जी ने रेक में रखे थान निकालकर कपड़े दिखाना शुरू किया।

"लालाजी पहले पतलून का कपड़ा दिखाइए" फूफाजी बोले।

"जी साहब" कहते हुए लाला जी ने पहला थान खोला। "ये देखिये कल ही विलायत से आया है, गेबरडीन नाम से, आज कल इसका चलन है। रंग पक्का और इस्तरी करने पर चमक जाता है। इसमें रंग और भी मिल जायेंगे। ये जीन कपड़ा है।" दूसरा थान खोलते हुए लाला जी ने कहा, "मजबूत कपड़ा है। विलायती इसे ज्यादा पसंद करते हैं। इसमें भी सफ़ेद, खाकी के अलावा भूरा, नीला और काला रंग मिल जायेगा।" फिर एक थान खोलते हुए बोले, "ये सर्ज देखिये इसका नेवी ब्लू भैया पर खूब जंचेगा। एकदम चिकना कपड़ा है। सफ़ेद या फीके सफ़ेद कमीज़ के साथ पहनिए। बिल्कुल बेजोड़ है।"

"हां लाला जी बहुत अच्छा है।"

"कलेक्टर साहब भी पहनते हैं।"

"सुंदर और मजबूत लग रहा है। अब आप ऊनी कपड़े में कुछ दिखाईये" फूफाजी बोले।

"जी अभी लीजिये, ये रहा ऊनी सूट का कपड़ा" कहते हुए लालाजी ने रेक से एक थान निकालकर कहा, "लाल इमली है, पूरे शहर में सिर्फ हमारे यहाँ ही मिलता है। इसमें चार रंग मिल जायेंगे। देखिये साहब बुनावट देखिये, कैसा लगा?"

"जी बहुत अच्छा है" कहते हुए फूफा जी ने कहा, "ऐसा करिए भूरे रंग की

गेबरडीन, फीका सफ़ेद जीन, ब्लू सर्ज और लाल इमली में हल्का काला एक-एक पतलून का कपड़ा निकाल दीजिये और हाँ अब कोट के लिए गहरा नीला कपड़ा दिखाईये।"

लाला जी ने थान निकलना शुरू किया ही था कि फूफाजी बोल पड़े, "अरे लाला जी कपड़ा सिर्फ ऊनी ही लेना है।" सारे थान हटाते हुए लाला जी ने एक थान खोलकर दिखाते हुए कहा, "ये देखिये आपकी पसंद का असली लाल इमली ऊनी, एकदम गरम कपड़ा है। इसे देखने के बाद कोई दूसरा आपको पसंद ही नहीं आयेगा।"

"हाँ यह ठीक है आपने नीचे दबा रखा था। यही दीजिये। और अब कमीज के लिए मर्सराइज्ड कपड़ा निकालिए।"

कमीज के लिए भी कपड़े पसंद कर लिए गए। अब बारी थी थान से कपड़ा काटने की। लाला जी ने पूछा, "कपड़े किससे सिलवायेंगे?"

"चाँद खां दर्जी हमारे टेलर हैं उन्हीं के यहाँ सिलेंगे।"

"ठीक है साहब! उनको बुलवा लेते हैं। कितना कपड़ा लगेगा पूछकर कट जायेगा। हरी! ओ हरी... सुनो जाकर चाँद खां टेलर मास्टर को बुला लाओ।"

कुछ देर बाद चाँद खां दर्जी दुकान में आये, उन्होंने लालाजी को सलाम कर पूछा, "मुझे आपने कैसे याद किया?"

"बैठिये मास्टर" कहते हुए लालाजी ने श्यामाप्रसाद की ओर इशारा करते हुए कहा, "भैया साहब के पतलून, कमीज और कोट सिलने हैं कपड़ा कितना लगेगा?" जब टेलर की नजर फूफाजी पर पड़ी तो बोल पड़े, "सलाम साहब... मुझे पहले ही आप बता देते तो मैं साथ ही आ जाता। ख़ैर! क्या-क्या पसंद किया है?" लालाजी उनको चुने हुए थान जो अलग रखे थे दिखाने लगे। "ठीक है ऐसा करिए पतलून के लिए सवा गज और कमीज के लिए दो गज कपड़ा कटवा दीजिये और कोट के लिए ढाई गज कपड़ा लगेगा। मैं भैया के कपड़ों का नाप यहीं ले लेता हूँ" कहते हुए टेलर मास्टर श्यामाप्रसाद के करीब पहुँचकर बोले "भैया साहब आप खड़े हो जाइये" और नाप लेना शुरू कर दिया। नाप लेकर फारिग हुए और फूफा जी से बोले, "आपके लिए कुछ नहीं?"

जवाब मिला, "अरे नहीं अभी छः महीने पहले ही तो आपने सिले थे मेरे

लिए। अब त्यौहार पर बनवायेंगे। आप भैया के कपड़े जल्दी सिल देना और हाँ कोट में अस्तर अच्छा ही लगाना। वैसे सब की सिलाई में कितना वक़्त लगेगा?"

"दो हफ़्तों में तैयार कर दूँगा। एक बार कच्चा कर के कोट की ट्रायल करना होगी बस।" चाँद खान ने बात करते हुए कटिंग किये कपड़े लपेटे और बोले, "अच्छा साहब अब मैं चलता हूँ" और लालाजी को हाथ जोड़ सलाम कहते हुए चल दिए।

लालाजी ने हिसाब बनाकर तैयार रखा था उसे फूफाजी को देते हुए पूछा, "आप भुगतान अभी करेंगे या खाते में लिख दूँ?"

पर्ची देखते हुए फूफाजी ने लालाजी से कहा, "इसमें बारह रूपए कम कर दीजिये आपकी जोड़ में त्रुटि है और खाते में देखकर बताइए पिछला कुछ बाकी है क्या?" लालाजी ने लाल रंग की मोटी-सी खाता किताब में देखकर कहा, "नहीं साहब कुछ भी बाकी नहीं है।"

"ठीक है" कहते हुए फूफाजी ने उनका भुगतान कर नमस्कार किया। और फिर दोनों घर जाने के लिए रवाना हो गए।

इसी तरह समय बीतता रहा और श्यामाप्रसाद के ट्रेनिंग पर जाने का दिन नजदीक आने लगा। गाँव से उनके बाबूजी और अम्मा भी नन्हें मनोहर के साथ शहर आ गए थे। बाबू जी की तबियत वहां ख़राब रहने लगी थी इसलिए उन्होंने समय से पहले ही रिटायरमेंट ले लिया था।

जीवन दर्शन

समय के जैसे पंख लग गए, कब बीत गया पता ही नहीं चला। आज श्यामाप्रसाद की चिट्ठी आई, पढ़कर फूफाजी ने बाबूजी की ओर देखकर कहा, "लल्ला की ट्रेनिंग पूरी हो गयी है। शायद आठ-दस दिन में वापस आ जायेंगे, लीजिये आप भी पढ़कर सब को बता दीजियेगा" और वे मनोहर को दुलारते हुए ऑफिस के लिए चल दिए।

मनोहर पंद्रह माह का हो चुका था। दिन भर बुआजी के साथ चिपका रहता था। अम्मा और बाबूजी के आ जाने से बुआ भी बहुत खुश थीं। हालांकि रिटायरमेंट के बाद बाबूजी कुछ थके-थके से रहने लगे थे फिर भी पुरे परिवार के साथ रहने से खुश थे। शहर में ही उनका इलाज चल रहा था। शाम को मनोहर को गोद में उठाये बगीचे में सैर करने चले जाते थे। उनकी सैर से वापसी तक फूफाजी भी ऑफिस से लौट आते थे।

फूफाजी के ऑफिस से लौटने पर मनोहर उनकी गोद से उतरता भी नहीं था। उन्हें भी उसके साथ खेलने में बहुत आनंद आता था। आज की डाक में श्यामा का पत्र आया लिखा था, "मंगलवार दोपहर को रेल से शहर पहुँच जायेंगे।" सभी के चेहरे पर ख़ुशी की चमक थी। मनोहर फूफाजी की गोद में था उसे दुलारते हुए बोले, "कल तुम्हारे दादा घर आ जायेंगे। हम सब मिलकर खूब मस्ती करेंगे।" सुबह तैयार हो कर फूफाजी ने बाबूजी से कहा, "मैं ऑफिस से ही स्टेशन जाकर लल्ला को लिवा लाऊँगा। आप समय पर भोजन कर के दवाई ले लीजियेगा।"

वे रेल आगमन के नियत समय से बीस मिनट पहले ही स्टेशन पहुँच गए थे। साथ में एक चपरासी को भी ले लिया था ताकि सामान उतरवा सकें। देहरादून

एक्सप्रेस लम्बी सीटी की आवाज के साथ स्टेशन पर रुकी। यात्री उतरने लगे। पाँच-छः डिब्बों के बाद एक कोच से श्यामाप्रसाद उतारते हुए दिखाई दिए। फूफाजी तेज कदमों से उस ओर आगे बढे।

श्यामाप्रसाद ने पैर छूकर फूफाजी को प्रणाम किया। उन्होंने गले लगाकर उनसे कुशलक्षेम पूछते हुए पूछा, "यात्रा सुखद रही?"

"जी आरामदायक।"

साथ आये चपरासी ने उनसे सामान ले लिया और इस तरह तीनों चल पड़े। राह चलते श्यामाप्रसाद अपने ट्रेनिंग अनुभव फूफाजी को बता रहे थे। घर पहुँचकर श्यामाप्रसाद ने बाबूजी, अम्मा और बुआजी के पैर छूकर आशीर्वाद लिया। मनोहर बुआजी की गोद में था। कनखियों से अपने दादा को निहार रहा था। श्यामा ने हाथ बढ़ाये तो बुआ के कन्धों से चिपक गया। श्यामाप्रसाद उसे दुलारते हुए बोले, "अरे आ भी जाओ मेरे भाई" और उसे गोद में लेकर उसका माथा चूम लिया। अब धीरे-धीरे मनोहर सहज होता जा रहा था। उसने गौर से श्यामा को देखते हुए कहा, "दादा…"

"अरे वाह! तुम तो बोलने भी लगे।"

अब फूफाजी की बारी थी बोले, "कुछ देर हो जाने दो फिर इनके कमाल और धमाल देखना। ये महाशय सब को दिन भर व्यस्त रखते हैं।" उनकी बात सुनकर सभी ठठाकर हँस दिए और मनोहर शरमा गया।

बुआ के विवाह को छः वर्ष बीत चुके थे परन्तु उनकी कोई संतान नहीं थी। मनोहर के सानिध्य से उन्हें मातृ सुख मिलने लगा था। बाबूजी को भी संतान सुख अधेड़ उम्र में प्राप्त हुआ था। गाँव में बाबूजी निरंतर बीमार रहने लगे थे। यहां शहर में उनका इलाज जिला अस्पताल के अनुभवी डॉक्टर कर रहे थे। बुआ उनको समयानुसार दवाइयां देती रहती थीं। अम्मा अपनी पूजा-पाठ में व्यस्त रहती थीं। सुबह और शाम को उनका रामायण पाठ करना उनकी दिनचर्या का अभिन्न हिस्सा था।

श्यामाप्रसाद दूसरे दिन सब के साथ नाश्ता कर के कलेक्टर ऑफिस अपने फूफा जी के साथ चल दिए। सुबह ग्यारह बजे मीटिंग थी। उनके साथ प्रशिक्षण प्राप्त अन्य चार चयनित अधिकारी भी शहर आ चुके थे। मीटिंग के आरंभ में कलेक्टर

साहब ने चयनित ट्रेंड अधिकारियों को शुभकामनाएं दी। फिर हर एक से उनके ट्रेनिंग के अनुभव की जानकारी ली और फिर सब के साथ स्वयं के ट्रेनिंग अनुभव साझा किए। अंत में सब अधिकारियों की विभिन्न नगरों में नियुक्ति की घोषणा करते हुए मीटिंग समाप्त की।

श्यामाप्रसाद की पोस्टिंग सुंदरगढ़ की गयी थी। उन्हें एक सप्ताह में ही वहाँ ज्वाइन करना था। शाम को घर पर भोजन करते समय उन्होंने बताया कि, "उन्हें एक सप्ताह के भीतर ही सुंदरगढ़ जाना होगा।" घर-परिवार में पाँच दिन मौज-मस्ती में बीत गए और इसी बीच उनकी जाने की तैयारियाँ भी पूरी हो गई। सुंदरगढ़ शहर से लगभग साठ मील पूर्व में बसा था।

नियत दिन और समय पर श्यामाप्रसाद सबसे बिदा लेकर सुबह की बस से रवाना हुए। छः घंटे का सफ़र पूरा करके सुंदरगढ़ पहुँच गए। बस अड्डे पर तहसील से एक कर्मचारी उन्हें लिवाने आया था। उनके रहने का इंतजाम डाक बंगले में किया गया था। सफ़र से थक चुके थे। डाक बंगला पहुँच कर चाय पी और कुछ देर के लिए सो गए। सो कर उठे तो तब तक शाम के छः बज चुके थे। हाथ-पैर धोकर कमरे में आकर बैठ गए, तभी खानसामा ने आकर पूछा, "साहब रात में भोजन में आपके लिए क्या बनाऊं?"

"वैसे तो मुझे ज्यादा भूख नहीं है फिर भी ऐसा करो कि दो चपातियाँ और कोई भी सब्जी बना लेना और हाँ दही जरुर ले आना। मैं रात्री भोजन आठ से साड़े आठ के बीच करता हूँ। फ़िलहाल मेरे लिए एक कप चाय और दो बिस्कुट ले आओ। चाय पीकर मैं घूमने निकलूँगा।" नगर भ्रमण करते हुए देखा कि नगर का मुख्य चौक बहुत ही खुबसूरत था। एक तरफ नगरवासियों के लिए सुंदर बगीचा बना था। उसके चारों ओर दुकानें सजी थी। बगीचे के पास वाली सड़क तहसील कार्यालय तक जाती थी। श्यामाप्रसाद टहलते हुए कार्यालय तक चल दिए। पुरानी मगर साफ़ सुथरी मजबूत ईमारत थी। मुख्यद्वार पर तहसील कार्यालय सुंदरगढ़ का बोर्ड लगा था। श्यामाप्रसाद ने मन ही मन में कहा तो यह है मेरी पहली कार्यस्थली और मुस्कुराते हुए लौट चले।

आज श्यामाप्रसाद का ऑफिस में पहला दिन था। सभी कर्मचारियों से परिचय हो जाने के बाद उन्होंने सभी को संबोधित करते हुए कहा, "आप लोग

अनुभवी और कार्य कुशल हो परन्तु मैं आज से अपने पद पर स्थापित हो रहा हूँ। आज मेरे कार्य का पहला दिन होगा। यदि मेरे किसी कार्य में कोई कमी रह जाए तो मुझे उम्मीद है आप मेरा मार्गदर्शन करेंगे। हम सभी को मिलजुलकर कार्य करना है। मुझे पूरा विश्वास है कि आप सभी अनुभवी साथियों के साथ मिलकर मैं भी अपने काम की जिम्मेदारी ठीक से निभा पाऊँगा। मेरे काम का सफ़र आज से शुरू हो रहा है और मेरी सफलता में आपकी हिस्सेदारी, मैं अपने जीवनकाल में कभी भी भूल नहीं पाऊँगा। तो आइये, आज से मेरे साथ काम की शुरुआत कीजिए।" और इस तरह श्यामाप्रसाद ने अपने कार्यक्षेत्र में पहला कदम रखा। रोज समय पर दफ्तर पहुँचकर पेंडिंग काम का निपटारा करने लगे। सप्ताह में एक पत्र घर पर भेज दिया करते थे, वहाँ से भी कुशलता के समाचार मिलते रहते थे।

डाक बंगले में रहते हुए श्यामाप्रसाद को पंद्रह दिन हो चुके थे। एक दिन उन्होंने दफ्तर पहुँचते ही बड़े बाबू को चेंबर में बुलाकर पूछा, "वो हमारे सरकारी घर का क्या हुआ? अब तक तो रिपेयरिंग हो कर तैयार हो जाना चाहिए?"

"जी साहब! मैं कल देखने गया था अभी पुताई चल रही है। मुझे ओवरसियर साहब ने बताया है कि सोमवार तक सब काम हो निपट जायेंगे।"

"ठीक है, आज शाम को दफ्तर के बाद देखने चलेंगे।" सरकारी क्वाटर उनके ऑफिस से दस मिनट की दूरी पर बने थे।

उनके लिए तय किये गए मकान में दो कमरों के साथ एक हॉल, बैठक का कमरा और आगे खुला बरामदा तथा पीछे की तरफ रसोईघर और गुसलखाना बना था। शाम को वे बड़े बाबू के साथ घर देखने गए। घर के अहाते में बगीचे के लिए क्यारियाँ बनी हुई थी। बैठक के कमरे से हॉल में जाने का रास्ता था। हॉल के साथ दो कमरे अलग बने हुए थे। पीछे रसोईघर जिसमें जाफरी (बांस की बनी हुई जाली) लगाई गई थी। गुसलखाना अलग था। मकान की पुताई आखिरी दौर में थी। ठीक से देखने के बाद उन्होंने बड़े बाबू से कहा, "सोमवार को आप आकर ठीक से साफ़-सफाई करवा दीजिये और माली से कहकर ये क्यारियां वगैरह ठीक-ठाक करवा दीजियेगा। और हाँ घर के कामकाज के लिए एक नौकर की व्यवस्था भी करनी होगी जो रसोई भी बना सके, समझ गए ना आप?"

"जी साहब! आप फिक्र नहीं करें। सब व्यवस्था हो जाएगी। मैंने आवश्यक

फर्नीचर, बर्तन वगैरह सब सामान के लिए भी बात कर रखी है।"

"यह तो आपने बहुत ही अच्छा किया। मैं तो इस बारे में सोच ही रहा था।

जवाब में बड़े बाबू मुस्कुराते हुए बोले, "साहब आप किसी बात की फिक्र मत करो। आपकी सारी सुविधाओं का ध्यान रखना हमारी जिम्मेदारी है। वैसे मेरा घर भी पास में ही है। आपको जब भी किसी चीज की जरुरत हो हुक्म कीजियेगा, व्यवस्था हो जाएगी।"

"बड़े बाबू ये तो आपका बड़प्पन है" मुस्कुराकर कहते हुए श्यामाप्रसाद डाक बंगले जाने के लिए लौट चले।

कुछ दिनों बाद, श्यामाप्रसाद ऑफिस पहुँचे ही थे कि बड़ेबाबू अभिवादन करते हुए उनके चेंबर में आये। कुछ फाइलों को खोलकर चर्चा करते हुए उनके दस्तखत लेते हुए बोले, "साहब कल शाम को मैंने आपके बंगले की सुपुर्दगी ले ली है और ताला भी लगा दिया है। आज दफ्तर आने से पहले आँगन के बगीचे की सफाई और क्यारियों को व्यवस्थित करके नए पौधे लगाने के लिए भी सरकारी माली को कह दिया है। दोपहर भोजन करने जाऊँगा तब एक बार देखता आऊँगा।"

"वाह! बड़ेबाबू अच्छी खबर सुनाई है। जल्दी से घर-द्वार ठीक-ठाक हो जाये तो एक बार शहर जाकर अम्मा को और बाबूजी लिवा लाऊंगा।"

"जी! अच्छा विचार है साहब। मैं आज शाम को ही सज्जनलाल की दुकान पर जाकर कल-परसों तक फर्नीचर वगैरह रखने का बोल देता हूँ।"

"ठीक है, मुझे भरोसा है आप हर काम मुस्तैदी के साथ समय से पहले ही पूरा करवा लेते हैं। अच्छा यह बताइए अगली पटवारी मीटिंग कब तय की है?"

"साहब! अगले माह की पाँच तारीख को मीटिंग है। मैं हर गाँव के हिसाब से मीटिंग की बिन्दुवार सूची तैयार कर रहा हूँ। पूरी होते ही पेश कर दूँगा।"

"ठीक है कहते हुए आगे पूछा आज कचहरी में कितने मामले हैं?"

"जी सात केस हैं, मैंने बोर्ड रूम में सभी फाइल रखवा दी है। आज सोलंकी भाईयों की भी तारीख है। खेत की मुंडेर के बारे में आज ही आपको फैसला देना है।"

"अरे हाँ! वो फाइल मुझे भिजवा दीजिये। फैसला देने के पहले पढ़ लेता हूँ।"

कुछ ही दिनों में श्यामाप्रसाद का निवास व्यवस्थित रूप से सज-संवर गया।

घर के सामने हरी घास का सुंदर लॉन और क्यारियों में रंग-बिरंगे फूल खिल उठे। कचहरी जाने से पहले रोज श्यामाप्रसाद बरामदे में बैठकर सुबह की चाय का लुत्फ़ लेते हुए अखबार पढ़ते थे। ऑफिस और कचहरी का कार्य सुचारू रूप से चल रहा था। अब सुंदरगढ़ आये उन्हें तीन महीने हो चुके थे।

एक दिन सुबह रविवार के दिन वे बरामदे में बैठे अख़बार पढ़ रहे थे। तभी बड़ेबाबू उन्हें अभिवादन करते हुए आकर बोले, "बाजार जा रहा था, सोचा आपसे पूछता चलूँ कुछ लाना हो तो ले आऊँगा।"

"नहीं-नहीं बड़ेबाबू! अभी किसी चीज की जरुरत नहीं है। वैसे भी आप पहले ही सब जरुरत का सामान लाकर रखवा देते हो आइए बैठिये" कहते हुए उन्होंने नौकर को चाय लाने के लिए आवाज लगाई। बड़ेबाबू का पूरा नाम सुनील कुमार माथुर था। सरकारी काम-काज में उन्हें एक.के.माथुर या माथुर साहब के नाम से बुलाया जाता था। अधेड़ उम्र के सुलझे विचारों वाले व्यक्ति थे। श्यामाप्रसाद के घर की लाइन में पाँचवाँ घर उनका था। दो पुत्रों के पिता अपनी पत्नी के साथ रहते थे। उनके दोनों बेटे सुंदरगढ़ के सरकारी माध्यमिक विद्यालय में पढ़ते थे।

चाय पीते हुए उन्होंने कहा, "साहब कल शाम को डाक में कलेकटर कार्यालय से एक खुशखबरी मिली है।"

श्यामाप्रसाद ने उत्सुकता से उनकी ओर देखते हुए पूछा, "क्या खुशखबरी है? बताइए हमें।"

"साहब! आपके दौरे पर जाने के लिए एक जीप की मंजूरी हो गई है और छः सात दिनों में जीप आ भी जाएगी।"

"अच्छा! विस्मय से श्यामाप्रसाद पूछ बैठे परन्तु हमने तो ऐसी कोई अर्जी नहीं दी थी।"

"जी! दुरुस्त फ़रमाया है परन्तु आपसे पहले जो साहब तैनात थे उन्होंने कोई एक साल पहले अर्जी लगाई थी जिसे अब मंजूरी मिली है।"

"वाह! बड़े बाबू ये तो वाकई खुशखबरी है।

श्यामाप्रसाद ने चार दिन पहले ही फूफाजी को पत्र लिखकर स्वयं की कुशलता के साथ-साथ सारी गतिविधियाँ बता दी थी। आखिर में यह भी लिखा कि

वे सप्ताह के आखिर में तीन-चार रोज के लिए सरकारी काम-काज के सिलसिले में शहर आने वाले हैं। और फिर शनिवार की शाम को बड़े बाबू को सब आवश्यक कार्य समझाकर सरकारी जीप में सवार होकर शहर के लिए चल दिए। रास्ते में दो-तीन जगह रूककर नौ बजे रात्री में घर पहुँच गए। उनके घर में प्रवेश करते ही जैसे रौनक आ गई। सभी बेचैनी से इंतजार जो कर रहे थे उनका। सब को प्रणाम कर और मनोहर को दुलारते हुए वे गुसलखाने में हाथ-पैर धोकर कपड़े बदलकर बैठक में आ गए। सभी खाना खा चुके थे। बुआ ने पूछा, "लल्ला! तुम्हारे लिए खाना लगा दूँ?"

"हाँ बुआ, बहुत भूख लगी है" और खाना खाते हुए बातों का सिलसिला शुरू हो गया। बाबूजी अपने होनहार बेटे को टकटकी बाँधे निहार रहे थे। अब बाबूजी की तबियत सुधर रही थी पहले से बेहतर और तंदुरुस्त नजर आ रहे थे। श्यामाप्रसाद अपने ऑफिस की दिनचर्या ब्यौरेवार बता रहे थे। सब ध्यान मग्न होकर उनकी बातें सुन रहे थे।

आखिर में वे फूफाजी को संबोधित कर बोले कि, "मैं सोचता हूँ वापस लौटते समय बाबूजी और अम्मा को साथ ही लेता जाऊं वहाँ अकेलापन खलता है। खासकर छुट्टी वाले दिन। आपका क्या विचार है?"

उनकी बात सुनकर फूफाजी ने हँसकर कहा, "लल्ला! तुम्हारे अकेलेपन का इंतजाम तो कर लिया गया है। अभी पिछले सप्ताह हम सभी एक सगाई में मिश्रा जी के घर गए थे। वहाँ उनके रिश्तेदार भी आये हुए थे। उनकी बेटी मनोरमा तुम्हारी बुआ और अम्मा को बहुत ही पसंद आई है। सुंदर, सुशील, गृहकार्य में दक्ष और मेट्रिक पास है। बाबूजी ने भी पसंद की है। लल्ला! हम तो जबान दे आये हैं भाई।"

श्यामाप्रसाद अवाक् होकर बोले, "क्या? इतनी जल्दी आपने बात भी पक्की कर दी। घर-परिवार सब ठीक तो है?"

"अरे हाँ भैया, सब बढ़िया है। लड़की के पिताजी का मेडिकल स्टोर है और मनोरमा उनकी इकलौती बिटिया है। बहुत ही सज्जन और भले लोग हैं। तुम चाहो तो तुम्हें भी मिलवा लायेंगे।"

लंबी साँस लेकर मन ही मन कुछ सोचते हुए श्यामाप्रसाद ठंडे स्वर से बोले, "जैसी संतों की मर्जी" उनकी बात सुन सभी हँस दिए।

बात को आगे बढ़ाते हुए फूफाजी ने कहा, "वैसे तुम्हारा यह विचार अच्छा

है, बाबूजी और अम्मा को सुंदरगढ़ ले जाने का।''

अब बुआ बोल पड़ी, ''और मनोहर? मैं उसे नहीं जाने दूँगी। वह मेरे साथ ही रहेगा।''

बाबूजी ने जवाब दिया, ''चंदा! वैसे भी वह दिन भर तुम्हारे ही साथ रहता है। तुम ही उसे खिलाती-पिलाती हो और तो और वह सोता भी तुम्हारे ही साथ है। तुम्हारी भौजी ने तो उसे सिर्फ जन्म दिया है परन्तु वह माँ तो तुम्हें ही कहता और समझता है। क्यों जी! तुम्हारा क्या विचार है?'' उन्होंने अम्मा की ओर देखकर पूछा।

''मैं भी आपके विचार से सहमत हूं। आपने सही कहा मुझसे ज्यादा तो चंदा ही उसका ध्यान रखती है। उसको नहलाना उसके साथ खेलना भी क्या किसी से छुपा है। अब तो वह मेरे पास भी कम ही आता है। उसे भी चंदा का साथ ही भाता है। वैसे भी हम कोई विलायत तो जा नहीं रहे। आते-जाते रहेंगे।''

फूफाजी ने बात ख़त्म करते हुए कहा, ''तो फिर ठीक है मनोहर यहीं रहेगा वैसे मैं भी उसके बिना नहीं रह सकता हूँ'' वे हँसते हुए बोले।

समय बीत चला। श्यामाप्रसाद ने सारे सरकारी काम-काज निपटा लिए। अम्मा और बाबूजी के आवश्यक सामान की पैकिंग भी हो चुकी थी। कल भोर होते ही सुंदरगढ़ के लिए निकलना है। रात्रि भोजन के समय बातों-बातों में फूफाजी ने सब को बताया कि, ''उन्होंने स्वयं का मकान बनवाने के लिए शहर की एक नव विकसित कॉलोनी में प्लाट खरीदने का सोचा है।''

बाबूजी ने कहा, ''अच्छा विचार है। रिटायरमेंट से पहले ही आपने पहल कर दी, अति उत्तम। शहर में स्वयं का मकान होना परिवार के लिए गौरवपूर्ण कदम है।''

''जी आपके आशीर्वाद से परिवार और मनोहर के सुखी तथा संपन्न जीवन के लिए प्रयास करता रहता हूँ। मकान बनने के साथ-साथ लल्ला का विवाह भी हो जाए तो एक जिम्मेदारी से मुक्त हो जाऊं।''

श्यामाप्रसाद ध्यान से सुन रहे थे। बोल पड़े, ''फूफा जी सारी जिम्मेदारी आप ही निर्वाह कर लेंगे तो मेरे लिए क्या बचेगा?''

जवाब मिला, ''लल्ला! फ़िलहाल अहम् जिम्मेदारी है तुम्हारा विवाह के लिए हाँ कर देना'' उनकी बात सुन सब को हँसी आ गई।

सुबह सबसे पहले बाबूजी जाग गए थे। नहाकर पूजा-ध्यान करके तैयार होकर हॉल में बैठे थे। अम्मा स्नान कर रही थी। घर के मुख्य द्वार की कुंडी किसी ने खटखटाई। द्वार खोलने से पहले बाबू जी ने पूछा, "कौन है?

बाहर से आवाज आई, "साहब मैं हूँ ओमकार।" उन्होंने द्वार खोला बाहर ड्राइवर ओमकार खड़ा था। उसने अभिवादन करके पूछा, "साहब नहीं है क्या?"

बाबूजी ने उसे जवाब दिया, "अभी सोये हैं जरुरी हो तो उठा देता हूँ।"

"नहीं-नहीं, सिर्फ ये बता दीजियेगा कि मैं जीप में पेट्रोल और हवा भरवाकर कुछ ही देर में आ जाऊँगा।"

आवाज सुनकर श्यामाप्रसाद आँखें मलते हुए बाहर आये, ओमकार को देखकर पूछा, "क्या बात है?"

"कुछ नहीं साहब, बताने आया था कि जीप में पेट्रोल और हवा भरवाकर कुछ समय में आता हूँ तब तक आप तैयार हो जाइएगा।"

"ठीक है बाबूजी और अम्मा तो तैयार हैं। मुझे करीब आधा घंटा लगेगा तुम आकर सामान वगैरह जीप में रख लेना फिर चल देंगे।"

"जी साहब" कहते हुए ड्राइवर चला गया।

बुआ जल्दी-जल्दी चाय नाश्ते के इंतजाम में व्यस्त थी। अम्मा तैयार हो चुकी थी। और मनोहर के नींद से जाग जाने के कारण उसे थप-थपाकर फिर से कुछ देर के सुलाने की कोशिश कर रही थीं। सुबह के आठ बज चुके थे। श्यामाप्रसाद के तैयार होकर आते ही सब का नाश्ता शुरू हुआ। नाश्ता ख़त्म करके जब सभी चाय पी रहे थे तभी मनोहर उठकर हॉल में आ गया। उसे देख बुआ ने लपककर अपनी गोद में बिठा लिया। वह विस्मय से सब को ताक रहा था कि सब सजे-धजे क्यों बैठे हैं? अम्मा ने उसे अपने पास लेकर दुलारा और बुआ की ओर देख उससे बोली, "माँ को परेशान मत करना। मैं और बाबूजी तुम्हारे दादा के साथ जा रहे हैं। जल्दी आ जायेंगे।"

श्यामाप्रसाद ने उसका माथा चूमते हुए कहा, "जल्दी-जल्दी बड़े हो जाओ, अभी हम जा रहे हैं। तुम माँ के साथ रहना ठीक से।" मनोहर बुआ को माँ कहकर पुकारता था। अब विदा होने का समय था। ड्राइवर जीप में सामान रखकर बाहर ही

खड़ा था। सभी के बैठ जाने के बाद जीप सुंदरगढ़ के लिए रवाना हो गई। रास्ते में रुकते-रुकाते एक बजे सुंदरगढ़ पहुँच गए। घर पर बड़े बाबू स्वागत के लिए बरामदे में ही बैठे थे। उन्होंने बाबूजी और अम्मा के पैर छूकर प्रणाम कर श्यामाप्रसाद से कहा, "साहब आप लोग हाथ-पैर धोकर कुछ देर सुस्ता लीजिये, लम्बे सफ़र से आये हैं। मैं थोड़ी ही देर में भोजन की व्यवस्था करके आता हूँ।" बाबूजी और अम्मा घर का निरिक्षण करने लगे। अम्मा को घर बहुत ही पसंद आया वे प्रसन्नता से श्यामा से बोली, "लल्ला! घर तो बहुत ही अच्छा है।" बाबूजी ने भी हाँ में हाँ मिलाते हुए कहा, "हवादार भी है, बहुत ही मन को शांति मिल रही है।" श्यामाप्रसाद ने जवाब में कहा, "यह सब आपका आशीर्वाद है। आप दोनों की प्रसन्नता से मैं भी खुश हूँ।" तीनों हॉल में बैठे बातें कर रहे थे कि बड़े बाबू हाथ में बड़ा सा टिफिन लेकर आ गए। "आइये साहब भोजन कर लीजिये गरमागरम है।"

श्यामाप्रसाद ने पूछा, "आपने भोजन किया या नहीं?"

"जी अभी नहीं। पहले आप खा लीजिये मैं बाद में घर पर खा लूँगा।"

"अरे! नहीं बड़े बाबू ऐसा कैसे हो सकता है हमारे कारण आपने अभी तक खाना ही नहीं खाया। चलिए सभी साथ बैठकर खाना खाते हैं।"

दोनों की बातें ही चल रही थी इसी बीच अम्मा रसोईघर से थाली-कटोरी वगैरह लेकर आ गईं और टिफिन से खाना निकालकर परोसने लगी। भोजन करते हुए बाबूजी ने कहा, "बहुत ही स्वादिष्ट खाना है। किसने बनाया है?"

'जी' शरमाते हुए बड़े बाबू बोले, "मेरी पत्नी बहुत ही अच्छा खाना बनाती है।"

अम्मा ने कहा, "भैया उन्हें भी साथ ले आते।"

"जी माता जी यहीं चार घर छोड़कर ही तो मैं रहता हूँ। शाम को आपसे मिलने जरुर आयेगी।"

बाबूजी बड़े बाबू से बातें करते हुए उनका विस्तृत परिचय ले रहे थे। कहाँ के मूल निवासी है, परिवार में कौन-कौन है, कितने वर्षों से नौकरी कर रहे हैं, आदि।

भोजन समाप्त होने पर अम्मा बर्तन वगैरह उठाने लगी तो बड़े बाबू उन्हें रोकते हुए बोले, "आप रहने दीजिये माताजी। अभी कुछ ही देर में जगदीश आता ही होगा।

बर्तन साफ़ करना और रसोई बनाने का काम उसका है। आप आराम से बैठिये।'' जगदीश को बड़े बाबू ने घर के काम और रसोई बनाने के लिए रखा था। वह पहले उनके घर पर काम करता था। उनकी पत्नी ने उसे सभी तरह के भोजन और व्यंजन बनाना सिखा दिया था। जगदीश के पिता की अकाल मृत्यु हो गई थी। उसकी माँ ने घरों में काम करके उसे पाला है।

कुछ देर बाद जगदीश आ गया। सभी को प्रणाम किया और जूठे बर्तन उठाकर मोरी में ले जाकर सफाई करने लगा। अम्मा भी पीछे रसोई घर से लगी हुई मोरी तक गई और जगदीश को संबोधित करके बोली, 'बेटा बर्तन धुल जाएँ तो चाय बना लेना' और फिर वापस आकर बड़े बाबू से कहा, ''भैया आप घर जाकर बहु को लिवा लाओ चाय पीने का वक्त हो चला है साथ बैठकर चाय पी लेंगे और इसी तरह उनसे परिचय भी हो जायेगा।''

''वाह! अम्मा आपने तो मेरे मन की बात कह दी'' कहते हुए श्यामाप्रसाद बड़े बाबू से मुखातिब होकर बोले, ''अब जाइये भी भौजी को बुला लाइए।'' बड़े बाबू हँसते हुए उठ खड़े हुए। वापस पत्नी सहित आये। उनकी पत्नी ने श्यामाप्रसाद को नमस्ते कहते हुए बाबूजी और अम्मा के पैर छूकर आशीर्वाद लिया।

अब महफ़िल दो भागों में बंट चुकी थी। अम्मा और भौजी अलग बातें कर रहे थे और बाबूजी, बड़े बाबू के साथ श्यामाप्रसाद व्यस्त थे। चाय आ चुकी थी। सभी सायंकालीन चाय की चुस्कियां लेने लगे। बातों ही बातों में किसी को भी समय का ध्यान ही नहीं रहा। भौजी उठते हुए बोली, ''माताजी अब मुझे जाना होगा रात्री भोजन का प्रबंध भी तो करना है। बच्चों को जल्दी भूख लग आती है। खेलकर वापस भी आ गए होंगे। भोजन करके दोनों पढ़ाई करने बैठ जाते हैं।''

''ठीक है बहु जब भी समय मिले आती रहना।''

दूसरे दिन श्यामाप्रसाद की नींद देर से खुली। बाबूजी का स्नान-ध्यान हो चुका था और वे बरामदे में बैठकर अख़बार पढ़ रहे थे। अम्मा रसोई घर में जगदीश को नाश्ता बनाने में सहयोग कर रही थी। श्यामाप्रसाद को देखकर बोली, ''उठ गए लल्ला। बैठो अभी चाय भिजवाती हूँ।''

''जी अम्मा कहते हुए वे बैठ गए।'' चाय पीते हुए उन्होंने अम्मा से कहा, ''मैं जल्दी से नहा लेता हूँ। आज दफ्तर के लिए देर हो चुकी है। समय से नींद भी नहीं

खुली। आप मेरा खाना जगदीश के साथ भिजवा देना। आप दोनों समय पर खा लेना।"

"ठीक है लल्ला साहब" अम्मा उन्हें दुलारते हुए मुस्कुरा के बोली। श्यामाप्रसाद हँसते हुए नहाने चले गए।

श्यामाप्रसाद के तहसील में अद्भुत प्रशासनिक कार्य की शहर में कलेक्टर ऑफिस तक चर्चा होने लगी थी। उन्हें सुंदरगढ़ आये एक साल से ज्यादा समय बीत चुका था। सभी पेंडिंग कार्य निपट गए थे। कचहरी में भी कोई मामला पेंडिंग नहीं था। शासकीय भूमि का सीमांकन का कार्य भी पूर्ण गति पर था। पटवारियों के नक्शे जांचे जा चुके थे। कुल मिलकर दफ्तर में रोजमर्रा के कार्य का नियमित निपटारा हो जाता था।

अभी पिछले माह बाबूजी और अम्मा को साथ लेकर शहर गए थे। मनोहर अब बोलने और पूरे घर में दौड़ने लगा था। उसकी मीठी बोली में प्यारी-प्यारी बातें करना सब का मन मोह लेती थी।

फूफाजी ने घर बनवाने का काम शुरू कर दिया था। नए घर में नीचे चार कमरे, बैठक के लिए बड़ा हॉल, रसोई घर और आंगन में शौच स्थान तथा स्नान घर और पहली मंजिल पर एक कमरे के साथ बड़े हॉल का प्रावधान रखा था। श्यामाप्रसाद और बाबू जी को साथ लेकर घर दिखा लाये थे। घर की दीवारें खड़ी हो गई थी। दरवाजे और खिड़कियों की चौखट लग चुकी थी। पक्का घर बन रहा था। छत भी लोहे की गर्डर और फ़र्सी की बनेगी और आंगन से सीढ़ियों द्वारा छत पर जाया जा सकेगा, यह सब विस्तार से फूफाजी बता रहे थे।

श्यामाप्रसाद ने फूफा जी से पूछा, "घर बनने में कुल कितना खर्च होगा?"

"कोई खास नहीं, ठेकेदार ने छः से सात हजार का खर्च बताया है। सारी व्यवस्था मैंने कर रखी है। तुम चिंता मत करो।"

"फिर भी मेरी तनख्वाह से हर महीने बचत हो रही है। बैंक में जमा रहता है आप बेफिक्र आज्ञा करें।"

श्यामाप्रसाद की बात सुनकर फूफाजी मुस्कुराते हुए बोले, "लल्ला तुम्हारी बचत भी खर्च करेंगे परन्तु अभी नहीं तुम्हारी शादी के समय" सुनकर श्यामाप्रसाद शरमा गए।

एक दिन सुबह बाबूजी, अम्मा और श्यामाप्रसाद बैठक में बैठे थे। मनोहर वहीं कोने में बैठा खेल रहा था। बुआ रसोईघर में थी तभी किसी ने दरवाजे पर दस्तक देते हुए पुकारा तिवारी जी।

फूफा जी ने दरवाजे की ओर देखा तो प्रसन्नता से बोल उठे, "अरे मिश्राजी! आइये-आइये।" मिश्रा जी ने घर में प्रवेश कर सभी का अभिवादन किया और बाबूजी के पास रखी कुर्सी पर बैठते हुए बोले, "मुझे कल ही पता चला कि बाबूजी आये हुए हैं तो सोचा आज दर्शन कर लूँ।"

फूफाजी ने सकपकाते हुए कहा, "मैं आज आपके पास सूचना भेजने ही वाला था। वो क्या है मिश्राजी कि दिन भर दफ्तर का काम और मकान निर्माण की व्यस्तता के कारण मुझसे चूक हो गई।"

"कोई बात नहीं साहब, मैं समझ सकता हूँ।" मिश्राजी ने इधर-उधर देखते हुए पूछा, "बहन जी दिखाई नहीं दे रही है।" इतने में बुआ ने रसोई घर से बाहर आकर उन्हें नमस्ते करते हुए कहा, "मैं चाय नाश्ता तैयार कर रही थी।"

मिश्राजी तपाक से बोले, "अति उत्तम...मैं सही समय पर आया हूँ" और अपने साथ लाये झोले को थमाते हुए कहा, "मैं भी सब के लिए गरमागरम समोसा और जलेबियाँ लेकर आया हूँ लीजिये। आप स्वयं और सभी के लिए यही नाश्ता ले आइये। चाय बाद में बनाइएगा।" बुआ उनसे झोला लेकर मुस्कुराते हुए नाश्ता लगाने चल दी सभी के लिए नाश्ता लग चुका था। बाबूजी की प्लेट में जलेबियाँ कम देखकर मिश्रा जी ने पूछा, "क्या आपको जलेबी पसंद नहीं है?"

अम्मा ने जवाब दिया, "ऐसा नहीं है वो इन्हें डॉक्टर साहब ने मीठा कम खाने की सलाह दी है।"

मिश्राजी तो दवाई दुकान वाले थे कहने लगे, "आप फिक्र मत कीजिये। मधुमेह के उत्तम इलाज की भी दवा है। मैं आज ही भिजवा दूँगा। एक गोली सुबह बगैर कुछ खाए लेनी होगी बस। आप तो निश्चिन्त होकर खाइए बाबू जी, पंडितों का मीठे पदार्थ से परहेज कैसा?" उनकी बात सुनकर बाबूजी अपनी हँसी नहीं रोक पाए।

बातों-बातों में उन्होंने सगाई की बात छेड़ दी। कहने लगे, "अब तो बाबू साहब की नौकरी भी ठीक तरह से चलने लगी है। अतः मनोरमा की माँ और मेरा

विचार है कि शुभ मुहूर्त देखकर बच्चों की सगाई कर दी जाये।"

जवाब फूफाजी ने दिया, "नेकी और पूछ-पूछ मिश्राजी अभी लल्ला यहाँ एक सप्ताह और हैं, बाबूजी मुहूर्त निकाल देंगे।"

श्यामाप्रसाद चुपचाप बैठे सब की बातें सुन रहे थे। वे बुआ की ओर देखकर बोले, "आप समझाइए ना फूफाजी को, इतनी भी क्या जल्दी है?"

"लल्ला जल्दी-वल्दी कुछ नहीं, सब काम समय पर हो जाए वही अच्छा होता है" और अलमारी से पंचांग निकालकर बाबू जी को थमाते हुए बुआ बोलीं, "भैया लीजिये शुभ मुहूर्त निकालकर बताइए।"

बाबूजी पंचांग देखकर कुछ देर गणना करके बोले, "आने वाले गुरूवार को संध्या छः बजे अति उत्तम मुहूर्त है।" सुनकर सभी के चेहरे खिल उठे। मिश्राजी ने तुरंत इक्कावन रुपये की भेंट श्यामाप्रसाद के हाथों में रखी और स्नेहपूर्वक उन्हें आशीर्वाद दिया। बाबूजी के पैर छूकर फूफाजी को गले से लगाया। सभी ने एक-दूसरे को बधाईयाँ दी। और इस तरह श्यामाप्रसाद की सगाई पक्की कर दी गई।

गुरूवार के दिन सुबह से ही घर में ख़ुशी का माहौल था। बुआ और अम्मा शाम को होने वाली सगाई रस्म की तयारियों में व्यस्त थी। आज फूफाजी ने भी छुट्टी ले ली थी। शहर में बसे रिश्तेदारों, पारिवारिक मित्रों और पास-पड़ोस के घरों में न्योता दे दिया गया था। बाहर आँगन में कनातें लगाई जा रही थी।

शाम चार बजे ही मेहमान आना शुरू हो गए थे। ढोलक की थाप पर मंगलगीत गाये जा रहे थे। फूफाजी आँगन में लगाए गए शामियाने में मेहमानों का स्वागत करने में व्यस्त थे। बाबूजी भी वहीं कुर्सी पर बैठे आने वाले मेहमानों से उनके हाल-चाल पूछ रहे थे। आँगन में ही सगाई रस्म होनी थी। एक मोटे से गद्दे पर सफ़ेद चादर बिछा दी गई थी। कुछ देर बाद श्यामाप्रसाद भी सफ़ेद धोती और रेशम का कुर्ता पहने तैयार होकर बाबूजी के पास रखी कुर्सी पर बैठ गए। मुहूर्त के नियत समय से एक घंटा पहले मिश्राजी अपने कुटुंब सहित पधारे। फूफाजी ने उनका स्वागत करते हुए गले से लगाया। पंडित जी ने श्यामाप्रसाद को गादी पर बैठ जाने को कहा। उनके बैठने के बाद उन्होंने पूजा आरंभ कर दी। बाबूजी, फूफाजी, मिश्राजी और अन्य सगे संबंधी भी यथोचित स्थान पर बैठ चुके थे। पूजा समापन के पश्चात् पंडित जी ने मिश्राजी से निवेदन किया, "अब आप भैया साहब को तिलक करके शगुन रस्म

कीजिये।'' शगुन रस्म पूरी होने पर श्यामाप्रसाद ने अपने होने वाले ससुरजी के पैर छूकर आशीर्वाद लिया। फिर बाबूजी और फूफाजी आशीर्वाद लेकर अंदर घर में जाकर अम्मा और बुआ को प्रणाम कर आशीर्वाद लिया। सभी ने एक-दूसरे को बधाइयाँ दी और इस तरह सगाई कार्य रात्री भोज के साथ आनंदपूर्वक सम्पन्न हुआ। मेहमान एक-एक करके विदा ले रहे थे। गाना-बजाना बंद हो चुका था। घर में अंदर हॉल में बाबूजी और फूफाजी बैठे बातें कर रहे थे वहीं मिश्राजी भी आकर बैठ गए। बाबूजी बहुत ही प्रसन्न थे कि कार्यक्रम समय पर आनंदपूर्वक सम्पन्न हो गया। उनके चेहरे पर ख़ुशी भाँपते हुए मिश्राजी ने उनसे कहा, ''बाबूजी अब शीघ्र ही विवाह का मुहूर्त भी देख लीजियेगा।''

जवाब फूफाजी ने दे दिया, ''मिश्राजी अब इतनी भी जल्दी मत करिए कुछ समय रुक जाइए। अब विवाह हमारे नए मकान के बन जाने के बाद होगा। लल्ला की शादी नए मकान से ही होगी। क्यों बाबूजी? आप सहमत है ना मेरे सुझाव से?'' बाबूजी ने सिर हिलाकर अपनी सहमति दी। बेचारे मिश्राजी खिसियाते हुए बोले, ''जैसी आपकी इच्छा वैसे कितना काम बाकी है? कब तक पूरा बन जायेगा?''

''मिश्राजी! मकान को पूरा बनने में कम से कम चार महीने और लगेंगे और उसके बाद बढई के काम में करीब दो माह लग जायेंगे। आप मान कर चलिए छः से सात माह का समय तो कम से कम लग ही जायेगा। बस नए घर में सब व्यवस्थित हो जाए तब तक आप रुकिए और अपनी तरफ से तैयारी करते रहिये।'' बाबूजी मौन होकर वार्तालाप सुन रहे थे। उन्होंने मिश्राजी को संबोधित करते हुए कहा, ''आप निश्चिन्त रहिये दीपावली के बाद देव उठनी ग्यारस के बाद का कोई अच्छा सा मुहूर्त देखकर मैं आपको सूचित कर दूँगा।''

''जी! बाबूजी आपका आदेश सर आँखों पर। वो क्या है कि हम लड़की वाले हैं, बेचैनी बनी रहती है। हमारी तरफ से तो हमने पूरी तैयारी कर रखी है फिर भी यदि कुछ कमी रह गई हो तो आप समय से पहले बता दीजियेगा।''

''आपकी तैयारी में कोई कसर या कमी रह ही नहीं सकती मिश्राजी'' फूफा जी ने जवाब देते हुए कहा ''आप ठहरे व्यापारी और व्यापारी से कोई चूक हो सकती भला, वो क्या कहते हैं... भूल चूक लेनी देनी'' और इस तरह हँसते-हँसाते बातें ख़त्म हुई।

रात घिरने लगी थी। मिश्रा परिवार ने सभी का अभिवादन कर विदा ली। सगाई कार्य पूर्ण होने के दो दिन बाद श्यामाप्रसाद अपने बाबूजी और अम्मा को लेकर वापस सुंदरगढ़ पहुँच गए।

एक दिन वे दफ्तर के काम में मसरूफ़ थे तभी बड़े बाबू ने दस्तक देकर चेंबर में आते हुए कहा, "साहब आपसे मिलने सेठ मदनलाल जी और अन्य गणमान्य आये हैं। आपका हुक़ुम हो तो उन्हें चेंबर में भेज दूँ?" उन्होंने फाइल एक तरफ सरकाते हुए इजाजत दे दी। सेठ जी ने साथ तीन अन्य व्यक्तियों ने चेंबर में उन्हें अभिवादन करते हुए प्रवेश किया। श्यामाप्रसाद ने उनके अभिवादन का नस्मते कहते हुए जवाब देकर पूछा, "कहिये सेठ साहब कैसे याद किया?" सेठ जी ने एक हस्तलिखित पत्र उनके सामने रखते हुए कहा, "श्रीमान हमारे नगर में आर्य समाज के संत श्रेष्ठ श्री श्याम पराशर पधार रहे हैं इस हेतु आपकी अनुमति आवश्यक है इसलिय पत्र लेकर हम आये हैं।"

"सेठ जी मुझे याद आ रहा है ये संत तो दिल्ली में रहते हैं। बड़े ही विद्वान वक्ता हैं। संत महर्षि दयानंद जी सरस्वती के अनुयायी, क्या सच में वे आ रहे हैं?"

"जी साहब वे ही आ रहे हैं। ये लीजिए सात दिवसीय शिविर की अनुमति की दरख्वास्त है।कृपया अनुमति देने की मेहरबानी करें"

"अरे! हाँ हाँ सेठ जी अनुमति तो मैं दिए दे रहा हूँ परन्तु आपसे एक निवेदन है, आप उनसे मेरी मुलाकात का बंदोबस्त जरुर करवा दीजियेगा। मैंने उनकी कई पुस्तकें पढ़ी हैं और उनकी विद्वत्ता का लोहा मानता हूँ।"

सेठ जी ने मुस्कुराते हुए कहा, "साहब संत श्री मेरे ही घर पर ठहरने वाले हैं आप उनके सत्संग और सानिध्य का लाभ समयानुसार ले सकेंगे। मैं व्यवस्था कर आपको सूचित कर दूँगा। यह कार्य मुझ पर छोड़ दीजिये।" श्यामाप्रसाद ने उनके दिए पत्र पर अपनी स्वीकृति लिखकर हस्ताक्षर करके उनसे कहा, "इसे आप बड़े बाबू को देकर अनुमति पत्र ले लीजिये।" पत्र लेकर सेठ जी और उनके साथ आये सभी सज्जन अभिवादन करते हुए चेंबर से बाहर निकल गए।

श्यामाप्रसाद शाम को दफ्तर से लौटे तो घर पहुँचकर सबसे पहले बाबू जी को खुशखबर सुनाई कि, "संत श्याम जी पराशर नगर में पधार रहे हैं, सात दिनों का सत्संग और हवन होगा।" सुनकर बाबू जी का चेहरा प्रसन्नता से खिल उठा।

शिव मंदिर के विशाल प्रांगन की साफ़-सफाई होकर वहाँ अस्थाई यज्ञशाला का निर्माण किया जा रहा था। कनातें कसकर मंडप बनाये जा रहे थे। प्रवचन के लिए अलग मंच बन रहा था। कुल मिलाकर जोर-शोर से संत श्री के कार्यक्रम की तैयारी चल रही थी। फिर वह शुभ दिन आ ही गया जब संत श्री नगर में आने वाले थे। उनके प्रवेश मार्ग पर दोनों तरफ तोरण-वार सजाये गए और उनके स्वागत हेतु सेठ मदनलाल के साथ नगर के गणमान्य व्यक्ति हाथों में फूल माला लिए मुख्य सड़क पर उत्सुकता से खड़े थे। सड़क पर दूर धूल उड़ाती एक मोटर दिखाई दी। सेठ जी ने अपने साथ खड़े मित्र से कहा, "शायद यही मोटर है।" कुछ ही समय में मोटर आकर उनके समीप रुकी और उसमें से दिव्य व्यक्तित्व वाले संत श्याम जी उतरे। गेरुआ वस्त्र में उनकी आभा निराली थी। सेठ जी ने आगे बढ़कर उन्हें फूलों की माला पहनाकर स्वागत करते हुए पैर छू कर आशीर्वाद लिया। अन्य नागरिक जयकारा करने लगे। एक-एक करके गणमान्य नागरिकों ने उनका स्वागत किया और फिर काफिला उनके ठहरने के स्थान के लिए चल पड़ा। मार्ग में जयकारों की गूंज निरंतर बनी रही। सेठ जी की कोठी में ही संतों के रुकने की व्यवस्था की गई थी। संत श्री के साथ पधारे अन्य सात महंत भी वहीं रुकने वाले थे। वे सातों महंत हरिद्वार से पधारे थे। हवन की जिम्मेदारी इन्हीं महंतों की थी। कोठी का मुख्य द्वार सड़क से चार फीट ऊँचाई पर था। सीढियाँ पत्थर की बनी हुई थी। उन्हीं सीढियों पर चढ़कर बरामदे में खड़े होकर संतों ने जन समुदाय को आशीर्वाद देकर विदा करते हुए मुख्य द्वार से होकर भवन के दालान में प्रवेश किया। दालान के दोनों ओर कमरे बने हुए थे। सेठ जी एक-एक कमरे का दरवाजा खोलकर संतों को ठहरा रहे थे। सेठ जी ने हाथ जोड़कर संत श्री से निवेदन किया, "आप यात्रा से थक गए हैं अतः कृपया स्नान कर लीजिये। बाहर सेवक हैं, आपको कुछ भी जरुरत हो तो उन्हें कह दीजियेगा। दालान के पीछे आँगन में कुइयां है आप वहाँ स्नान कर सकते हैं। आप सभी स्नान आदि से निवृत्त होकर दालान में ही आ जाइएगा। वहीं पर संध्या जलपान की व्यवस्था है।" सेठ जी के निर्देश सुनकर संत श्री मुस्कुराते हुए बोले, ठीक है मदन भैया और अपने झोले से गमछा और वस्त्र निकाल कर उनसे बोले, "मैं तो स्नान करने जा रहा हूँ, शेष महंतों को भी आप बता दीजिएगा।"

जलपान की व्यवस्था देखकर जब मदन लाल जी संतुष्ट हो गए तभी एक सहयोगी द्वारा उन्होंने श्यामाप्रसाद के पास खबर भिजवा दी कि, "एक घंटे बाद

वे उनके घर पधार कर संत श्री के साथ मुलाकात कर सकते हैं।" सूचना मिलते ही श्यामाप्रसाद सेठ जी के घर की ओर प्रस्थान कर गए। दालान में प्रवेश करते ही उनकी नजर चौकी पर विराजमान दिव्य पुरुष पर पड़ी। काली घनी छोटी कटिंग की हुई दाढ़ी के बीच ओज से चमकता हुआ मुखमंडल और दिव्य ललाट अद्भुत था। बड़ी-बड़ी आँखों के स्वामी संत श्री श्याम जी ने अंजान आगंतुक को देखकर सेठजी की ओर देखा। मदनलाल सेठ ने खड़े होकर श्यामाप्रसाद को अभिवादन करते हुए कहा आइये आइये साहब, फिर संत श्री की तरफ देखकर बोले, "प्रभु! ये शुक्ला साहब हैं हमारे नगर के नायब तहसीलदार। इन्हीं की अनुमति से आयोजन संभव हो पाया है।" श्यामाप्रसाद ने आगे बढ़कर संत श्री को झुककर प्रणाम किया। संत श्री ने उनके सिर पर हाथ रख कर आयुष्मान भवः का आशीर्वाद देते हुए पूछा, "आप कितने वर्षों से राजकीय सेवा में हैं?"

"जी, यह मेरी पहली तैनाती है। प्रशिक्षण के पश्चात् मेरी पोस्टिंग यहाँ हुई है। यहाँ मुझे सेवा करते हुए करीब डेढ़ वर्ष बीत चुका है।" चर्चा को आगे गति देते हुए श्याम जी ने उनसे उनका पूरा नाम जानना चाहा। श्यामाप्रसाद ने अपना पूरा नाम श्यामाप्रसाद श्यामसुंदर शुक्ला बताया। सुनकर संत श्री ने मुस्कुराते हुए कहा, "मेरे नाम में तो एक ही श्याम है परन्तु आपके नाम में श्याम का उच्चारण दो बार सुन्दरता के साथ हुआ है और उच्च कुल भी। आपसे भेंट करके मन प्रसन्न हो गया पंडित जी।"

"आप गुरुजन हैं, आपका सानिध्य और आशीर्वाद पाकर आज मेरा जीवन धन्य हो गया" कहते हुए श्यामाप्रसाद ने उनसे जलपान ग्रहण करने का आग्रह किया।

संत श्री ने एक फल खाते हुए कहा, "पंडित श्यामाप्रसाद! जानते हो, जब भक्ति भोजन में समाहित होती है तो वह प्रसाद बन जाता है। यही भक्ति जब पानी से मिलती है तो वह अमृत हो जाता है और भक्तों के साथ यात्रा करना तीर्थ हो जाता है। भक्ति में बहुत शक्ति है, जब यह संगीत से मिलन करती है तो कीर्तन और आपके घर में प्रवेश करे तो मंदिर कही जाती है। जब आप हर कार्य भक्ति भावना से करते हैं तो सेवा हो जाती है। भक्ति की महत्ता को आज समाज में जन-जन तक पहुँचाना अति आवश्यक है क्योंकि जब तक भक्ति मन में प्रवेश नहीं करती तब तक शुद्ध

मानव के जन्म में विलम्ब होता रहेगा। आज अखंड भारत को शुद्ध और श्रेष्ठ मानव की आवश्यकता है।" श्यामाप्रसाद और अन्य उपस्थित सज्जन संत श्री का प्रवचन मुग्ध भाव से सुन रहे थे। जलपान समाप्त होते ही सभी उठ खड़े हुए। श्यामाप्रसाद संत श्री की भक्ति व्याख्या से बहुत प्रभावित हो गए थे। उनके साथ ही चलते हुए उनके कमरे तक गए। संत श्री ने उन्हें कमरे में अंदर आकर बैठने के लिए कहा और स्वयं संध्या ओमकार स्मरण में व्यस्त हो गए। जब ध्यान पूर्ण हुआ तब उन्होंने पूछा, "क्या आप सनातनी हैं?" कुछ सोचते हुए श्यामाप्रसाद ने जवाब दिया, "ठीक से तो नहीं कह सकता परन्तु मेरे पिताजी घर के मंदिर में पूजा-पाठ करते हैं। वैसे मेरे मन में हमेशा एक प्रश्न रहता है कि आर्य समाज और सनातन धर्म में क्या भिन्नता है?"

संत श्री ने उन्हें समझाते हुए बताया, "सनातन और आर्य कोई जाति नहीं है। आर्य का अर्थ है श्रेष्ठ। महाभारत काल में भी आर्य शब्द श्रेष्ठ हेतु ही प्रयोग होता था। आर्य प्रदेश को हम इस समय ईरान के नाम से जानते हैं। कुछ लोग यह मानते हैं कि आर्य बाहर विदेश से आकर भारत में बसें हैं। उन्हें यह नहीं पता की बाहर से आने वाली बात सच नहीं है। सब यहीं पर था, अखंड भारत में। धीरे-धीरे देश के टुकड़े होते गए और अलग देश बनते गए। सच यह है कि जो आज ईरान कहलाता है वह पहले आर्य प्रदेश था।ईरान के कई लोग आज भी स्वयं को भारत से जोड़कर चलते हैं। आगे सुनिए, आज का बलूचिस्तान पहले क्या था? प्राचीन समय का महेंद्रगढ़। प्रभु श्रीराम के समय में जो सभ्यता थी वह महेंद्रगढ़ की सभ्यता है। उसी महेंद्रगढ़ को अब हम बलूचिस्तान कहने लगे हैं। इसी प्रकार और भी कई देश अलग हो गए हमारे देश से। कनिष्ठों ने किसी समय अपगढ़ में सूबेदारी की थी। वहाँ के लोग अपगढ़ कहलाते थे। समय के साथ-साथ अपगढ़ का नाम बिगड़ गया और अफगानिस्तान हो गया। इसी तरह आपने पाटण का नाम तो कहीं सुना होगा। पाटण से पठार बना फिर पठुनिस्तान कहलाया और पख्तुनिस्तान बन गया। तो तात्पर्य यह है कि यह सब भारत है। मैं यह नहीं कहता हूँ आप रामायण का अध्ययन कीजिये। आप ऋषि कंब और वाल्मीकि द्वारा रचित रामायण पढ़िए। आपको इन सभी के उत्तर मिल जायेंगे। तो आर्य का क्या अर्थ हुआ? श्रेष्ठ मानव। पुरातन समय में श्रीराम के काल में एक दूसरे को संबोधन करने के लिए 'हे आर्य' कहा करते थे। अतः आर्य किसी भी अच्छे श्रेष्ठ मनुष्य के लिए प्रयुक्त होता है। दूसरी ओर सनातन है जो भारत की संस्कृति है। सनातन संस्कृति कब आरंभ हुई यह तो किसी को नहीं पता है। सनातन

कोई धर्म नहीं है ना ही इस पर कोई किताब है।हालांकि इस पर कोई एक नहीं कई लोगों ने अपनी सूझ-बूझ से सनातन संस्कृति पर कई पुस्तकें लिखी हैं। सारांश में कहें तो भारत की बौद्धिक श्रेष्ठता की निशानी सनातन है। सनातन और आर्य समाज को समझने के साथ-साथ आपको धर्म भी समझाता हूँ। पूजा-पाठ एक परंपरा है। हर राज्य के लोगों की पूजा पद्धति अलग-अलग है। पूजा, परम्परा का हिस्सा है, धर्म से इसका कोई सरोकार नहीं। धर्म का अर्थ है 'कर्मसु कौशलम' अर्थात कुशलता से किया गया कार्य। अतः वह हर कार्य जो कुशलता से किया गया हो जिसे हर मानव कर सके और जिससे मानव जाति का कल्याण हो। जैसे विद्यार्थी का धर्म है पढाई करना, किसान का धर्म है कृषि करना, शिक्षक का धर्म है शिक्षा देना, हमारा धर्म है प्रवचन करना, सद्मार्ग दिखाकर लोगों की मदद करना। सभी मनुष्य धर्म से बंधे रहे उसका पालन कर सके इसके लिए धर्मशास्त्र लिखे गए हैं। स्मृतियाँ और नियम बनाये गए हैं। किसी भी धर्म शास्त्र में पूजा पद्धति नहीं मिलेगी। हम इन धर्म शास्त्रों से जुड़कर प्रभु से कैसे जुड़े इसके लिए पूजा पद्धतियाँ बाद में बनाई गई हैं। इनमें प्रातः पूजा, मध्यान्ह पूजा, संध्या पूजा आदि की विधिवत जानकारी का उल्लेख है। समयांतर से भोगौलिक अवस्था के अनुसार पूजा पद्धतियों में भी परिवर्तन हुआ जैसे दुर्गा पूजा सम्पूर्ण भारत में क्षेत्रानुसार अलग-अलग तरीके से की जाती है। इस प्रकार परम्पराएँ विकसित हुई ताकि मनुष्य नियम में बंधकर अपने ईश्वर से जुड़ा रहे। हम इसे ही सनातन संस्कृति कहते हैं तथा इसमें जो कर्तव्यपालन होता है उसे ही धर्म के रुप में जानते हैं।"

श्यामाप्रसाद मंत्रमुग्ध होकर बड़े ही ध्यान से संत श्री द्वारा प्रवाहित ज्ञान सरोवर में डूबकी लगा रहे थे। "पंडित जी घर भी जाना है या नहीं?" सुनकर उन्होंने जैसे नींद से जागे हो संत श्री को निहारा। आर्य संत श्री ने मुस्कुराते हुए उनसे कहा, "अब रात हो चली है आप घर जाकर विश्राम करिए। आगे और भी गूढ़ बातें आपको समय-समय पर बताऊंगा।"

"जी मैं आपका आभारी हूँ आपने तो मेरी आँखें खोल दी।" वे जाने के लिए उठ खड़े हुए। संत श्री ने अपने झोले में टटोलते हुए एक पुस्तक निकाली और उन्हें देते हुए कहा, "इसे पढ़िए, आपके कई प्रश्नों के उत्तर इसमें मिल जायेंगे।" उनसे पुस्तक लेकर प्रति उत्तर में श्यामाप्रसाद ने उन्हें धन्यवाद कहा। फिर, दोनों हाथ जोड़कर प्रणाम करते हुए घर की ओर प्रस्थान किया।

दूसरे दिन धर्म शिविर आरंभ होने वाला था। शिविर स्थल पर सात यज्ञ वेदियाँ बनाई गई थी। समिधाएँ, कपूर, घी इत्यादि की व्यवस्था सेठ मदनलाल पहले ही कर चुके थे। हवन सामग्री समय पूर्व पंडाल में रखवा दी गई थी। हवन का समय सूर्योदय से शुरू होकर सूर्यास्त तक होता है। अतः सूर्योदय के पूर्व ही स्नान-ध्यान करके शुद्ध व स्वच्छ वस्त्र धारण कर संत श्री महंतों को लेकर सेठ जी की अगुवाई में यज्ञशाला पहुँच गए। नगरवासी भी अपार संख्या में उपस्थित थे। जैसे ही सूर्यदेव उदित हुए अग्नि प्रज्वलित कर पहली आहुति के साथ-साथ स्वाहा-स्वाहा स्वर से पूरा शिविर स्थल गुंजायमान हो उठा। संध्या तक हवन कार्य चला जिससे पूरा वातावरण सुगन्धित हो उठा था चन्दन, कपूर आदि की खुशबू से। सूर्यास्त के साथ ही पूर्णाहुति देते हुए पहले दिन का हवन कार्य संपन्न हुआ। कार्यक्रम के अनुसार रात्री नौ से ग्यारह बजे तक संत श्री श्याम जी पराशर के प्रवचन का समय नियत किया गया था। अतः हवन समाप्ति के बाद संत श्री और सभी महंत शिविर से अपने डेरे पर लौट चले।

रात्री भोजन आदि से निवृत्त होकर सेठ जी और नगर के गणमान्य नागरिकों के साथ संत श्री शिविर स्थल पर पधारे। संत श्री जब प्रवचन मंच पर विराजमान हो गए तब उनका फूल मालाओं से सत्कार किया गया। श्यामाप्रसाद अपने बाबूजी और अम्मा के साथ पहुँच चुके थे। उनके बैठने के लिए मंच के समीप ही कुछ कुर्सियां रखवा दी गई थी। जब सभी अपने-अपने स्थान पर बैठ गए तब संत श्री ने ओम का तीन बार उच्चारण के साथ प्रवचन आरंभ किया। ''मेरे प्यारे मानव भाईयों और बहनों ! मैं आप सभी के साथ स्वयं को इस शिविर में पाकर आज अति प्रसन्न हूँ। मुझे आप के समीप लाकर नगर के सेठ श्री मदनलाल ने बड़ा उपकार किया है। मैं उनका आभारी हूँ। आज शिविर का पहला दिन है जिसे हवन कार्य से आरंभ किया गया है। क्या आप सभी ने कभी सोचा है हवन या यज्ञ क्यों करते हैं? मुझे विश्वास है आप में से कईयों को यह नहीं मालूम होगा। चलिए आज यहीं से शुरू करते हैं। हमारे समाज का हिन्दू वर्ग असंख्य देवी-देवताओं में आस्था रखता है जिनकी पूजा-पाठ की विधि भी अलग-अलग है लेकिन एक कार्य सभी का समान है और वह है हवन, जिसे पूजा की समाप्ति पर संपन्न करने का विधान है। अब प्रश्न है, हवन क्यों जरुरी है? पूजा के बाद हवन करने से वायुमंडल शुद्ध होता है, सकारात्मक ऊर्जा का संचार होता है और तभी हमारी पूजा पूरी मानी जाती है। हिन्दू समाज में

हवन को धार्मिक और वैज्ञानिक दोनों दृष्टिकोण से महत्त्वपूर्ण माना है। हमारे ऋषि-मुनि जन कल्याण के लिए यज्ञ करते थे। हवन की परंपरा सदियों से चली आ रही है। इसका उल्लेख आपको महाभारत और रामायण में भी मिलेगा। हवन या यज्ञ को इस तरह समझिये कि आप अग्नि के माध्यम से ईश्वर की उपासना कर रहे हैं। और इस कार्य से वायुमंडल शुद्ध होकर हमारे जीवन में सकारात्मक ऊर्जा प्रदान करता है। हवन को शुद्धिकरण का एक कर्मकांड कहा जाए तो अनुचित नहीं होगा। पूजा-पाठ सहित कोई भी धार्मिक कार्य हवन के बिना अधूरा समझा जाता है। हवन के माध्यम से हमारे आस-पास की नकारात्मक और बुरी आत्माओं का प्रभाव ख़त्म होता है। ग्रह दोष दूर होते हैं, हवन करने से वास्तु दोष भी समाप्त होते हैं। तो अब आप समझ गए होंगे कि हवन का धार्मिक महत्त्व क्या है। आपको हैरानी होगी कि हवन का वैज्ञानिक महत्त्व भी है। हवन में जो सामग्री उपयोग होती है उससे निकले धुंए से वातावरण में उपस्थित हानिकारण जीवाणु नष्ट हो जाते हैं और मानव समाज कई बिमारियों से बच जाता है।"

संत श्री का प्रवचन धारा प्रवाह चल रहा था। सभी श्रोता तल्लीनता से सुन रहे थे और उनके अंतर्मन पर छाया अंधकार दूर हो रहा था। प्रवचन समाप्ति पर संत श्री ने सभी श्रोताओं से आग्रह किया कि उनके साथ-साथ तीन बार लम्बे स्वर के साथ ओम का उच्चारण करें।

इसी तरह नियमित रूप से हवन और प्रवचन आनंद से संपन्न हो रहे थे। कल शिविर का अंतिम दिन है पूर्णाहुति के पश्चात् भंडारा होगा पूरे नगर को बगैर जाति भेद के मुनादि द्वारा भंडारे में भोजन ग्रहण करने की सूचना दे दी गई थी।

सेठ जी एवं उनके निकटतम मित्रों द्वारा भंडारे की अति उत्तम व्यवस्था की गई थी। पूरा नगर उमड़ पड़ा था। संत श्री एक उच्च आसन पर विराजमान थे। उनके समीप ही महंत मंडल भी विराजमान था। प्रसाद ग्रहण करने के बाद श्रद्धालु संत श्री से आशीर्वाद ले रहे थे। श्यामाप्रसाद भी अम्मा और बाबूजी के साथ आशीर्वाद लेने पहुँचे। उन्हें देखते ही संत श्री ने उन्हें अपने पास बुलाकर उनके सर पर हाथ रखकर आशीर्वाद दिया। संत श्री ने उनसे पूछा, "इस धर्म शिविर पर उनका अनुभव कैसा रहा?" प्रत्युत्तर में उन्होंने दोनों हाथ जोड़कर निवेदन किया कि, "मैं तो धन्य हो गया प्रभु। मुझे मेरे कई अनसुलझे प्रश्नों के उत्तर मिल गए। मैं मन वचन से आपके समक्ष

आज प्रण करता हूँ कि अब मैं आर्य समाज के दर्शित मार्ग पर चलकर मानव धर्म का पालन करूँगा।” संत श्री ने उन्हें शुभकामनायें देते हुए गले से लगा लिया और कहा कि, “जब कभी भी आपका दिल्ली आना हो तो, आश्रम में आकर मुझसे जरुर मिलना।”

अब बिदाई का समय था। नगरवासी जयकारे लगा रहे थे। पुष्प वर्षा कर रहे थे। और इस तरह संत मण्डली अपने पीछे धर्म मार्ग की छाप छोड़कर बिदा हो गई।

आज शासकीय अवकाश था। श्यामाप्रसाद बरामदे में बैठे अख़बार पढ़ रहे थे तभी बाबूजी ने उन्हें एक पत्र थमाते हुए कहा, “कल तुम्हारे फूफा जी की चिट्ठी आई थी इसे भी पढ़ लेना।”

“जी जरुर... कोई ख़ास समाचार?”

“ख़ास तो यह है कि मकान का काम पूरा हो चुका है। रंग-रोगन चल रहा है। यही कोई दस-पंद्रह दिन और लगेंगे पूरा होने में, गृह प्रवेश का मुहूर्त देखकर पूजा हवन आदि करवाना है और हाँ, ख़ास बात यह है कि मनोहर को स्कूल में दाखिला करवा दिया है।” सारांश में समाचार सुनाकर बाबूजी ने कहा, “मैं टहलने जा रहा हूँ वापसी में तरकारी लेता आऊँगा। तुम्हारी अम्मा स्नान कर रही हैं वे आ जाए तो तुम दोनों नाश्ता कर लेना। मैं वापस आकर नाश्ता करूँगा।”

“जी ठीक है” कहते हुए श्यामाप्रसाद उनसे पत्र लेकर पढने लगे। समय का पहिया अपनी गति से आगे बढ़ता जा रहा था। शहर में फूफाजी के सपनो का घर “मनोहर निवास” तैयार हो चुका था। समय पर शुभ मुहूर्त में परिजनों की साक्षी में गृह प्रवेश भी हो गया। गृह प्रवेश पूजा के समापन के साथ-साथ श्यामाप्रसाद के विवाह की तिथि भी घोषित कर दी गई।

गृह प्रवेश के बाद बाबूजी और अम्मा शहर में ही रुक गए। विवाह की तैयारी के लिए और श्यामा बाबू अकेले सुंदरगढ़ चले गए। सुंदरगढ़ पहुँचकर श्यामाप्रसाद अपने नियमित कार्यालय के काम काज में व्यस्त हो गये। अब उनके विवाह के दिन करीब आते जा रहे थे सिर्फ एक सप्ताह शेष बचा था। उन्होंने छुट्टी के लिए जो अर्जी लगाई थी उसकी मंजूरी आ चुकी थी। वे भी विवाह बंधन के अनुभव के लिए उतावले थे। और उनकी प्रसन्नता उनके लिए नित्य व्यवहार में साफ़ झलकने लगी थी।

चैंबर में एक बार अपने काम में व्यस्त थे। तभी चपरासी ने दस्तक देते हुए उनके चेंबर में प्रवेश किया और एक अंतर्देशीय पत्र उनकी टेबल पर रखकर चला गया। उत्सुकता से उन्होंने पत्र उठाया बाबूजी ने भेजा था। पत्र खोलकर पढ़ने लगे। शुभ समाचारों के साथ वैवाहिक कार्यक्रम लिखा था। लिखा था, "निमंत्रण पत्र छपने दे दिए हैं" और उन्हें शनिवार तक घर पहुँच जाने का निर्देश था। पत्र को दो बार पढ़ने के बाद वे प्रसन्नचित्त होकर ऑफिस की फाइलों को निपटाने में व्यस्त हो गए।

कल शनिवार है अतः उन्होंने दोपहर को ही बड़े बाबू को बुलाकर आवश्यक निर्देश दे दिए और ठीक छः बजे घर जाने के लिए चल दिए। घर पहुँचकर यात्रा की पूरी तैयारी कर, खाना खाकर सो गए। सुबह ही शहर के लिए रवाना जो होना था।

शनिवार दोपहर को श्यामाप्रसाद घर पहुँच गए। बुआ ने तिलक लगाकर उनकी आरती की। घर के हॉल में बाबूजी, अम्मा और फूफाजी बैठे थे। उन्होंने सब को प्रणाम किया और वहीं बैठ गए। थोड़ी ही देर में मनोहर बाहर से खेलकर आया। श्यामाप्रसाद को देखकर सकुचाते हुए उनके पास जाकर प्रणाम किया। उन्होंने उसे गोद में बिठाते हुए पूछा, "कैसे हो मेरे कृष्ण-कन्हैया? पढ़ाई भी करते हो या सिर्फ खेलते रहते हो?"

मनोहर ने भोलेपन में जवाब दिया, "अभी तो मेरी छुट्टियां चल रहीं हैं और एक बात आपको मालूम है?"

उत्सुकता से श्यामाप्रसाद ने पूछा, "क्या?"

मनोहर ने उनके कान के पास मुँह लाकर फुसफुसाते हुए कहा, "घर में भाभी आने वाली है, कुछ ही दिनों में आ जाएगी, फिर यहीं रहेगी, हमारे साथ।" उसकी भोलेपन से कही बात सुनकर हँसते हुए श्यामाप्रसाद ने पूछा, "अच्छा तुम मिले हो उनसे?"

"हां माँ के साथ उनके घर जाता हूँ। आपको भी मिलवा दूँगा।" उसकी बातें सुनकर सभी को हँसी आ गई।

घर में शादी का माहौल बनने लगा था। मेहमान आने लगे थे। रोज शाम को ढोलक की थाप पर गीते गाये जा रहे थे। घर के पीछे दालान में अस्थाई रसोई घर बनाया गया था। सभी के भोजन की व्यवस्था वहीं से हो रही थी।

विवाह की रस्में गणेश पूजन के साथ शुरू हुई और हल्दी, मेहँदी, तेल बान आदि रस्मों तक चलती रही। आज संध्या गीत के बाद बुआ जी ने सब को बताया कि, "कल सुबह वर निकासी होगी और बारात मिश्रा जी के घर जाएगी।" दूसरे दिन मंगलाचार के साथ बरात का प्रस्थान हुआ। श्यामाप्रसाद घोड़े पर शेरवानी पहने और साफा बांधे सवार हुए। बैंड बाजा पार्टी आगे-आगे चल रही थी। महिलाएं सुन्दर रंग-बिरंगी साड़ियों में सजी-धजी गीत गाते हुए पुरुषों के पीछे-पीछे चल रही थी। घर से निकलकर आगे मोड़ पर पहुँचकर बारात मुख्य सड़क पर पहुँच चुकी थी। सड़क के दोनों ओर दुकानें थी। कई पहचान वाले दुकानदार आगे बढ़कर दूल्हे को फूल माला पहनाकर स्वागत कर रहे थे। धीरे-धीरे इसी तरह चलते हुए बारात मिश्रा जी के घर पहुँची। ड्‍योढ़ी पर श्रीमान और श्रीमती मिश्रा ने दूल्हे और बारात का स्वागत किया। मिश्रा जी का मकान तीन मंजिला था। बारात को नीचे की मंजिल पर ठहराया गया। जब सभी बाराती व्यवस्थित अपने-अपने कमरे में पहुँच गए तब जलपान की सेवा शुरू हो गई। मकान की छत पर शामियाना लगाया गया था। भोजन की व्यवस्था वहीं थी। दुल्हन की सहेलियां श्यामाप्रसाद के कमरे में उन्हें जलपान परोसने के साथ-साथ ठिठोलियाँ कर रही थी। बारात को पहुँचे दो घंटे बीत चुके थे। दोपहर के भोजन की मनुहार के बाद बाराती छत पर भोजन के लिए जाने लगे। पाणिग्रहण सूर्यास्त के समय गोधूलि बेला में होना था। अतः सभी भोजन करके सुस्ताने लगे। सूरज ढलने से पहले स्त्रियाँ तैयार होने में व्यस्त हो गई। श्यामाप्रसाद को फूफाजी तैयार कर रहे थे। आँगन में पुरुषों को साफा बाँधा जा रहा था। दूल्हे के तैयार होकर बाहर निकलते ही नाई ने उन्हें घोड़े पर बिठाया और इस तरह धीरे-धीरे शोभा यात्रा आरंभ हुई। बारात में बैंड बाजे के पीछे सभी स्त्रियाँ फिर दूल्हा और दुल्हे के साथ और पीछे-पीछे पुरुष वर्ग चल रहा था। शोभा यात्रा के विवाह स्थल पर वापस आने पर दूल्हे सहित सभी बारातियों का मिश्रा परिवार ने पुष्प वर्षा से स्वागत किया। तोरण विधि के पूर्ण होते ही संबंधी आपस में गले मिले। दूल्हे के पैर पखारे गए और लग्न मंडप में एक चौकी पर बैठा दिया गया। पंडित जी ने विवाह के लिए मंत्रोच्चार आरंभ किया। मिश्रा जी के घर की स्त्रियों और अपनी सहेलियों के साथ आई सजी-संवरी वधु मनोरमा देवी को श्यामाप्रसाद के पास वाली चौकी बैठा दिया गया। वर माला, हस्त मिलाप के पश्चात् हवन शुरू हुआ। मिश्रा जी और उनकी पत्नी ने कन्यादान किया। तत्पश्चात फेरों के साथ विवाह संपन्न हुआ। विवाह के

बाद वर और वधु परिवार के सब वरिष्ठ सदस्यों से आशीर्वाद लेने में व्यस्त हो गए। भोजन समाप्ति के बाद बिदाई हो रही थी। दुल्हन अपने माता-पिता से लिपटी हुई आंसुओं से सराबोर थी। बिदाई के गीतों का सिलसिला जारी था। भीगी पलकों के साथ दुल्हन को बग्घी में श्यामाप्रसाद के साथ बैठा दिया गया। मनोहर दूल्हा-दुल्हन के बीच में जा बैठा। इस तरह बारात विदा होकर दुल्हन को साथ लिए अर्धरात्रि में अपने घर "मनोहर निवास" पहुँची। घर पहुँचने पर बुआ ने दूल्हा-दुल्हन की आरती करके वर-वधु को गृह प्रवेश करवाया। मेहमान दिन भर की व्यस्तता में थक से गए थे। हाथ-पैर धोकर अपने-अपने बिछौने पर सोने की तैयारी में व्यस्त हो गए। दुल्हन को लेकर बुआ जी और अन्य स्त्रियाँ श्यामाप्रसाद के कमरे में बैठकर बातें कर रही थी। आगे बरामदे में बाबूजी, फूफाजी और अम्मा के साथ श्यामाप्रसाद बैठकर दिन भर की गतिविधि की विवेचना कर रहे थे। अम्मा को थकान के कारण शरीर दर्द होने लगा था। वे उठते हुए बाबूजी से बोलीं, "मुझसे अब और बैठा नहीं जायेगा मैं सोने जा रही हूँ। आप भी तो थक गए हैं सो जाइए अब। सुबह और भी काम बाकी है।" "ठीक है मैं भी चलता हूँ" कहते हुए बाबूजी भी श्यामाप्रसाद के सर पर प्यार से दुलारते हुए अम्मा के साथ-साथ अपने कमरे में सोने चल दिए।

फूफाजी और श्यामा प्रसाद की बात चीत जारी थी। फूफाजी ने कहा,

"लल्ला मकान बन गया, तुम्हारी अच्छी नौकरी लग गई और शादी भी अच्छे परिवार में धूमधाम से संपन्न हो गई। मेरी तो आधी जिम्मेदारी पूरी हो चुकी है। अब तो सिर्फ मनोहर की अच्छी पढ़ाई-लिखाई हो जाए ईश्वर से यही प्रार्थना करता हूँ।"

श्यामाप्रसाद बोले, "आप नाहक चिंता करते हैं। आपके आशीर्वाद से अब मैं भी कमाने लगा हूं। परिवार की देख भाल और सुख सुविधा का ध्यान रखने में अब मैं भी आपकी जिम्मेदारी में सहायक हूँ। अब से मैं आपकी और पूरे परिवार की सुख-सुविधा का ध्यान रखूँगा।" दोनों की गंभीर चर्चा में बुआ जी ने आकर दखल दे दिया बोलीं, "शायद आपको तो ख़ुशी के कारण नींद नहीं आ रही है परन्तु लल्ला को तो सोने दीजिये, थक गया होगा।" और हँसते हुए श्यामाप्रसाद का हाथ पकड़कर उनके कमरे तक ले जाकर उन्हें अंदर धकेलते हुए बाहर से दरवाजा बंद कर दिया।

श्यामाप्रसाद के कमरे में प्रवेश करते ही मनोरमा सकुचाते हुए घूँघट लेकर पलंग पर बैठ गई। "ना..ना..ना.. घबराइए मत, सहज रहिये। आज से हमें जीवन भर साथ ही रहना है।" मनोरमा पलंग से उठ खड़ी हुई और प्रसन्नता से अपने पति के पैर छूकर आशीर्वाद लिया। श्यामाप्रसाद ने उन्हें अपने आगोश में लेकर उनका माथा चूम लिया। घंटाघर की दो बार बजर हुई। दोनों दिनभर की रस्मों की मशक्कत से निढाल थे, जल्दी सो गए।

सुबह दरवाजे की आहट के साथ श्यामाप्रसाद जाग उठे। देखा मनोरमा हाथ में चाय की ट्रे लिये कमरे में दाखिल हुई। उन्होंने अपनी आँखें मलते हुए कहा, "लगता है तुम पहले ही जाग गई हो। नहाकर वस्त्र बदलकर और भी सुंदर लग रही हो।"

"जाने दीजिये, बातें ना बनाइये। उठकर बैठिये और चाय पी लीजिये। सुबह के नौ बजने वाले हैं।"

"क्या? मैं इतनी देर तक सोता रहा।" श्यामाप्रसाद ने पलंग पर बैठते हुए ट्रे में रखी चाय की प्याली उठाकर चुस्की ली। "मुझे भी समय पर जगा देना था। तुम्हारी चाय हो गई?"

शर्मारते हुए मनोरमा ने जवाब दिया, "जी बुआजी के साथ सुबह ही चाय पी चुकी हूं। अब आप चाय पीकर गुसलखाने में जाइए और तैयार होकर बैठक में आ जाइएगा। बाबूजी, अम्मा और फूफाजी वहीं बैठे हैं। मेहमानों की बिदाई का भी समय हो गया है।"

"जैसी आपकी आज्ञा देवीजी" मुस्कुराकर कहते हुए श्यामाप्रसाद ने खाली प्याली ट्रे में रखी और गुसलखाने में दाखिल हो गए।

नाश्ता करने के बाद एक-एक करके मेहमानों की बिदाई हो रही थी। दोपहर तक कुछ ही मेहमान घर पर रुके जिन्हें शाम की ट्रेन से जाना था। बैठक में बाबूजी, अम्मा और फूफाजी के साथ श्यामाप्रसाद भी जा बैठे। "अगले गुरूवार को बहु का पगफेरा होगा और बीस दिनों बाद शुभ मुहूर्त देखकर गौना करेंगे" फूफा जी बोल रहे थे। "तुम्हारी छुट्टियां कब खत्म हो रही है?" उन्होंने श्यामाप्रसाद की तरफ देखकर पूछा।

"मैं रविवार को वापस सुंदरगढ़ के लिए निकल जाऊँगा। ताकि सोमवार से ऑफिस जा सकूँ।" श्यामाप्रसाद ने बाबूजी की ओर देखते हुए सहमति लेने वाले

अंदाज में जवाब दिया।

गुरुवार की दोपहर को मिश्रा दम्पति बेटी मनोरमा को लिवाने हमारे घर पहुँच गए। बाबूजी और फूफाजी ने दोनों का आदर-सत्कार से स्वागत किया। रात्री भोजन के पश्चात् वे मनोरमा को लेकर अपने घर चले गए। उनके प्रस्थान के बाद मनोहर ने मासूमियत से पूछा, "भाभी वापस क्यों चली गई? क्या दादा ने उन्हें डांटा था?"

श्यामाप्रसाद ने हँसते हुए उसे लड़ियाते हुए कहा, "नहीं मेरे कन्हैया, मैंने उन्हें नहीं डांटा। शायद बुआ ने कुछ कहा हो तो मुझे पता नहीं।"

मनोहर दौड़ते हुए बुआ के पास जाकर बोला, "माँ! आपने भाभी को क्यों डांटा? अब वो नाराज होकर अपने घर चली गई है। अब आप ही जाकर उनको मनाओ और वापस घर लेकर आओ।"

फूफाजी ने उसे दुलारते हुए समझाया, "बेटा वो नाराज होकर नहीं गई है। तुम्हारी माँ तो उन्हें बहुत प्यार करती हैं।" मनोहर भी अपनी जिद पर अड़ा था। बोल पड़ा, "फिर वे अपने घर क्यों चली गई? अब मेरे साथ कौन खेलेगा?"

आख़िर अम्मा ने उसे समझाया, "मनोहर! कुछ दिन वे अपने बाबूजी और माँ के साथ रह कर वापस आ जाएँगी। विवाह के बाद एक रस्म होती है इसलिए उनके बाबूजी उन्हें साथ ले गए हैं। बीस दिनों बाद तुम अपने दादा के साथ उनके घर जाकर वापस ले आना।" मनोहर का बालमन फिर भी विचलित रहा और वह गुस्से में पैर पटकता हुआ बाहर खेलने चला गया।

रविवार सुबह से ही श्यामाप्रसाद वापस सुंदरगढ़ जाने की तैयारी में व्यस्त रहे। सिर्फ अम्मा उनके साथ जा रही थी। बाबू जी यहीं शहर में रुक रहे थे। दोपहर को अम्मा के साथ श्यामाप्रसाद ने सुंदरगढ़ के लिए परिजनों से आशीर्वाद लेकर रवानगी ली और संध्या तक अपने निवास पहुँच गए।

जब पहुंचे उस समय जगदीश आँगन में झाड़ू लगा रहा था उनको देखते ही दौड़कर प्रणाम किया और साथ लाये सामान को अंदर घर में रखने लगा। सामान रखकर दोनों के लिए ट्रे में पानी लेकर आया और कहा, "आप यात्रा में थक गए होंगे कुछ समय आराम से बैठिये मैं अभी चाय बनाकर लाता हूँ।" चाय पीकर अम्मा अपने कमरे में गई और सामान खोलते हुए जगदीश को पुकारा, "जी! माताजी" कहते जगदीश आया तो उसे एक झोला थमाते हुए कहा, "यह तुम्हारे लिए है।"

"इसमें क्या है माताजी?" सहज भाव से वह पूछ बैठा।

अम्मा ने कहा, "इसमें तुम्हारे लिए नए कपड़े और मिठाई है। तुम्हारे साहब के विवाह की ख़ुशी में। और हाँ ये दूसरा झोला बड़े बाबू के घर दे आना।" जगदीश ने खुश होकर भेंट उनसे ले ली।

दूसरे दिन तहसील ऑफिस में श्यामाप्रसाद के पहुँचते ही उन्हें बधाई देने वालों का ताँता लग गया। सभी उन्हें बधाइयाँ दे रहे थे। बड़े बाबू बहुत ही प्रसन्न थे और सभी को खुशी से अपने हाथों मिठाई खिला रहे थे।

श्यामाप्रसाद दिनों दिन दफ्तर और कचहरी के काम-काज में व्यस्त रहने लगे। अम्मा की दिनचर्या भी अब नियमित हो गई थी और इसी तरह अठारह दिन बीत गए। गौना होने में सिर्फ दो ही दिन शेष बचे थे। कल सुबह ही शहर के लिए निकल जाना होगा विचारकर, श्यामाप्रसाद संध्या के समय अम्मा के साथ बैठकर बातें कर रहे थे। "अम्मा! गौना होने के बाद घर पर कितने दिन रुकना होगा? मैं एक दिन से ज्यादा नहीं रुक पाऊंगा। आज कल दफ्तर में काम ज्यादा है।"

"ठीक है कहते हुए अम्मा ने कहा एक दिन ही रुकेंगे और तुम्हारे बाबूजी को भी साथ लेते आयेंगे।"

"हाँ यह ठीक है। सुबह ही रवाना हो जायेंगे ताकि दोपहर तक घर पहुँच जायें।"

आज जगदीश जल्दी आ गया था। रसोईघर में अम्मा का हाथ बंटा रहा था और अम्मा उसे सब काम विस्तार से समझा रही थीं। बहु जो आने वाली है।

नाश्ता करके दोनों शहर जाने के लिए रवाना हो गए। दोपहर में घर पहुँचे। बाबूजी बैठक में ही मिल गए। उन्हें प्रणाम करके उन्होंने पूछा, "बुआ दिखाई नहीं दे रही है, कहीं गई है क्या?"

"हाँ मनोहर के स्कूल गई है। आज मनोहर का रिजल्ट घोषित होना है, आती ही होगी।" इतने में ही बुआ ने घर में प्रवेश किया। पीछे-पीछे मनोहर हाथ में गुलाबी रंग का रिपोर्ट कार्ड लिये दाखिल हुआ।

बुआ को प्रणाम कर के श्यामाप्रसाद ने पूछा, "ये नटखट नटवर पास भी हुआ है?"

मनोहर ने आगे बढ़कर उनके हाथ में कार्ड थमाते हुए तपाक से जवाब दिया, "दादा पूरे स्कूल में अव्वल आया हूँ। आप स्वयं देख लीजिये।"

श्यामाप्रसाद ने उसे गोद में उठाते हुए कहा, "शाबाश! मेरे कन्हैया" फिर बाबू जी ओर देखकर बोले, "आपको याद है, जब मैं पाँचवी कक्षा में अव्वल आया था तब आपने लड्डू बटवाये थे। अब बुआ पता नहीं क्या करने वाली है।"

"लल्ला! मैंने तो इससे वादा किया था कि अगर ये अव्वल आयेगा तो मैं इसकी भाभी को घर ले आऊँगी।"

"तो अब चलो माँ, भाभी के घर, उनको लेकर आते हैं।" मनोहर ने बाबूजी की गोदी से उतरते हुए कहा।

बाबूजी उसे दुलारते हुए बोले, "बेटा उनको लेने हम सभी कल सुबह चलेंगे। अभी तुम स्कूल से आये हो, हाथ-पैर धोकर अपने दादा और अम्मा के संग भोजन कर लो।"

दूसरे दिन बुआ और अम्मा जल्दी उठ गई थी। स्नान आदि से निवृत्त होकर श्रृंगार में व्यस्त थी। उसी समय दरवाजे पर दस्तक हुई। बाबू जी ने दरवाजा खोला, फूफा जी थे। उन्होंने उनके साथ आये चपरासी से फल और मिठाई की टोकरियाँ अंदर रखने को कहा।

"अरे! आप कब सुबह-सुबह बाजार चले गए थे?" बाबूजी ने उनसे विस्मय से पूछा।

मुस्कुराकर उन्होंने जवाब दिया, "कल शाम को दफ्तर से लौटते हुए कांता की दी हुई लिस्ट के अनुसार सब वस्तुओं का ऑर्डर दे दिया था और इसे (चपरासी की तरफ दखते हुए) भी समझा दिया था कि सुबह सात बजे ही हलवाई की दुकान पर पहुँच जाए। बस फिर मैं भी सुबह में फल खरीदते हुए वहाँ पहुँच गया।" बाबूजी उनकी परिवार के प्रति समर्पण भावना से प्रभावित होकर कह उठे, "आपके निश्छल और समर्पित भाव से परिवार के लिए किये गए हर काम के लिए मैं आपका ऋणी हूँ।" कहते हुए बाबूजी की आंखें छलक गई, बाबूजी ने उनको खुशी से गले लगा लिया।

प्रशंसा सुन सकपकाते हुए जवाब दिया फूफाजी ने "ऐसा कुछ नहीं बाबूजी मैं तो सिर्फ़ अपना कर्तव्य पालन कर रहा हूँ। अब आप भी तैयार हो जाइए। नौ बजे

घर से चल देना है। लल्ला और मनोहर उठ गए या नहीं?"

बैठक के कमरे में आते हुए श्यामाप्रसाद उनको प्रणाम करते हुए बोले, "मैं उठ गया हूँ, चाय हो गई है और अब नहाने जा रहा हूँ। मनोहर को आप उठा दीजिये। मेरे बस का नहीं है। एक बार उठकर फिर से करवट बदलकर सो गया है। बुआ भी दो बार कोशिश कर चुकी है।"

"मैं उठाता हूँ उसे" कहते हुए फूफा जी मनोहर को जगाने चले गए।

कुछ ही समय में मनोहर को बुआजी ने नए कपड़े पहनाकर तैयार कर दिया और फिर पूरा परिवार रिक्शा में बैठकर चल दिया मिश्रा जी के घर की ओर। मिश्रा जी ने पूरे परिवार का प्रसन्नता से स्वागत किया और आदरसहित फूफाजी को गले लगाया। जब सभी बैठक के कमरे में बैठ गए, उसी समय मनोहर दौड़कर घर के अंदर अपनी भाभी से मिलने पहुँच गया। उसकी आतुरता देखकर सभी को बरबस हँसी आ गई। पूरा दिन हँसी ख़ुशी से व्यतीत हुआ और रात्री भोजन के पश्चात् बहु की बिदाई हुई। मिश्रा जी की बग्गी बाहर तैयार थी। बहु का सामान रखवा दिया गया था। जब सब व्यवस्थित बैठ गए तब बग्गी चल दी घर की ओर।

श्यामाप्रसाद दूसरे दिन भी घर पर रुके थे। और ज्यादा दिन नहीं रुक सकते थे। अतः उन्होंने फूफा जी से कहा, "मुझे कल वापस जाना होगा।"

उन्होंने सहमति देते हुए कहा, "बाबू जी और अम्मा से भी पूछ लो।" बुआ दोनों की बातचीत सुन रही थी। बोल पड़ी, "लल्ला मनोहर की भी छुट्टियाँ शुरू हो गई है। इसलिए मेरा विचार है कि हम सभी तुम्हारे साथ ही चलें। मैं भी अभी तक सुंदरगढ़ नहीं जा पाई हूँ। तुम्हारे फूफा जी कुछ दिन अकेले रह लेंगे। मैं भैया-भाभी से भी पूछ लेती हूँ।" इस तरह सभी का सुंदरगढ़ जाना निश्चित हो गया, फूफाजी को छोड़कर।

सुंदरगढ़ पहुँचकर मनोहर बहुत खुश था। खुला-खुला घर, बड़ा सा अहाता खेलने के लिए खुला मैदान। उसने वहाँ जाकर नए-नए दोस्त भी बना लिए। बुआ जी भी नई बहु को गृहस्थी चलाने के गुर सिखाने में व्यस्त हो गई थी। इसी तरह कब दो माह बीत गए पता ही नहीं चला। फूफाजी के पत्रों द्वारा शहर के समाचार मिलते रहते थे। मनोरमा ने अपनी गृहस्थी संभाल ली थी। मनोहर की गर्मी छुट्टियाँ ख़त्म होने को थी। स्कूल शुरू होने में एक सप्ताह शेष था।

शाम का समय था। बाबू जी, अम्मा और बुआ जी बरामदे में बैठे बातें कर रहे थे। पास ही बैठी मनोरमा भी रात्री भोजन के लिए सब्जियां साफ़ कर रही थी। तभी श्यामाप्रसाद दफ्तर से लौटकर आये और वहीं सभी के साथ बैठ गए। बाबू जी ने उनसे कहा, "बेटा! कांता और मनोहर वापस शहर जाना चाह रहे हैं, मनोहर को स्कूल में अगली कक्षा में दाखिला भी करवाना है। अगले सप्ताह स्कूल शुरू हो जायेंगे।"

"क्या? उसकी छुट्टियाँ ख़त्म हो गई? सच मानो बाबूजी मुझे तो इस बात का ध्यान ही नहीं रहा परन्तु आप ये बताइए कि श्रीमान कन्हैया अभी हैं कहाँ ?"

बुआ ने जवाब दिया, "अभी आता ही होगा धूल में सना हुआ। खाना खाकर गया है दोस्तों के साथ गिल्ली-डंडा खेलने।" और वाकई कुछ ही देर बाद मनोहर धूल-धूसरित हालत में बरामदे में दाखिल हुआ।

आते ही बरामदे के कोने में गिल्ली डंडा रखकर बोला, "आज मेरी टीम की जीत हुई है। कल सुबह हम लोग कबड्डी खेलने वाले हैं।"

"अच्छा जी बधाई हो आपको जीतने की। अब आप अपने हाथ-पैर अच्छे-से धो पोंछकर कपड़े बदल लीजिये। फिर सभी साथ में बैठकर खाना खायेंगे।"

"थोड़ा समय दीजिये दादा, अभी आता हूँ" कहते हुए मनोहर घर के अंदर चला गया।

मंगलवार को श्यामाप्रसाद ऑफिस के काम से शहर जाने वाले थे। अतः उन्होंने रविवार को ही घर पर बता दिया था कि बुआ और मनोहर भी उनके साथ जायेंगे। शहर जाने वाले दिन बुआजी मनोरमा को निर्देश दे रही थी कि बाबूजी की कौन-सी दवाई उन्हें कब और कितनी मात्रा में देनी है। बाबूजी और अम्मा से बिदाई लेते हुए उन्होंने मनोरमा को आशीर्वाद दिया और मनोहर को साथ लेते हुए श्यामाप्रसाद के साथ शहर जाने के लिए जीप में बैठ गई।

शहर पहुंच, मनोहर और बुआ को घर पर छोड़कर श्यामाप्रसाद कलेक्टर ऑफिस चले गए। संध्या को देर से घर आये। रात्री में भोजन उपरान्त बुआ और फूफाजी से वार्तालाप करते हुए उन्होंने बताया कि शायद अगले तीन-चार माह में उनका तबादला हो सकता है। कलेक्टर साहब से व्यक्तिगत मुलाकात के दौरान उन्हें इसका आभास हुआ है। वे बता रहे थे कि, "चंबल बाँध का निर्माण कार्य शुरू

हो चुका है और अब भूमि अधिग्रहण का कार्य आरंभ करने का समय आ गया है।"

फूफाजी उनकी बात ध्यान से सुन रहे थे, उन्होंने कहा, "हाँ पिछले सप्ताह मीटिंग में इस विषय पर चर्चा हुई थी। सभी तहसील अधिकारियों की प्रोग्रेस रिपोर्ट भी उन्होंने माँगी है। देखते हैं, जो होगा सब ठीक ही होगा। तुम नाहक चिंता करते हो। अब रात बहुत हो गई है सो जाओ, कल तुम्हें वापस भी तो जाना है।"

"जी फूफाजी, आप भी विश्राम कीजिये" कहते हुए श्यामाप्रसाद उठ खड़े हुए। दूसरे दिन श्यामाप्रसाद सुंदरगढ़ पहुँच गए। उनकी नियमित दिनचर्या आरंभ हो गई।

एक दिन दोपहर की चाय बनाते समय मनोरमा को चक्कर से आ गए और वह वहीं निढाल हो कर बैठ गई। जगदीश वहीं पास ही था, दौड़कर अम्मा को बुला लाया। उन्होंने उसका सिर गोद में लेकर मुँह पर पानी के छींटे डाले और सिर को हिलाते-डुलाते पुकारा। कुछ समय बाद मनोरमा ने आँखें खोली। अम्मा ने पूछा, "क्या हुआ बहु? चक्कर क्यों आ गए? कमजोरी महसूस हो रही है?" सकपकाते हुए मनोरमा उठ बैठी।" कुछ नहीं अम्मा ठीक हूँ, हो जाता है कभी-कभी।"

"क्या पहले भी होता था? मेरा मतलब विवाह से पहले?" अम्मा ने उन्हें घूरते हुए पूछा।

"नहीं, पहले कभी कुछ नहीं हुआ। अभी पिछले दो-ढाई महीने में चार-पाँच मर्तबा ऐसा हुआ है। अचानक आँखों में अँधेरा छा जाता है"।उन्हें सहारा देकर कमरे में ले जाकर लिटा दिया अम्मा ने और बोलीं "तुम कुछ देर आराम कर लो। रसोई का काम मैं और जगदीश देख लेंगे।"

बाबूजी हॉल में बैठकर कुछ पढ़ रहे थे, उन्होंने जगदीश को चाय लाने के लिए आवाज दी ही थी कि अम्मा ने वहीं पहुँचते हुए कहा, "चाय बन गई है, ला ही रहा है" और उनके पास बैठते हुए उन्होंने फुसफुसाते स्वर में उन्हें बताया कि, "उन्हें शक है कि बहु गर्भवती है। आप चाय पीकर डॉक्टर को बुला लाइएगा।"

बाबूजी ने विस्मित होकर पूछा, "तुम्हें कैसे मालूम हुआ?" तब उन्हें समझाते हुए अम्मा ने विस्तार से पूरा वृतांत बताया। बाबूजी ने चाय ख़त्म की और उठते हुए बोले, "मैं डॉक्टर साहब को लेकर आता हूँ।"

डॉक्टर साहब ने मनोरमा का विस्तृत मुआयना किया और उनसे कुछ बातें

पूछी और फिर अम्मा की ओर मुड़कर प्रसन्नता से कहा, "माताजी चिंता की कोई बात नहीं है। खुशखबर है... आप दादी बनने वाली हो।"

अत्यंत खुश होकर अम्मा ने अपनी बहु का माथा चूम लिया और दोनों हाथों से बलैयां लेते हुए मनोरमा को ढेरों आशीर्वाद दिए। बाबू जी बाहर खड़े थे। सुनकर उनकी आँखें प्रसन्नता से भीग-सी गईं।

बैठक में आकर डॉक्टर साहब ने बैठते हुए दोनों को समझाते हुए कहा, "मैं कुछ दवाईयां लिख रहा हूँ ले आइएगा और आज रात्री से ही देना शुरू कर दीजिये।" वे बैठकर पर्ची लिखते हुए बाबू जी को बता रहे थे कि कौन-सी दवाई कितनी बार लेना है। फिर अम्मा से मुख़ातिब होकर बोले, "वैसे तो आपको सब पता है फिर भी इन्हें सुबह-शाम अच्छी खुराक देवें और ध्यान रखें कि ये कोई भी सामान नहीं उठाये। सुबह-शाम की सैर जरुरी है। तीसरा महीना चल रहा है। प्रसूता को प्रसन्न रखिये और आराम का ध्यान रखियेगा।" डॉक्टर साहब समझाइश दे रहे थे इसी बीच जगदीश ट्रे में चाय-बिस्कुट और मिठाई लेकर आ गया। अम्मा ने अपने हाथ से डॉक्टर साहब को मिठाई खिलाई। प्रति उत्तर में डॉक्टर साहब ने भी बाबूजी और अम्मा को मिठाई खिलाई। चाय पीते हुए डॉक्टर साहब बोले, "वैसे तो कोई जरुरत नहीं है फिर भी जब कभी भी प्रसूता को कोई परेशानी हो तो मुझे बुला लीजियेगा।" फिर दोनों को नमस्ते कहते हुए डॉक्टर साहब चले गए।

शाम घिर आई थी, श्यामाप्रसाद के कार्यालय से वापस लौटने का समय हो चला था। जगदीश रसोईघर में भोजन की तैयारी में व्यस्त था। मनोरमा बाहर आँगन में टहल रही थी। अचानक श्यामाप्रसाद को आते देखकर शरमाकर घर में चली गई।

बैठक में आकर उन्होंने अम्मा से पूछा, "मनोरमा बाहर टहल रही थी। मुझे देख घर के अंदर क्यों चली आई, सब कुशल तो है?" अम्मा ने खुश होकर जवाब दिया, "सब कुशल है और हम तीनों अति प्रसन्न हैं।"

"अति प्रसन्न?" कुछ समझ नहीं आया। उनके समीप बैठते हुए श्यामाप्रसाद उत्सुकता से पूछ बैठे।

"लल्ला! खुशखबर है" अम्मा बोली।

"आखिर क्या खबर है जिस कारण आप प्रसन्न है। अब पहेलियाँ ना बुझाओ। बता दीजिये।" अम्मा की मनुहार करते हुए श्यामाप्रसाद ने पूछा।

"बात ये है लल्ला कि तुम्हारे बाबूजी कुछ समय बाद दादा जी बन जायेंगे और मैं दादी।"

"क्या? अम्मा मुझे पूरी बात बताइए।" जगदीश उनके लिए ट्रे में चाय लेकर आया और श्यामाप्रसाद को नमस्ते करके ट्रे टेबल पर रखकर बोला, "साहब मुझे भी ईनाम दीजियेगा।"

श्यामाप्रसाद ने परेशान होकर उससे कहा, "हाँ हाँ तुम्हें ईनाम भी मिल जायेगा। पहले मुझे पूरी बात तो पता चले।" उन्होंने चाय का प्याला उठाया और अम्मा की नजरों में देखते हुए फिर से पूछा, "अब बताइए।"

अम्मा ने उन्हें विस्तारपूर्वक मनोरमा की बेहोशी से लेकर डॉक्टर साहब द्वारा जांच तक की पूरी कथा सुना दी। पूरा वाकिया सुनते ही श्यामाप्रसाद ने ख़ुशी से झूमते हुए अम्मा के दोनों हाथ चूम लिए। चाय का खाली प्याला ट्रे में रखकर वे अपने कमरे में वस्त्र बदलने गए। वहाँ मनोरमा खिड़की के पास खड़ी बाहर की ओर देख रही थी। श्यामाप्रसाद ने पीछे से जाकर उन्हें आलिंगन में लेते हुए उनके कान में धीरे से कहा, "बधाई हो।" मनोरमा शरमाकर उनकी बाँहों में सिमट गई। समय अपनी गति से आगे बढ़ रहा था।

एक दिन श्यामाप्रसाद अपने केबिन में बैठे रोज की तरह डाक देख रहे थे। अगला पत्र गोपनीय था, कलेक्टर ऑफिस द्वारा भेजा हुआ। उन्होंने लिफाफा खोला और ध्यान से पढ़ने लगे। पत्र उनके स्थानांतर के सम्बन्ध में था। उनका तबादला पदोन्नति के साथ रामपुरा तहसील में कर दिया गया है। उन्हें आगामी पंद्रह दिनों में पहुँचकर कार्यभार संभाल लेना है। पत्र पढ़कर वे कुछ समय शांत मन से विचार करते हुए बैठे रहे। नई जगह ज्वाइन करने के लिए समय बहुत ही कम था। मात्र पंद्रह दिनों में सब कुछ समेटना था। उन्होंने टेबल पर रखी घंटी बजाई। घंटी की आवाज सुनकर बाहर बैठा चपरासी अन्दर आकर उन्हें नमस्ते करके खड़ा हो गया। उन्होंने उसे बड़े बाबू को बुला भेजने के लिए कहते हुए बाद में दो चाय भी लाने के लिए आदेश दिया। कुछ ही देर में बड़े बाबू ने केबिन में प्रवेश करते हुए उन्हें सर झुकाकर नमस्ते किया।

"आइये बड़े बाबू बैठिये।"

"जी साहब कैसे याद किया।" श्यामाप्रसाद ने प्रति उत्तर में उन्हें ट्रांसफर का

पत्र थमा दिया और बोले "आप स्वयं पढ़ लीजिये।" बड़े बाबू पत्र पढ़ रहे थे तभी चपरासी ट्रे में दो चाय और बिस्कुट रखकर चला गया। पत्र पढ़कर बड़े बाबू स्तब्ध होकर बोले, "समय बहुत कम है।"

"लीजिये आप चाय पीजिये" उन्होंने एक प्याला उनकी तरफ बढ़ाकर कहा।

"हाँ कम तो है फिर भी प्रबंध कर लूँगा। परन्तु बड़े बाबू मुझे इस जगह से लगाव हो गया है।" असमंजस भाव से उन्होंने कहा।

"अजी छोड़िये साहब सरकारी नौकरी में किसी जगह से लगाव कैसा? हमें तो अपना बिस्तर-पेटी हमेशा बाँध कर तैयार रखना होता है। कब ट्रांसफर का फरमान आ जाए पता नहीं होता है। वैसे आपको तो स्थानांतर के बारे में पता तो था ही।"

"पता तो था बड़े बाबू, परन्तु अचानक होगा यह नहीं सोचा था। खैर! जो होगा देखा जायेगा। आप कल से पेंडिंग मामलों की फाइलें निपटाना शुरू कर दीजिये। अगले दस दिनों में सभी का निराकरण करना है नए ऑफिसर भी मेरे रिलीविंग से पहले पद भार सँभालने हेतु आ जायेंगे। उन्हें चार्ज देने के पहले सब व्यवस्थित करना है।" कहते हुए श्यामाप्रसाद ने अपनी बात ख़त्म की और घर जाने के लिए उठ खड़े हुए।

घर पर रात्री भोजन करते समय अम्मा ने महसूस किया कि श्यामाप्रसाद का चित्त कुछ उखड़ा-उखड़ा सा है, सो पूछ बैंठी "क्या बात है लल्ला तुम कुछ उदास से हो?"

"कुछ नहीं अम्मा, बस ऐसे ही मन कुछ अशांत है।"

बाबूजी ने भी उनकी ओर देखते हुए कहा, "ऑफिस में कुछ हुआ है क्या? साफ़-साफ़ बताओ आख़िर बात क्या है?"

"कोई ख़ास बात नहीं बाबूजी, मेरे ट्रांसफर का आदेश आया है। मेरा प्रमोशन हो गया है और मुझे अगले पंद्रह दिनों में रामपुरा तहसील में ज्वाइन करना है।"

"बस इतनी-सी बात पर मुँह लटकाए बैठे हो।" बाबू जी मुस्कुराते हुए बोले, "ये तो बहुत खुशी की बात है, और बेटा! सरकारी काम-काज में तो यह सब होता रहता है। मैं समझ सकता हूँ, तुम्हारा सुंदरगढ़ में मन रम गया है इसलिए झिझक है। तुम्हारी गृहस्थी यहीं बसी है। तुम्हारे जीवन में सुख की बौछारें यहीं तुम पर पड़ीं हैं।

ईश्वर की कृपा से रामपुरा में तुम्हारा जीवन यहाँ से ज्यादा उत्तम होगा। इस सूचना को प्रभु का प्रसाद समझ खुश रहो।"

बाबूजी की धीरज भरी बात सुनकर श्यामाप्रसाद का मन कुछ हल्का हुआ। उन्होंने चर्चा जारी रखते हुए कहा, "शुरू में मुझे अकेले ही रामपुरा जाना होगा। वहाँ ज्वाइन होकर घर वगैरह की व्यवस्था करके आप सभी को ले जाऊँगा।"

जवाब अम्मा ने दिया, "हमारी चिंता छोड़ो। वैसे भी बहु को पाँचवाँ महिना चल रहा है हम लोग शहर में प्रसूति होने तक कांता के साथ रहेंगे। तुम सिर्फ अपनी नौकरी पर ध्यान दो।"

"परन्तु अम्मा ये घर भी तो खाली करना पड़ेगा।"

"बेटा तुम सिर्फ खुद की जरुरत का सामान यहाँ रखकर बाकी सभी सामान शहर वाले घर भिजवा देना। और जब रामपुरा जाओगे तब उतना ही सामान तुम्हारे साथ चला जायेगा जो तुम्हें वहाँ रहने के लिए जरुरी है।" बाबूजी ने अपना मशवरा देते हुए उनकी दुविधा खत्म की।

"ठीक है मैं आठ-दस दिनों के अंदर बाकी सामान शहर भेजने की व्यवस्था करता हूँ।" कहते हुए श्यामाप्रसाद हाथ धोने के लिए उठ गए।

एक दिन पी.डब्लू.डी. विभाग के ओवरसियर किसी काम के सिलसिले में उनसे मिलने ऑफिस आये। बातों-बातों में ट्रांसफर का जिक्र हुआ तब श्यामाप्रसाद ने घर के सामान को शहर भेजने की समस्या उनसे साझा की। तब ओवरसियर साहब ने उनसे कहा, "आप चिंता मत करिए, हमारे डिपार्टमेंट का ट्रक शहर से सामान लेकर आता रहता है और वापसी में खाली जाता है। अभी कुछ ही दिनों में सिमेंट लेकर आने वाला है। आप सामान बँधवाकर तैयार रखिएगा उसी में शहर चला जायेगा। ट्रक जब आयेगा मैं आपको इतल्ला कर दूँगा।"

श्यामाप्रसाद जिस वजह से परेशान थे वह इतनी आसानी से हल हो जाएगी इसकी उन्होंने कल्पना भी नहीं की थी। उन्होंने ओवरसियर साहब का शुक्रिया अदा करते हुए कहा, "आपने तो मेरी समस्या का बहुत ही उत्तम निदान कर दिया। अब मैं निश्चिन्त हुआ। आप समय रहते मुझे जरुर सूचित कर दीजियेगा।"

"जी जरुर... आप बिल्कुल भी फिक्र ना करें। मुझ पर छोड़ दीजिये ये तो मामूली सा काम है। यह तो मेरे लिए ख़ुशी की बात होगी कि मैं आपके लिए कुछ

कर सकूँ।'' कहते हुए उन्होंने श्यामाप्रसाद को नमस्ते किया और केबिन से बाहर चले गए।

एक दिन रविवार को ऑफिस से चपरासी को बुला लिया गया जगदीश की मदद के लिए, ताकि शहर भेजने का सामान बाँधा जा सके। अम्मा निर्देश दे रही थी कि कौन-कौन सा सामान बाँधना है। शाम तक सामान पैक कर दिया गया। दो दिन बाद ट्रक आने वाला था। तय यह किया गया कि बाबूजी, अम्मा और मनोरमा सोमवार को बस द्वारा शहर के लिए रवाना होंगे और दूसरे दिन ट्रक में सामान लदवाकर जगदीश ट्रक में ही शहर जाएगा।

निश्चित किये गए कार्यक्रम के मुताबिक बाबूजी के साथ अम्मा और मनोरमा को मोटर में ठीक से बैठाकर श्यामाप्रसाद घर वापस लौटे और सुबह का नाश्ता करके बड़े बाबू के साथ ऑफिस चले गए।

मंगलवार को ट्रक में सामान लदवाकर जगदीश भी शहर चला गया। उस दिन घर में श्यामाप्रसाद रात्री को अकेले थे। अपने पिछले समय और भविष्य के विषय में विचार करते-करते सो गए।

सुबह सोकर उठे तो देखा बड़े बाबू चाय लेकर आये हैं। उन्होंने उनके नमस्ते का जवाब देकर कहा, ''अरे! आपने क्यों तकलीफ की। चाय तो मैं बना लेता हूँ।''

''अजी साहब इसमें तकलीफ कैसी। यह तो हमारा फर्ज है। आप बैठिये मैं रसोईघर से बिस्कुट और कप लेकर आता हूँ।''

चाय पीते हुए बड़े बाबू ने उनसे पूछा, ''वो नए साहब कब आ रहे हैं?''

''नए साहब?''

''अरे हाँ, उनका नाम पी.के.मेहरा है। पूरा नाम प्रमोद कुमार मेहरा...''

''इसी सप्ताह में आने वाले हैं। आप उनके ठहरने का इंतजाम ओवरसियर साहब से कह कर डाक बंगले में करवा दीजियेगा।'' श्यामाप्रसाद ने जवाब दिया।

''जी मैं कह दूँगा और मेहरा साहब के आने से पहले ऑफिशियल पत्र लिखकर भी भिजवा दूँगा।''

''वैसे बड़े बाबू हमारे कोई काम तो पेंडिंग नहीं है ना?''

''नहीं साहब, सब कम नियमित हैं, सभी फाइलें मैंने स्वयं देख ली हैं। लिस्ट

भी तैयार है। आपको चार्ज देने में एक दिन से ज्यादा नहीं लगेगा।”

श्यामाप्रसाद ने मुस्कुराकर जवाब दिया, “आपके काम में कोई नुक्स नहीं निकाल सकता। मैंने आपसे बहुत कुछ सीखा है। मैं खुशनसीब हूँ कि मुझे आपके साथ करने का सौभाग्य प्राप्त हुआ।”

“ये तो आपका बड़प्पन है हुजुर। आपकी सोच और कार्यप्रणाली बहुत ही सुलझी हुई है। मुझे तो आपके सानिध्य में कार्य करने पर गौरव महसूस हुआ है। और हाँ आपको एक बात और बतानी थी कि आपके जाने के बाद सेठ जी आये थे। उन्होंने और हमारे अन्य सहकर्मियों ने आपका विदाई समारोह का निर्णय लिया है। आप दिन और समय सोच कर मुझे बता दीजियेगा।”

“इसकी क्या जरुरत है बड़े बाबू?”

“हुजुर आपकी विदाई के साथ-साथ नए साहब का भी सभी से परिचय हो जायेगा।”

“ठीक है, पहले मेहरा साहब को तो आने दीजिये। उनसे बात कर के दिन और समय तय कर लिया जायेगा।” श्यामाप्रसाद ने चर्चा को विराम देते हुए कहा।

बड़े बाबू ने प्रसन्न होकर उठते हुए उनसे आज्ञा ली और चले गए।

ठीक चौथे दिन मेहरा साहब सुंदरगढ़ आ गए। उन्हें डाक बंगले में ठहरा दिया गया। वे दोपहर को तहसील कार्यालय पहुँचे। वहाँ बड़े बाबू ने उनका स्वागत किया और सम्मानपूर्वक श्यामाप्रसाद से उन्हें मिलवाने स्वयं उनके साथ गए। केबिन के दरवाजे पर दस्तक देकर अंदर आकर उन्होंने नमस्ते करके श्यामाप्रसाद से उनका परिचय करवाया। श्यामाप्रसाद ने अपनी कुर्सी से उठकर उनसे हाथ मिलाते हुए मेहरा साहब को बैठने का आग्रह किया। फिर बड़े बाबू से मुखातिब होकर पूछा, “साहब को चाय तो पिलाई नहीं होगी? आप हमारे लिए चाय भिजवा दीजिये।” बड़े बाबू के जाते ही श्यामाप्रसाद ने मेहरा साहब से बातचीत शुरू करते हुए पूछा, “आपकी यात्रा कैसी रही?”

“जी ठीक ही रही। मोटर हर छोटे गाँव में रुकते हुए आती है। समय ज्यादा लगा। परन्तु यात्रा सुखद रही। आपने मेरे ठहरने का इंतजाम भी अच्छा कर रखा था। आपका शुक्रिया।” मेहरा साहब कुछ सहज होकर बोले।

"अजी साहब यह तो मेरा फर्ज है। मैं भी जब पहली बार सुंदरगढ़ आया था तब वहीं रुका था। करीब दस-बारह दिन बाद में घर ठीक-ठाक रहने लायक हो गया तब वहाँ जाकर रहने लगा। आपके परिवार में और कौन-कौन है?" श्यामाप्रसाद ने चर्चा जारी रखते हुए पूछ लिया।

"शुक्ला साहब, मेरे पिता जी का तो आठ बरस पहले ही स्वर्गवास हो गया था। उनके जाने के बाद मेरी माँ भी हमें छोड़कर दो साल पहले चल बसी। अब मैं, मेरी पत्नी और बारह साल की बिटिया ही परिवार है।एक छोटा भाई है वह विदेश में रहता है। वैसे मैंने सुना है आपके साथ आपके पिताजी और माता जी भी रहते हैं।" मेहरा साहब ने बात हो आगे बढ़ाया।

"जी सही सुना है आपने, अभी पिछले सोमवार को ही उन्हें और पत्नी को शहर भेजा है। अब आप आ गए हैं तो आपको चार्ज सौंपकर मुझे भी रामपुरा समय रहते ज्वाइन करना है।"

चाय आ गई थी। दोनों चाय पीते हुए बातें करते रहे। दोनों की बातों के बीच में बड़े बाबू एक रजिस्टर लेकर केबिन में दाखिल हुए और मेहरा साहब से बोले, "श्रीमान आप अपनी जॉइनिंग इस रजिस्टर में दर्ज कर दीजिये।" मेहरा साहब ने अपनी जॉइनिंग रिपोर्ट दर्ज कर दी।

"बड़े बाबू चार्ज लिस्ट भी ले आइये। मैं भी अपना काम शुरू कर देना चाहता हूँ।" श्यामाप्रसाद ने बड़े बाबू से कहा और वे सिर हिलाकर सहमती देते हुए रजिस्टर लेकर बाहर चले गए।

लिस्ट आ गई थी। श्यामाप्रसाद अब मेहरा साहब को एक-एक कर के सभी बिन्दुओं पर लिस्ट अनुसार विस्तार से समझा रहे थे। जब मेहरा साहब पूर्ण रूप से संतुष्ट हो गए तब उन्होंने लिस्ट की तीनों प्रतिलिपि पर अपनी सहमति लिखते हुए हस्ताक्षर किये फिर फाइल श्यामाप्रसाद को देते हुए कहा, "आप भी अपने हस्ताक्षर कर दीजिये।"

इस प्रकार कार्यभार का आदान प्रदान बड़े बाबू की उपस्थिति में सम्पन्न कर दोनों ने एक दूसरे को शुभकामनायें दी।

शाम हो चुकी थी। श्यामाप्रसाद और मेहरा साहब साथ-साथ ही ऑफिस से रवाना हुए। मेहरा साहब को डाक बंगले पर छोड़ते हुए अपने घर पहुँचे। घर

पहुँच हाथ-पैर धोकर वस्त्र बदले ही थे कि किसी ने दरवाजे पर दस्तक दी। दरवाजा खोलकर देखा, बाहर बड़े बाबू टिफिन लिए खड़े थे। नमस्ते कर अंदर आये।

"बड़े बाबू आप मुझ पर एहसान पर एहसान किये जा रहे हैं। इस सब की क्या जरुरत थी?" श्यामाप्रसाद ने टिफिन की ओर इशारा करते हुए पूछा।

"हुजुर इसे एहसान नहीं स्नेह और सम्बन्ध कहते हैं। अब रात में तो भोजन करना ही है इसलिए दोनों के लिए ले आया। आप बैठिये। मैं भोजन लगाता हूँ।" कहते हुए बड़े बाबू रसोई घर से थाली, कटोरी लेने अंदर चले गए।

भोजन करते हुए श्यामाप्रसाद ने कहा, "बड़े बाबू मेरी जॉइनिंग में अब एक सप्ताह शेष है, सोचता हूँ जगदीश के लौटते ही मैं भी शहर चला जाऊँ। वह भी कल या परसों तक आ जाएगा।"

"जी साहब यह ठीक रहेगा। दो-तीन दिन आप परिवार के साथ भी रह लेंगे। वैसे मैंने कल संध्या के समय आपके विदाई समारोह की व्यवस्था तहसील प्रांगण में की है। आप शाम को तैयार रहिएगा। मैं आपके साथ ही चलूँगा।"

"हाँ यह ठीक रहेगा। मैं समय पर आपको तैयार मिलूँगा। साथ ही चलेंगे।" श्यामाप्रसाद ने अपनी सहमति देते हुए बात ख़त्म की और कहा, "अब रात हो चली है आप घर जाकर आराम कीजिये, मैं भी अब सोने की तैयारी करता हूँ।" बड़े बाबू उन्हें नमस्ते कहते हुए विदा हुए।

दूसरे दिन संध्या समय नगर के गणमान्य नागरिकों और तहसील के कर्मचारियों की उपस्थिति में विदाई समारोह संपन्न हुआ। आयोजन बहुत ही अच्छा था और श्यामा प्रसाद के सभी कार्य भी सुनियोजित तरीके से पूरे हो चुके थे। श्यामाप्रसाद वहीं समारोह स्थल पर भोजन कर के रात्रि में सभी से विदा होकर बड़े बाबू के साथ घर लौटे।

सुबह उनको चाय देते समय जगदीश ने कहा, "आप चाय पीकर नहाने चले जाइये। मैं नाश्ता बना देता हूँ। मैंने रिक्शा वाले को दस बजे आने का कह दिया है। समय पर बस अड्डे पहुँच जायेंगे।"

उन्होंने मुस्कुराकर कहा, "रिक्शा आने के पहले ही मैं तैयार हो जाऊँगा। तुम चिंता मत करो।" सुबह के नौ बजे थे। जगदीश ने सारा सामान पैक करके बरामदे में रख दिया था। श्यामाप्रसाद बाहर आँगन में चहलकदमी कर रहे थे। तभी बड़े

बाबू आते हुए दिखाई दिए। पास आकर उन्होंने नमस्ते किया। "हुजुर सब तैयारी हो गई?"

हाँ बड़े बाबू जगदीश सुबह से ही मेरे पीछे लगा है। इसने रिक्शा वाले को भी पहले से ही बोल दिया है। आता ही होगा।" वे दोनों बातें कर ही रहे थे तभी मेहरा साहब भी आ गए। उनसे दुआ सलाम करते हुए श्यामाप्रसाद ने कहा, "अरे! आपने क्यों तकलीफ की? रिक्शा आने वाला है उसी में चला जाऊँगा।"

"इसमें तकलीफ कैसी? आपको मोटर में बिठा कर ऑफिस चला जाऊँगा। क्यों बड़े बाबू? ठीक है ना?" मेहरा साहब ने अपनेपन से जवाब दिया।

रिक्शा आ चुका था, जगदीश ने सारा सामान उसमें रखकर श्यामाप्रसाद की ओर देखा। उन्होंने कुछ सोचकर उससे कहा, "तुम बस अड्डे पर सामान के साथ पहुँचो और मोटर आ गई हो तो सामान रखवा देना। हम पीछे-पीछे आते हैं।" जगदीश ने स्वीकृति में सिर हिलाया और रिक्शा में बैठ गया।

श्यामाप्रसाद भी मेहरा साहब और बड़े बाबू के साथ बस अड्डे पहुँच गए। जगदीश ने मोटर में सामान रखवा दिया था और आगे की सीट रोक कर वहीं बैठ गया था। श्यामाप्रसाद ने उसे बुलाकर अपने बटुए में से कुछ रूपए निकाले और उसको देते हुए कहा, "मैं तुम्हारी सेवा कभी नहीं भूल पाऊँगा। भविष्य में जब कभी भी कोई परेशानी हो तो बेझिझक शहर आ जाना।" जगदीश ने उनके पैर छू कर उनसे आशीर्वाद लिया और आँखों में आये आँसू छुपाते हुए चला गया। मोटर के जाने का समय हो चला था। श्यामाप्रसाद ने मेहरा साहब से हाथ मिलाया और बड़े बाबू को नमस्ते कर मोटर में जा बैठे।

मोटर चल दी। श्यामाप्रसाद स्वयं के सुंदरगढ़ में बिताये मधुर पलों को याद करते हुए मोटर की खिड़की से बाहर निहार रहे थे।

सुंदरगढ़ से शहर तक का सफ़र तय करके श्यामाप्रसाद शाम को घर पहुँचे। उनके आने से घर के सभी सदस्य प्रसन्न थे। परिवार के साथ दो दिन कैसे बीत गए पता ही नहीं चला।

आज श्यामाप्रसाद को रामपुरा के लिए प्रस्थान करना था। दोपहर की ट्रेन से निकले और रामपुरा पहुँच गये। स्टेशन से बाहर निकलते ही उन्हें एक अजनबी ने नमस्ते कहा।

उन्होंने नमस्ते का जवाब देते हुए कहा, "मैंने आपको पहचाना नहीं। परिचय दीजिये।"

अजनबी ने पूछा, "आप श्यामाप्रसाद शुक्ला साहब ही है ना?"

श्यामाप्रसाद ने विस्मय से कहा, "हाँ मेरा नाम श्यामाप्रसाद शुक्ला ही है।"

अजनबी ने खुश होकर जवाब दिया, "हुजुर मैं गोपाल व्यास, तहसील कर्मचारी, आपको लेने आया हूँ।"

श्यामाप्रसाद ने सहज होते हुए कहा, "आपको कैसे पता चला कि मैं आज आने वाला हूँ?"

"जी हुजुर, माथुर साहब का सुंदरगढ़ से पत्र आया था। मुझे उन्होंने ही काम सिखाया है। वे मेरे गुरु और बड़े भाई समान है।" श्यामाप्रसाद ने मन ही मन बड़े बाबू का धन्यवाद किया।

"व्यास जी आप मुझे लिवाने आ गए मैं आभारी हूँ।"

"हुजुर आभार कैसा? यह तो मेरा फर्ज है।" गोपाल जी ने उत्तर देते हुए रिक्शा में सामान रखना शुरू किया और जब सामान रख चुके तब श्यामाप्रसाद बोले, "आप भी बैठ जाइए।"

"साहब! मैं साइकिल से आगे-आगे चलता हूँ।" लगभग डेढ़ फर्लांग की दूरी पर सरकारी क्वार्टर की कालोनी पहुँचे। कॉलोनी में लाइन से मकान बने हुए थे। हर चार सटे हुए मकान के बाद एक अकेला मकान बना था। ऐसे ही एक मकान के पास जाकर गोपाल जी रुक गए। जेब से चाभी निकाल कर ताला खोला और रिक्शा से सामान उतार कर अंदर रखा। श्यामाप्रसाद ने घर का मुआयना करते हुए उनसे पूछा, "ये घर खाली था क्या?"

"नहीं साहब। अभी दो महीने पहले ही खाली हुआ है। थानेदार साहब रहते थे इसमें। उनका ट्रांसफर हो गया है।"

"अच्छा है, सुंदरगढ़ में भी मेरा निवास ऐसा ही था" श्यामाप्रसाद ने कहा।

"साहब वैसे तो मैंने मेरी सोच अनुसार सारी व्यवस्था कर दी है। फिर भी अगर किसी चीज की कमी रह गई हो तो बता दीजिये।"

"गोपाल जी फ़िलहाल तो व्यवस्थित ही लग रहा है। अगर कुछ रहा तो जरुर

बता दूँगा।” श्यामाप्रसाद ने जवाब दिया।

सुंदरगढ़ में बड़े बाबू के सानिध्य में काम करने की वजह से श्यामाप्रसाद को तहसील के कार्य का अच्छा अनुभव हो गया था। कार्य की प्रक्रिया भलीभांति समझने लगे थे। नई तहसील में कार्य सुचारू रूप से करने लगे, हालाँकि व्यस्तता ज्यादा रहने लगी। सुबह से काम शुरू करते जो देर शाम तक चलता रहता था। ज्यादा समय कचहरी में बीतता था। शहर के समाचार का माध्यम पत्र व्यवहार था। बाबूजी और फूफाजी के नियमित पत्र आते रहते थे। जिनसे घर परिवार के हाल-चाल मिल जाते थे। बाबूजी और अम्मा का स्वास्थ्य ठीक है, मनोरमा की नियमित शहर की लेडी डॉक्टर द्वारा जांच चल रही है, मनोहर की पढ़ाई ठीक चल रही है आदि समाचार मिल जाते थे। श्यामाप्रसाद का अधिकांश समय जमीनों के नक्शों की जांच कर पटवारियों से चर्चा में गुजर जाता था। शेष समय भूमि स्वामियों की मुआवजे की धनराशी निश्चित कर उसके आवंटन के मामले निपटाने में बीत रहा था। इसी तरह व्यस्त रहते हुए रामपुरा आये हुए चार महीने बीत गए।

फूफाजी का पत्र आया था लिखा था, मनोरमा को प्रसव का आखिरी माह चल रहा है, कभी भी प्रसूति हो सकती है। पत्र पढ़कर वे अपने रोजमर्रा के काम में व्यस्त हो गए। भोजन करने के बाद चेंबर में बैठे सुस्ता रहे थे। तभी चपरासी ने आकर कहा, “साहब, डाकिया तार लेकर आया है। भेज दूँ?” उसे स्वीकृति देते हुए सोचने लगे टेलीग्राम किसने भेजा होगा? डाकिया दस्तक देकर कमरे में आया और उन्हें तार थमाकर एक रजिस्टर खोलते हुए उन्हें कहा, “श्रीमान यहाँ हस्ताक्षर कर दीजिये।” डाकिया उनसे हस्ताक्षर लेकर चला गया श्यामाप्रसाद ने उसके जाते ही टेलीग्राम का लिफाफा खोला और पढ़ने लगे। लिखा था, “छब्बीस तारीख को लड़का हुआ है। जच्चा-बच्चा स्वस्थ हैं बधाई तिवारी।” श्यामाप्रसाद टेलीग्राम पढ़कर ख़ुशी से उछल पड़े, तीन-चार बार उसे पढ़ा फिर टेबल पर रखी घंटी बजाई। चपरासी अंदर आया तो उसे गोपाल जी को बुलाने के लिए भेज दिया। गोपाल जी के आने पर उन्होंने उनसे खुशखबर साझा करते हुए कहा, “गोपाल जी आप बाजार से मिठाई मंगवाकर सभी कर्मचारियों का मुँह मीठा करवा दीजिये।”

गोपाल जी ने प्रसन्नता से उन्हें बधाई देते हुए जवाब दिया, “साहब आप ना भी कहते तो भी मिठाई तो बंटनी ही थी। अभी इंतजाम करता हूँ।” गोपाल जी

के बाहर जाते ही कुछ ही देरी बाद सभी कर्मचारीगण उन्हें बधाई देने आ गए। सभी सहकर्मियों को धन्यवाद दते हुए श्यामाप्रसाद ने कहा, "आप सभी मुँह मीठा कीजिये।" गोपाल जी ने मिठाई बुलवाई है।

"सबसे पहले आपको मिठाई खिलाई जाएगी" कहते हुए गोपाल जी ने एक लड्डू श्यामाप्रसाद को खिला दिया। मिठाई खाने के बाद उनकी बारी थी। उन्होंने भी हँसते हुए गोपाल जी को एक लड्डू खिलाया और फिर बारी-बारी से सभी को मिठाई खिलाने का क्रम चला।

जब सभी चले गए तब श्यामाप्रसाद घर के लिए पत्र लिखने बैठ गए। पत्र लिखकर उसे सील किया और टेबल पर ही एक तरफ रख दिया ताकि घर लौटते समय पोस्ट बॉक्स में डाला जा सके। पत्र लिखने के बाद उनका किसी काम में मन नहीं लग रहा था। एक बात फिर टेलीग्राम पढ़ा। कुछ समय ऑफिस के काम-काज करते रहे और उठ खड़े हुए। घर भेजने के लिए लिखा हुआ पत्र टेबल से उठाया और बाहर आकर गोपाल जी से कहा, "मैं मंदिर जा रहा हूँ वहीं से घर चला जाऊँगा। मैंने कुछ फाइलें देखकर टीप लिख दी है आप देख लीजियेगा" कहते हुए चल दिए।

मंदिर उनके घर के समीप ही था। पूजा-अर्चना कर ईश्वर से परिवार के सुखी जीवन की कामना की। नवजात शिशु और मनोरमा सदा स्वस्थ रहें यह प्रार्थना वहाँ बैठकर मन ही मन हाथ जोड़े ईश्वर से करते रहे। ईश्वर के दर्शन कर, रास्ते में पत्र पोस्ट बॉक्स में डालते हुए घर की ओर प्रस्थान किया।

प्रसूति के बाद मनोरमा और शिशु को घर पर ले आये थे। घर में ख़ुशी का माहौल था। पड़ोसी और रिश्तेदार बधाई देने सुबह से आ जा रहे थे। बुआ दिनभर मेहमानों की खातिरदारी में व्यस्त रह रही थी। मनोहर दूर से नवजात शिशु को थोड़ी-थोड़ी देर में कमरे के अंदर झाँककर देख लेता था। अब वह नौ साल का हो गया था। घर में एक और सदस्य के आने से वह मन ही मन बहुत खुश था। उसे बाबू जी ने बता दिया कि जन्म से सातवें दिन जब बच्चे को नहला दिया जायेगा तब वह उसे पास जाकर देख सकेगा।

रविवार का दिन था। सुबह-सुबह बाबूजी बैठक के कमरे में बैठे पंचांग देख रहे थे। अम्मा और फूफा जी भी वहीं बैठे थे, बुआ अन्य कामों में व्यस्त थी। अचानक मनोहर बाहर से 'दादा आ गए, दादा आ गए' चिल्लाता हुआ आया। सभी ने

मुख्य द्वार की ओर देखा। श्यामाप्रसाद घर में प्रवेश कर रहे थे। अंदर आकर उन्होंने बाबूजी, अम्मा और फूफाजी को प्रणाम कर आशीर्वाद लेते हुए पूछा, "बुआ कहा है?"

अम्मा ने उत्तर दिया, "पीछे आंगन में कपड़े सुखा रही होगी।"

मैं मिलकर आता हूँ कहकर श्यामाप्रसाद घर के पीछे आँगन में बुआ के एकदम पास जाकर बोले, "बुआ प्रणाम।"

चौंक कर कांता ने मुड़कर देखा, "अरे लल्ला! तुम कब आये?" और आगे बढ़कर उन्हें गले से लगाकर उनका माथा चूम लिया।

श्यामाप्रसाद ने उनके पैर छूकर कहा, "जी अभी-अभी ही आया हूँ। सोचा बुआ का घर में काम का बोझ बढ़ गया है तो मैं जाकर कुछ मदद कर दूँ।"

"चल हट, रहने दे। बहु से मिलने और नन्हें को देखने की बेचैनी रही होगी तभी पधारे हैं लाट साहब। नहीं तो बिचारी बुआ को क्योंकर याद करते?"

"यह बात नहीं है बुआ, याद तो आपको रोज करता हूँ परन्तु कचहरी के काम से फुर्सत ही नहीं मिल पाती है।"

"अच्छा अब चलो, जाकर बैठक में बैठो मैं तुम्हारे लिए कुछ खाने का लेकर आती हूँ फिर साथ बैठकर चाय पियेंगे।"

श्यामाप्रसाद बाबूजी के पास जाकर बैठ गए। बाबूजी अभी भी पंचांग देखते हुए कॉपी में कुछ लिख रहे थे। फूफाजी ने उनसे पूछा, "नई तहसील में तुम्हारा काम-काज कैसा चल रहा है?"

"जी बेहतर। कलेक्टर ऑफिस में कल मीटिंग है साथ में कुछ पेंडिंग मसलें भी हैं इसलिए तीन-चार दिनों के लिए आया हूँ।"

"बिल्कुल सही समय पर आए हो बेटा। सूरज पूजा का मुहूर्त और समय देख रहा हूँ। साथ ही नक्षत्रों की गणना भी करता जा रहा हूँ। अभी तक जो मेरी गणना है उसके हिसाब से बुधवार सुबह नौ बजे का मुहूर्त सूरज पूजा के लिए अति उत्तम है। सूरज पूजा के बाद तुम शिशु को गोद में ले सकोगे।" कहते हुए बाबूजी ने सभी की ओर देखते हुए कहा, "बच्चे का नाम 'क' अक्षर से होना है, आप सभी एक-एक नाम सुझाइए। जिससे कल सूरज पूजा के बाद शिशु का नामकरण भी किया जा

सके।"

तभी बुआ भी चाय लेकर आ गई थी आते ही बोली मेरा सुझाव है बालक का नाम 'केशव' रखा जाये। अम्मा ने सुझाया 'किशोर'। अब फूफा जी की बारी थी। सभी ने उनकी तरफ देखकर कहा अब आपकी बारी है। उन्होंने तपाक से बोला, "मुझे तो किशन नाम पसंद है। वैसे लल्ला से भी तो पूछ लो।"

श्यामाप्रसाद झट बोले, "मुझे भी फूफा जी द्वारा सुझाया नाम पसंद है वैसे बाबू जी की क्या राय है?" चारों ने उत्सुकता से बाबूजी की तरफ निगाहें की। बाबूजी ने अपना मत 'किशन' नाम के लिए देकर निर्णय लिया और अंततः सर्व सम्मति से बालक का नाम 'किशन कुमार श्यामा प्रसाद शुक्ला' रखा गया।

बुधवार सुबह-सुबह ही नाइन घर पर आ गई। मनोरमा और बच्चे की मालिश करके दोनों को स्नान करवाया गया। तत्पश्चात नए वस्त्र पहनाये गए। पास-पड़ोस की महिलायें भी आने लगी थी। बैठक के बड़े कमरे में ही बिछात की गई थी। वहीं बिछात के मध्य में जच्चा-बच्चा के लिए आसन बिछाया गया था। बुआ ने अपने साथ मनोरमा को लाकर वहाँ बिठाया और फिर उनकी गोदी में बच्चे को लिटा दिया। महिलाएं ढोलक की थाप पर मंगल गीत गाने लगीं। मनोरमा के पिताजी और मां के आते ही पूजा आरंभ कर दी गई। विधि अनुसार मनोरमा अपनी गोदी में शिशु को उठाये सभी स्त्रियों के साथ आँगन में गई और बच्चे को सूर्यदेव के दर्शन करवाए। जल से सूर्यदेव को अर्घ्य देकर सभी वापस आकर अपने-अपने स्थान पर बैठ गई।

अब शिशु के नाम की घोषणा करने की बारी थी। बुआ ने एक थाली बजाते हुए सभी का ध्यान आकर्षित करते हुए बच्चे के नाम की घोषणा कर दी। सभी उपस्थित मेहमान और परिजनों ने करतल ध्वनि से किशन नाम स्वीकार किया। नामकरण के पश्चात् मनोरमा और शिशु को सभी परिजनों और मेहमानों ने भेंट स्वरुप नए वस्त्र और आभूषण दिए।

पूजा के बाद सभी मेहमानों को भोजन परोसा गया। भोजन कर सभी मेहमान दोपहर तक विदा हो गए। मनोहर नन्हें किशन को गोद में लेकर बहुत प्रसन्न था। उसने मनोरमा से पूछा, भाभी किशन कितने दिनों बाद चलने लगेगा? जब यह दौड़ने लगेगा तब हम तीनों साथ में खेलेंगे। मनोरमा उसके भोले और सरल प्रश्नों

का जवाब देते हुए दोनों को ख़ुशी से निहार रही थी।

बाबूजी, अम्मा, फूफाजी, बुआ और श्यामाप्रसाद बैठक में बैठे बातें कर रहे थे। श्यामाप्रसाद उनसे कह रहे थे कि, "अब शहर में मेरे सभी सरकारी कार्य पूर्ण हो चुके हैं और कल ही वापस रामपुरा लौटना है। चार दिन घर पर बड़े आराम से बीत गए। अब मेरा काम बहुत ज्यादा बढ़ जायेगा। कल की मीटिंग में कलेक्टर साहब ने निर्णय लिया है कि परियोजना के नक्शे में दर्शायी गई आवश्यक भूमि का अधिग्रहण करने में जो मूल्यांकन विभाग की तरफ से देरी हो रही है उसे जल्दी संपन्न कराने की जिम्मेदारी भी मेरी रहेगी। अब मुझे ही जमीन का मूल्य निर्धारित करके उसके भुगतान और अधिग्रहण के लिए जिम्मेदार बना दिया गया है।"

"यह तो अच्छा निर्णय है। कार्यभार तो बढ़ गया है परन्तु अब तुम्हारा काम आसान हो जायेगा।" फूफाजी ने उनसे कहा।

"अरे! नहीं, आसान-वासान कुछ नहीं फूफाजी। बात तो वहाँ अटक जाती जब भूमि स्वामी जमीन नहीं देना चाहता है। अधिकतर लोगों को अपनी जमीन से लगाव है वे सरकार को अपनी भूमि देना ही नहीं चाहते हैं। वैसे पटवारी उन्हें सुरक्षित स्थान पर दूसरी भूमि भी बताते हैं। चार-पांच तारीखों की सुनवाई के बाद जाकर कहीं बात बन पड़ती है। आसान नहीं है फूफाजी। आधा समय कचहरी में निकल जाता है। कुल मिलाकर व्यस्तता ज्यादा है। सुंदरगढ़ और रामपुरा दोनों तहसीलों के कार्य में भिन्नता है।"

बाबूजी ध्यान से उनकी बातें सुन रहे थे बोले, "हम तो अध्यापक थे, छः घंटे बच्चों को पढ़ाकर चिंता मुक्त रहते थे। परन्तु तब सोचते थे कि अफसर की नौकरी बड़ी ठाठदार होती है। कई कर्मचारी उनके मातहत रहते हैं। मौज रहती होगी। परन्तु अब लल्ला की बातें सुन कर लग रहा है, मास्टरी ही अच्छी थी।" उनकी बात पर सभी को हँसी आ गई।

दूसरे दिन श्यामाप्रसाद ने रामपुरा जाने के लिए दोपहर में सभी से विदाई ली। उन्हें छोड़ने फूफाजी स्टेशन आये थे। उन्हें रेल में बैठकर फूफाजी अपने कार्यालय चले गए। श्यामाप्रसाद खिड़की से बाहर निहार रहे थे। तभी रेलगाड़ी चल दी।

रामपुरा पहुँचकर वे फिर रोजमर्रा के कार्य में व्यस्त रहने लगे। महीने में एक बार मीटिंग के लिए शहर जाना होता था। तभी घर जा पाते थे।

श्रेष्ठ जीवन

मैं यानि किशन धीरे-धीरे बड़ा हो रहा था। मनोहर चाचा स्कूल से आकर मेरे साथ खेलते थे। उनके लिए मैं खिलौने जैसा था। उनकी छुट्टी वाले दिन बुआजी हम दोनों को इकट्ठे नहला दिया करती थी। अब मैं चलने लगा था। घर के सभी सदस्य मेरा बहुत ख्याल रखते थे कि कहीं मैं खुले दरवाजे से बाहर ना निकल जाऊं। मेरे लिए नाना-नानी जब भी हमारे घर मिलते आते तब कुछ खिलौने जरुर लाते थे। चाचा के स्कूल जाने के बाद मैं उनसे खेलता रहता था।

समय जैसे-जैसे बीत रहा था वैसे-वैसे मुझमें परिवर्तन हो रहे थे। अब मैं बोलने लगा था। सब को पहचान लेता था, तीन वर्ष का जो होने वाला था। घर में मेरा जन्मदिन मनाने की बातें हो रही थी। मेरे जन्मदिन पर पिता जी भी रामपुरा से आये हुए थे। उस दिन मुझे और चाचा को स्नान करा कर नए वस्त्र पहनाये गए। सुबह दिन में हवन किया गया। नाना-नानी भी आये थे, मेरे और चाचा के लिए भेंट लेकर। मेरे जन्मदिन की खुशी में शाम को घर के प्रांगण में कठपुतली का खेल आयोजित किया गया। मनोहर चाचा ने उनके सभी दोस्तों को बुलाया है। सांझ ढलने से पहले ही कठपुतली का खेल करने वाले आ गए थे। उन्होंने खेल करने के लिए एक छोटा-सा स्टेज बनाकर उसके तीन तरफ परदे लगा दिए। स्टेज के सामने जाजम बिछाकर बैठने की व्यवस्था की गई और कुछ कुर्सियाँ भी रख दी गई। शाम होते ही प्रांगण में पेट्रोमेक्स की रोशनी कर दी गई। चाचा की मित्र मंडली और पास पड़ोस परिचित स्त्री पुरूष भी आकर बिछात पर बैठते जा रहे थे। दादा-दादी, नाना-नानी, बुआ-फूफाजी और मेरे माताजी-पिताजी भी जाजम के पीछे लगी कुर्सियों पर आकर बैठ गए। जब सब व्यवस्थित बैठ चुके तब खेल के कलाकारों ने सिटी बजाते हुए चूं-

चूं-चूं-चूं की ध्वनि और ढोल भी थाप के साथ सभी का अभिवादन करते हुए खेल शुरू किया। एक-एक करके खेल के पात्र की कठपुतली चूं-चूं-चूं-चूं की आवाज के साथ विराजमान हो रही थी। चाचा और उनके दोस्तों को 'सोलह मण' की धोबन वाला पात्र बहुत पसंद आया। मुझे उसके नाच पर ऐसी हँसी आई कि रुकने का नाम ही नहीं ले रही थी। खेल की मुख्य कहानी चित्तौड़ के राजा महाराणा प्रताप पर आधारित थी। मुझे ज्यादा तो कुछ समझ नहीं आया परन्तु पात्रों का हिलना-डुलना और उछलना कूदना मुझे बहुत अचंभित कर रहा था। चाचा और उनके दोस्त बड़े तल्लीन होकर खेल देख रहे थे।

खेल की समाप्ति पर सभी ने तालियाँ बजाई और तभी बुआ ने खड़े होकर सभी से आग्रह करते हुए कहा कि, "आप सब ने खेल का आनन्द लिया अब कुछ देर और बैठिये हमारे लाड़ले किशन के जन्मदिन की ख़ुशी में मुँह मीठा किये बगैर नहीं जाइएगा।" फिर, सभी को मिठाई और समोसा परोसा गया। मेहमानों ने जाते समय मुझे दुलार करते हुए आशीर्वाद दिए और किसी-किसी ने उपहार। मुझे इस उम्र में ज्यादा समझ तो नहीं थी परन्तु इतना तो समझ आ ही गया कि जन्मदिन एक ख़ास दिन होता है, जिसका होता है उसकी मौज होती है।

जून महीने की गर्मी थी। गर्मी से बचाव के लिए फूफाजी ने हमारे घर की खिड़कियों में खस की टाटियाँ लगवा दी।रोज उन पर पानी का छिड़काव होने लगा, अब घर में एकदम ठंडी और खुशबू वाली हवा आने लगी।

रविवार था, भोजन करने के बाद सभी बैठक में बैठे थे। बाबूजी की तरफ देखते हुए फूफाजी ने कहा, "अगले माह स्कूल खुलने वाले हैं क्यों न किशन को स्कूल में दाखिला करवा दें?"

"जरुर... अब ये तीन वर्ष से ज्यादा उम्र का हो गया है। वर्णमाला और गिनती तो मैंने सिखा ही दी है। आप हेडमास्टर साहब से बात करके दाखिले का फॉर्म ले आइयेगा" बाबूजी ने अपनी सहमति दे दी।

चाचा की गर्मियों की छुट्टियाँ चल रही थी, मैं उनके साथ दिनभर खेलता, उनके साथ ही खाना खाता और हम दोनों एक ही कमरे में सोते थे। चाचा मुझसे नौ वर्ष उम्र में बड़े थे। उन्होंने नौंवी कक्षा की परीक्षा दी थी और अब मेट्रिक में पढ़ने जायेंगे।

मैं भी अब स्कूल जाने लगा था। सुबह सात बजे से दोपहर बारह बजे तक मेरी प्राथमिक शाला का समय था। मुझे माताजी या बुआजी स्कूल छोड़ने आती थीं। चाचा की हायस्कूल क्लास दोपहर बारह बजे से पाँच बजे तक चलती थी। स्कूल में मेरे नए-नए दोस्त बन गए थे। कुछ तो हमारे घर के पास ही रहते थे। अब मेरी दिनचर्या नियमित हो चली थी। सुबह-सुबह मुझे माताजी तैयार करके नाश्ता खिलाकर स्कूल छोड़ आती थीं। स्कूल से आकर हाथ-पैर धो भोजन उसके बाद कुछ समय घर के बाहर दोस्तों के साथ खेलकूद और शाम को दादाजी के साथ बैठकर पढ़ाई। मेरी शाम की पढ़ाई समाप्त होते ही चाचा स्कूल से लौट आते थे। फिर शेष समय उनके साथ बीत जाता था। चाचा रात्री भोजन के बाद पढ़ाई करते थे।

एक दिन स्कूल से आकर चाचा ने फूफाजी से कहा, "बाबा! मुझे हॉकी स्टिक दिलवा दीजिये। मेरा स्कूल की हॉकी टीम में चयन हो गया है।"

(चाचा फूफाजी को बाबा और बुआ को माँ कहकर पुकारते थे।)

"अरे! वाह बहुत अच्छी ख़बर है, कल शाम को ऑफिस से आते समय जरुर ले आऊँगा" खुश होकर कहते हुए फूफाजी किसी काम से बाहर चले गए।

रोज की तरह मेरे दादाजी एक दिन रात्री भोजन के बाद दालान में टहल रहे थे कि अचानक चक्कर आने से गिर गए। आवाज सुनकर फूफाजी बाहर दौड़े आये और उन्हें सहारा देकर उठाया और घर में लाकर लिटाया। उनकी साँसें तेजी से चल रही थी। उन्होंने चाचा को आवाज देकर बुलाया और डॉक्टर को बुला लाने के लिए भेज दिया तब तक दादी और बुआ भी उनके कमरे में आ चुकी थीं। दादी उनके सिरहाने बैठकर हलके-हलके दादा जी की छाती दबाने लगीं। मैं अपनी माताजी से चिपटकर दरवाजे के पास खड़ा हुआ चिंतित सा अपने दादाजी को निहार रहा था। डॉक्टर साहब ने आते ही फोरन जांच शुरू कर दी। उन्होंने फूफाजी की ओर देखते हुए कहा, "रक्तचाप बहुत बढ़ गया है, इन्हें तुरंत अस्पताल लेकर आइये। मैं वहाँ जाकर शेष इलाज की तैयारी करता हूँ। अब आप देर मत करिए, मैं आपको अस्पताल में ही मिलूँगा" कहते हुए वे फुर्ती से बाहर चल दिए। आनन-फानन में फूफा जी भी बाहर निकल गए और एक रिक्शा लेकर आये। बुआ और चाचा को कहा कि, "तुम दोनों दूसरा रिक्शा लेकर अस्पताल पहुंचो मैं बाबूजी को लेकर जाता हूँ।" उन्होंने सहारा देकर बाबूजी को रिक्शा में बैठाया और स्वयं उनके पास

बैठते हुए रिक्शा चालक से कहा, "भैया! जल्दी से अस्पताल ले चलो। अस्पताल पहुँचने पर देखा कि गेट पर ही डॉक्टर साहब खड़े थे। उनके पास दो वार्ड बॉय स्ट्रेचर के साथ थे। रिक्शा रुकते ही बाबूजी को स्ट्रेचर पर लिटाकर अंदर ले गए। कुछ ही देर में बुआजी और चाचा भी पहुँच गए। डॉक्टर साहब जी तोड़ कोशिश कर रहे थे कि किसी तरह रक्तचाप कम हो जाये। उन्होंने आवश्यक इंजेक्शन और दवाईयां भी दे दी थी। करीब एक घंटे कोशिश करने के बाद भी जब स्थिति उन्हें काबू में होते नहीं दिखी तब बाहर आकर फूफा जी से कहा, "मरीज की हालत में सुधार होते नहीं दिख रहा है बावजूद सभी कोशिश और दवाईयां देने के बाद। मेरे बस में जो था वह मैंने कर दिया है अब सिर्फ ईश्वर ही कोई चमत्कार करें, आप लोग उनके पास ही रहें और प्रार्थना करें।" तीनों के वार्ड में घुसते ही बाबूजी ने इशारे से बुआ को पास बुलाया उनकी साँसें अभी भी धौंकनी की तरह चल रही थी। जब बुआ उनके पास जाकर बैठी तब उन्होंने फुसफुसाते हुए धीमी आवाज में कहा, "कांता! लगता है बुलावा आ गया है। सभी का ध्यान रखना। तिवारी जी के ढेरों एहसान लिए जा रहा हूँ शायद तुम्हारा मनोहर उन्हें कुछ कम कर सकेगा।" फिर मनोहर की ओर देखकर उसे पास बुलाया और कहा, "बेटा! अपनी माँ और बाबा को जीवन की सारी खुशियाँ देना।" आखिर में उन्होंने फूफाजी की ओर देखकर दोनों हाथ जोड़कर कहा 'राम राम' फिर गहरी हिचकियों के साथ उनकी आँखें बंद होने लगी। इस तरह उन्होंने बुआ की गोद में ही प्राण त्याग दिए। उनका शरीर ठंडा पड़ने लगा था। बुआ रोते हुए उनके मृत शरीर से लिपट गई। मनोहर भी उनके साथ लिपटकर रोने लगा। फूफाजी ने मृत बाबू जी के पैर भीगी आँखों से छुए और नम आँखों से वार्ड से बाहर आये। बाहर डॉक्टर साहब खड़े थे। उन्होंने हाथ जोड़कर लाचार शब्दों में कहा, "तिवारी साहब! बाबूजी के शरीर को एम्बुलेंस में रखवा दूँ?"

बाबूजी के मृत शरीर को साथ लिए तीनों एम्बुलेंस में जा बैठे और घर पहुँचे। आधी रात बीत चुकी थी। बैठक के कमरे का सामान हटाकर कमरा खाली करके शरीर लिटा दिया गया।

मेरी दादी और माताजी फूट-फूट कर रो रही थीं। मैं चाचा के पास जाकर उनसे सटकर खड़ा था। रोने की आवाज सुनकर कुछ पड़ोसी भी आ गए। मुझे यह समझ नहीं आ रहा था कि सभी रो क्यों रहे हैं? मैंने डरते-डरते चाचा से पूछा तो उन्होंने मेरे सिर पर हाथ फिराते हुए कहा कि, "बाबूजी भगवान के घर चले गए हैं। अब हमारे

साथ नहीं, भगवान के साथ रहेंगे।" शायद किसी ने मेरे नाना को खबर कर दी थी, वे मेरी नानी को साथ लिए हमारे घर पहुंच गए थे। मेरी नानी, बुआ और दादी को सांत्वना दे रही थी और खुद भी रो रही थीं। मैं मन ही मन में डरा हुआ चाचा का हाथ पकडे खड़ा हुआ था। फूफाजी की आँखों से लगातार आँसू गिर रहे थे। नानाजी उनके पास ही बैठे पत्र लिख रहे थे। जब वे लिख चुके तब बाहर जाकर एक अन्य आदमी को पत्र थमाते हुए कहा, "इसे जल्द से जल्द रामपुरा के तहसीलदार साहब को भिजवाना है ताकि वे सुबह तक यहाँ पहुँच सकें।" उस आदमी ने उनसे पत्र लेकर कहा, "आप आश्वस्त रहिये मैं बंदोबस्त करता हूं।" मेरी चाचा के पास बैठे-बैठे कब आँख लग गई पता ही नहीं चला। जब आँख खुली तो देखा पिताजी रामपुरा से आ चुके हैं। कुछ लोग बाहर दालान में बांस से कुछ बना रहे हैं। मैंने कौतुहलवश बाहर जाकर देखा वहाँ सफ़ेद कपड़ा, फूल मालायें और सूत के लच्छे का गट्ठा आदि रखे हुए थे। फूफाजी और पिताजी वहीं खड़े थे। मैंने सहमते हुए पिताजी के पास जाकर उन्हें प्रणाम किया उन्होंने मुझे गोद में उठा लिया और कहा किशन, "आज तुम्हारे दादाजी की अंतिम विदाई है" ये कहते हुए उनकी आँखें भर आईं।

अर्थी तैयार हो चुकी थी। मेरे दादाजी का पार्थिव शरीर उस पर लिटाया गया और अर्थी को कन्धा देते पिताजी, फूफाजी और चाचा, मित्रों तथा रिश्तेदारों के साथ दादाजी का अंतिम संस्कार करने हेतु शमशान की ओर चल दिए। घर में सूतक लगा था। हम सभी का भोजन नानाजी के घर से बनकर आया। दाह-संस्कार करके चाचा, पिताजी और फूफाजी घर वापस आये। घर में मायूसी का माहौल था। घर के सभी सदस्य उदास थे। जब सभी परिजन घर पर वापस आ चुके तब नानाजी ने सभी उपस्थित पड़ोसियों और रिश्तेदारों को हाथ जोड़कर संबोधित करते हुए बताया कि उठावना आज से तीसरे दिन मंगलवार को सुबह दस बजे होगा।

इस तरह तीसरे दिन उठावना और बारहवें दिन 'पगड़ी' का कार्य सनातनी प्रथा के अनुसार किया गया। पिताजी को मेरे नानाजी ने सिर पर पगड़ी बाँधी और भेंट दी। अब दादाजी के बाद मेरे पिताजी परिवार के मुखिया घोषित हो गए। रस्म पूरी होने के बाद सभी परिजनों और मित्रों ने भोजन किया। सभी कार्य निर्विघ्न पूरे होते ही पिताजी रामपुरा वापस लौट गए। घर आये हुए मेहमान भी एक-एक करके वापस लौट चले। घर सूना-सा लगे लगा। दादाजी बैठक में जिस तख़्त पर बैठकर अध्ययन करते थे, उस ओर देखकर दादी की आँखों में अक्सर आँसू आ जाते थे।

धीरे-धीरे समय के साथ-साथ हम सभी का जीवन बगैर दादाजी के सामान्य-सा होने लगा।

दादाजी का स्वर्गवास हुए दो वर्ष बीत चुके थे। एक दिन रात्री भोजन करते समय फूफाजी ने दादी को कहा कि, "लल्ला का पदोन्नति सूची में नाम है। अब वे तहसीलदार से एस. डी. एम. बन जायेंगे। जल्द ही लिस्ट घोषित होने वाली है।"

"तब तो लल्ला का तबादला भी हो जायेगा" बुआ ने उनकी तरफ दखते हुए पूछा।

उन्होंने जवाब दिया, "हो भी सकता है और नहीं भी। तबादले की सूची बाद में कलेकटर साहब घोषित करते हैं।"

माताजी भोजन परोस रही थी, पिताजी की पदोन्नति की खबर सुनकर उनका चेहरा प्रसन्नता से चमक उठा। फूफाजी ने आगे बात जारी रखते हुए बताया, "अगले महीने की आठ तारीख को जिले के सभी अधिकारियों की सालाना मीटिंग है, लल्ला भी आयेंगे तब खुलासा हो जायेगा।"

मैं और चाचा एक दिन जब सुबह नींद से जागकर कमरे से बाहर आये तो देखा पिताजी और दादी बैठक वाले कमरे में बैठे चाय पी रहे हैं। हम दोनों ने उनके पास जाकर उन्हें प्रणाम किया। चाचा ने आश्चर्य से पूछा, "आप अब आये दादा?"

उन्होंने जवाब दिया, "रात में जब तुम दोनों गहरी नींद सो रहे थे। तुम दोनों की परीक्षा कब है? पढ़ाई तो ठीक से कर रहे हो दोनों या सिर्फ खेलकूद में समय बीता देते हो?"

दादी ने मुझे दुलारकर गोद में बिठाते हुए जवाब दिया, "बेटा, आजकल दोनों खूब मन लगाकर पढ़ते हैं। मनोहर तो तुम्हारे बाबूजी की तरह किशन को पढ़ाता है और हाँ खेलने के समय दोनों खेलते भी हैं। अभी पिछले सप्ताह ही मनोहर के स्कूल में वार्षिक जलसा था, उसमें इसे सर्वश्रेष्ठ खिलाड़ी का पदक भी मिला है।" अपनी माँ से दोनों की तारीफ़ सुनकर श्यामाप्रसाद मन ही मन बहुत प्रसन्न हुए और फिर दोनों से कहा कि, "अगर अच्छे अंकों से पास हुए तो दोनों को मनपसन्द ईनाम मिलेगा", कहते हुए पिताजी नहाने के लिए उठ खड़े हुए। नहाकर तैयार होकर वे फूफाजी के साथ ऑफिस चले गए।

शाम को पिताजी, फूफाजी के साथ ऑफिस से लौटे तो उनके हाथ में मिठाई

की छबड़ी थी। आकर उन्होंने दादी को प्रणाम करते हुए कहा, "अम्मा आशीर्वाद दीजिये मेरा प्रमोशन हो गया है।" दादी ने दोनों हाथों से उन्हें आशीर्वाद दिया। दादी से मिलने के बाद वे बुआ को ढूंढते हुए घर के अन्दर गए। बुआ और चाचा ऊपर कमरे में थे। उन्होंने बुआ को चरण-स्पर्श किया और छबड़ी में रखे लड्डू में से एक लड्डू निकाल उनको खिलाया। बुआ ने उन्हें दुलारते हुए कहा, "तो आखिर बड़े लाट साहब बन ही गए" और उनकी बलैया लेते हुए उन्हें आशीर्वाद दिया। मनोहर से रहा नहीं गया बोला, "दादा खुश तो मैं भी बहुत हूँ परन्तु आपने सिर्फ माँ को लड्डू खिलाया। मुझे क्यों नहीं?" उन्होंने लड्डू की छबड़ी उसे थमाते हुए कहा, "ये लीजिये महाराज आप भी मुँह मीठा कीजिये और किशन को भी खिलाइए। बच जाए तो अपने बाबा और मुझे भी दे देना कहकर वे हँस दिए।" आज रात्री का भोजन पिताजी की पसंद का बनाया गया था। कल दोपहर को उन्हें वापस रामपुरा जो जाना था।

मैं चाचा के साथ पिताजी को रेल में बैठाने के लिए स्टेशन तक उनके साथ गया। रेल के आने में समय था। फूफाजी भी स्टेशन पहुंच गए थे। पिताजी को विदा करके चाचा और मैं वापस घर आ गए। मुझे घर छोड़कर चाचा कॉलेज चले गए। मेरी स्कूल की छुट्टियाँ चल रही थी। मैं अपनी पढ़ाई में ज्यादा व्यस्त हो गया कारण वार्षिक परीक्षा नजदीक आ गई थी।

एक दिन दोपहर के समय मैं दादी के पास बैठा पढ़ाई कर रहा था तभी दरवाजे पर किसी ने दस्तक देते हुए कहा, "तिवारी साहब... चिट्ठी आई है ले लीजिये।" मैंने दौड़कर दरवाजा खोला और पोस्टमैन से पत्र लेकर दादी को देते हुए कहा, "शायद पिताजी का पत्र आया है।" दादी ने बुआ को आवाज दी वे आईं तो उन्हें पत्र देकर कहा, "लल्ला की चिट्ठी है, भला पढ़कर बताओ तो क्या लिखा है?" बुआ ने पत्र पढ़कर बताया कि, "सब कुशल मंगल है। ख़ास बात यह है कि उनका तबादला 'गौतम नगर' हो गया है। जल्दी ही चार्ज सौंपकर घर आ जायेंगे लल्ला।" मैं बुआजी की बात सुनकर तुरंत उनसे से प्रश्न कर बैठा, "गौतम नगर यहाँ से ज्यादा दूर है क्या बुआजी?"

"अरे नहीं बेटा, सिर्फ दो घंटे में यहाँ से निकलकर गौतम नगर जाया जा सकता है। ज्यादा दूर नहीं है। गौतम नगर की बस्ती से पहले एक शिवजी का मंदिर

आता है, गौतमेश्वर मंदिर, बहुत पुराना मंदिर है। पास ही गौतमी नदी बहती है। मैं तुम्हारे फूफाजी के साथ एक बार वहाँ दर्शन करने गई थी।"

शाम को फूफाजी दफ्तर से लौटे और घर के अन्दर आकर दादी और बुआ की तरफ देखकर कहा, "एक खुशखबर है, लल्ला का तबादला शहर से नजदीक गौतम नगर में हो गया है।"

बुआ ने उन्हें चिढाते हुए कहा, "बासी खबर है। हमें तो दोपहर में ही पता चल गया था।"

फूफाजी ने आश्चर्य से पूछा, "दोपहर में कैसे?"

दादी ने उन्हें पत्र थमाते हुए कहा, "बेटा दोपहर में ही लल्ला की चिट्ठी आ गई थी, इसी से खबर मिली।"

फूफाजी ने खिसियाते हुए जवाब दिया, "बासी ही सही खबर तो मैंने अच्छी ही सुनाई है। वैसे गौतम नगर है बहुत ही अच्छी जगह। चलिए, अब मेहरबानी करके एक प्याला चाय ही पिला दीजिये।"

गर्मी का मौसम शुरू हो गया था। मंगलवार से मेरी परीक्षा आरंभ होने वाली है। मैंने पहाड़े याद कर लिए और चार कवितायेँ भी जबानी याद कर ली थी। मौखिक परीक्षा होनी है। कुल छः दिनों में परीक्षा सम्पन्न हो जाएगी। हस्तकला के लिए मैंने कागज़ की नाव, रंगीन क्रेप कागज के फूल और एक मिट्टी का हाथी बना लिया है। कुल जमा मैंने परीक्षा की पूरी तैयारी कर ली थी। मंगलवार को सुबह ही माताजी ने मुझे स्कूल के लिए तैयार कर दिया। क्योंकि सुबह नौ बजे से परीक्षा होनी है। आज हिंदी की परीक्षा है। मैंने दादी के पास जाकर उनको प्रणाम करके आशीर्वाद लिया और फिर माताजी, फूफाजी तथा बुआजी को प्रणाम कर स्कूल के लिए चाचा के संग घर से निकल गया। और इस तरह मगंलवार को शुरू होकर मेरी तीसरी कक्षा की परीक्षा सोमवार तक चली।परीक्षा खत्म होते ही स्कूल में गर्मी की छुट्टियाँ शुरू हो गई। चाचा की परीक्षा अभी कुछ दिनों बाद शुरू होने वाली है। इन दिनों वे देर रात तक पढ़ाई करते रहते हैं।

एक दिन मैं बैठक वाले बड़े कमरे में बैठा नदी, पहाड़, मकान, पेड़ आदि का चित्र बना रहा था उसी समय घर के सामने एक रिक्शा आकर रुका और फूफाजी के दफ्तर से आये एक कर्मचारी ने दरवाजे पर दस्तक दी। दादी ने दरवाजा खोला।

आगंतुक ने उन्हें नमस्ते करते हुए बताया कि, "रामपुरा से साहब का सामान लेकर आया हूँ। अंदर रखवा दूँ?"

दादी ने कहा, "साहब नहीं आये?"

जवाब मिला, "जी वे कल दोपहर ट्रेन से आयेंगे" और जेब से कुछ निकालते हुए कहा, "ये पत्र दिया है साहब ने।" दादी ने उनसे पत्र ले लिया। वे सामान घर में रखवाकर वापस चले गए। बुआजी आँगन में कपड़े सुखाकर बैठक के कमरे में आई और वहां रखा सामान देखकर दादी से पूछा, "ये कौन रख गया है?"

दादी ने उन्हें बताया, "रामकिशन आया था। लल्ला का सामान लेकर और ये चिट्ठी लल्ला ने भेजी है। वह कल रेल से आयेगा।" बुआ उनसे पत्र लेकर पढ़ने लगीं। जैसे ही उन्होंने पूरा पत्र पढ़ लिया दादी ने उत्सुकता से पूछा, "क्या लिखा है?"

"उन्होंने कहा कोई ख़ास नहीं लिखा है, रामकिशन रामपुरा आया था उसके साथ सामान भेज रहा हूँ। सरकारी घर खाली कर दिया है। कल मेरा विदाई कार्यक्रम होना है इसलिए यहां रुका हूं। कल ट्रेन से घर आ जाऊंगा।"

कल रविवार है, पिताजी आने वाले हैं। घर के सभी सदस्य प्रसन्न थे। सुबह का नाश्ता होते ही माताजी और बुआजी रसोई घर में व्यस्त हो गई। ट्रेन दोपहर में आती है। अतः सब ने तय किया कि पिताजी के घर आने के बाद सभी इकट्ठे साथ-साथ खाना खायेंगे। चाचा और मैं नहाकर तैयार हो गए। हमें सजा-संवरा देखकर फूफा जी ने हमसे कहा, "अरे वाह! आप दोनों तो एकदम राजा बाबू बनकर तैयार भी हो गए, कहीं जा रहे हो?"

चाचा ने हँसते हुए उन्हें जवाब दिया, "हम दोनों भी आपके साथ स्टेशन आ रहें हैं। अब आप भी फटाफट तैयार हो जाइये।"

"जो हुक्म सरकार। अभी तैयार होकर आते हैं।" कहकर हंसते हुए फूफाजी नहाने चल दिए।

मैं, चाचा और फूफा जी ट्रेन के आने से पहले ही स्टेशन जा पहुँचे। सिग्नल देखकर फूफाजी ने बताया, "कुछ ही देर में ट्रेन आने वाली है।"

मैंने उत्सुकता से पूछा, "किस तरफ से आयेगी रेलगाड़ी?"

फूफाजी ने दाहिनी तरफ इशारा करते हुए बताया, "इस तरफ से आएगी।"

कुछ ही देर में लंबी सीटी बजाते हुए छुक-छुक करती हुई ट्रेन स्टेशन पर आकर रुकी। लोगों की आवाजाही बढ़ गई। मैंने फूफाजी का हाथ थाम रखा था। हम तीनों उतरते हुए यात्रियों को गौर से देख रहे थे। अचानक मेरी नजर एक डिब्बे पर पड़ी जिसमें से पिताजी उतर रहे थे। मैंने फूफाजी का हाथ हिलाकर जरा ऊँची आवाज में कहा, "वो दखिये, पिताजी उस डिब्बे से उतर रहे हैं।" फिर हम तीनों तेज कदमों से उस डिब्बे की ओर चल दिए। पास पहुँचे ही थे कि मैंने दौड़कर पिताजी के पास जाकर उन्हें प्रणाम किया उन्होंने प्यार से मुझे गोद में उठाते हुए फूफाजी के पैर छूए तब तक चाचा ने पिताजी के पैर छूकर उनके साथ लाया सामान उठा लिया। स्टेशन से बाहर आकर तीनों रिक्शा में बैठकर घर आ गए। घर पहुँचकर पिताजी ने दादी और बुआजी को प्रणाम किया फिर दोनों से कुशलक्षेम पूछते हुए बोले, "मैं स्नान करके आता हूँ बाकी बातें भोजन करते हुए करेंगे।" माताजी गलियारे में उनके लिए तौलिया लिए खड़ी थीं। जब वे स्नानघर में जाने लगे तब उन्होंने उनके पैर छूकर पूछा, "कैसे हैं आप?"

पिताजी ने उनके सिर पर हाथ रखते हुए कहा, "एकदम ठीक हूँ, जल्दी नहाकर आता हूँ।"

दूसरे दिन पिताजी ने कलेक्टर ऑफिस जाकर अपनी आमद दर्ज कराई और रवानगी पत्र लेकर शाम तक फूफाजी के साथ वापस घर आ गए।बैठक में दादी और बुआजी से बात चीत करते हुए उन्होंने अपना कार्यक्रम बताया "मुझे गुरूवार को ही गौतम नगर जाकर कार्यभार संभालना है और शनिवार रात तक घर वापस आ जाऊंगा" दादी और बुआजी ने उनके प्रोग्राम से सहमत होते हुए कहा "ठीक है, अब चलो भोजन कर लो।सुबह तुम्हें जल्दी उठकर जाना भी तो है।"

पिताजी गुरुवार सुबह जल्दी ही तैयार होकर गौतम नगर के लिए निकल गए। वहां पहुंच कर उन्होंने चार्ज लिया और शनिवार रात को जब सब बैठक में बैठे गपशप में व्यस्त थे उन्होंने घर में प्रवेश किया।वहीं सब के साथ बैठते हुए उन्होंने बताया, "बहुत ही खुबसूरत और व्यवस्थित बस्ती है गौतम नगर। वहाँ के कुछ गणमान्य नागरिकों से भी मेरी मुलाक़ात हुई। सभ्य और सेवाभावी लोग हैं। सभी समाज के लोग मिलजुलकर रहते हैं। हमारे रहने के लिए जो सरकारी बंगला निश्चित किया गया है वह भी मैं देख आया हूं। बड़ा और स्वतंत्र बंगला है। चार कमरे, बड़ा

सा हॉल, लम्बा-चौड़ा बरामदा, गेट लगा हुआ अहाता, कुल मिलाकर बुआ के शब्दों में कहा जाए तो लाट साहब का बँगला है।"

बुआ ने चहकते हुए जवाब दिया, "हाँ लल्ला जी, अब आप लाट साहब जो बन गए हो, बंगला तो शानदार होगा ही। वैसे यह बताओ कि शिवजी के मंदिर दर्शन करने भी गए थे या नहीं?"

"भला वह कैसे भूल सकता हूँ बुआ। कल ही गया था दर्शन करने। नदी के किनारे ही तो है। नगर के एक सज्जन व्यक्ति हैं सरदार हवेलीराम जी उनके साथ गया था।" दादी और फूफाजी ध्यान से उनकी बात सुन रहे थे।

दादी ने पिताजी से कहा, "बेटा जब रहने की व्यवस्था हो गई है तो मेरी सलाह है कि वहाँ अकेले रहने की बजाय बहु को भी साथ ले जाना ताकि घर गृहस्थी व्यवस्थित हो जाए। वैसे भी तुम अकेले रामपुरा में काफी लम्बे समय रह लिए। एक बार तुम्हारी गृहस्थी जम जाए तब हम लोग भी वहाँ आते-जाते रहेंगे।"

फूफाजी ने दादी की बात में हाँ में हाँ मिलाते हुए स्वयं की सहमति जाहिर की।

बुआजी ने मेरी माताजी की ओर देखकर उनसे पूछा, "तुम्हारा क्या विचार है?"

वे बेचारी शरमाकर बोली, "जैसी आप सभी की आज्ञा, मुझे तो कोई आपत्ति नहीं है।"

बुआजी ने उनसे ठिठौली करते हुए कहा, "मनोरमा सोच लो मायके से दूर चली जाओगी। तुम्हारी अम्मा और बाबूजी से तीज-त्यौहार पर ही मुलाक़ात होगी।"

मेरी माताजी हँसते हुए उठ खड़ी हुई और अपने कमरे में जाते-जाते बोली, "मुझे कोई परेशानी नहीं होगी, मैं वहां जाकर रह सकती हूँ।"

"ठीक है कांता कल रविवार है तुम और मनोरमा वहाँ क्या-क्या सामान ले जाना है विचार करके पैकिंग करना शुरू कर दो।" कहते हुए फूफाजी ने दादी की ओर देखते हुए कहा, "आप सामान की लिस्ट बनाने में इन दोनों की मदद कर दीजियेगा। तीन-चार दिनों में जब सामान बंध जायेगा तब मैं उसे गौतम नगर भिजवाने की व्यवस्था कर दूँगा।"

और फिर एक दिन मैं अपनी माताजी के साथ सरकारी जीप में बैठकर गौतम नगर पहुँच गया। सरकारी बँगला बहुत ही सुन्दर था और हम तीन सदस्यों के हिसाब से काफी बड़ा भी था। माताजी ने शहर के घर से लाया हुआ सामान व्यवस्थित रूप से रखवा दिया। बंगले का बरामदा भी बड़ा और खुला-खुला था। बरामदे से आगे हरी-हरी घास और फूलों से लदी क्यारियां घर की शोभा बढ़ा रही थी। चार कमरों में से एक कमरा मेरे लिए नियत कर दिया गया। मेरे कमरे में एक टेबल और कुर्सी भी पढ़ाई के लिए रखी दी गई। घर की देखरेख और सफाई के लिए पिताजी के दफ़्तर से रामलाल जी तैनात किये गए थे। उन्होंने मुझे पूरा बंगला दिखाया। जब मैंने उनसे पूछा कि, "मैं आपको किस नाम से पुकारूं?"

तो उन्होंने भोलेपन से कहा, "छोटे साहब! वैसे तो मेरा नाम रामलाल है परन्तु सभी मुझे रामू कहकर बुलाते हैं। आप भी मुझे इसी नाम से बुलाइए।"

पिताजी हमारे पास ही खड़े थे उन्होंने सुझाव देते हुए मुझसे कहा, "किशन! रामलाल आपसे उम्र में बड़े हैं, इन्हें रामू काका कहकर बुलाया करो।" इस तरह मेरी दोस्ती रामू काका से हो गई।

मेरे लिए नई जगह थी और यहाँ मेरे कोई दोस्त तो थे नहीं इसलिए मैं रामू काका के पीछे-पीछे सारा दिन घूमता रहता था। शाम हो चली थी रामू काका लालटेन और केरोसिन लेकर बरामदे में बैठकर उनकी सफाई कर उनमें केरोसिन भर रहे थे।शहर में तो बिजली थी अतः मेरे लिए यह सब अजीब और नया था। जब रामू काका ने लालटेन और लैंप तैयार कर लिए तब माचिस की तीली सुलगाकर उनकी बत्ती को जलाया। रोशनी हो गई। रामू काका ने मुझे बताया कि, "हमारे नगर में बिजली नहीं है इसलिए रात में इनका उपयोग रोशनी करने के लिए किया जाता है।" मुझे लालटेन की रोशनी अच्छी लगी। रामू काका ने घर में अलग-अलग स्थान पर लालटेन और लैंप रख दिए। घर रोशनी से चमक उठा। जब रामू काका घर में रोशनी का कार्य पूरा कर चुके तब उन्होंने बरामदे से बाहर आकर गेट पर लगे दोनों लैंप को तीली से सुलगाकर उजाला कर दिया। मैं उनके साथ-साथ चलता हुआ उनके सारे काम कौतुहल से देख रहा था। रामू काका ने ऊँगली से सड़क की तरफ इशारा करते हुए मुझसे कहा, "भैया सड़क के किनारे-किनारे आपको जो खम्भे दिखाई दे रहे हैं, उनके कंदील भी कुछ ही देर में रोशन हो जायेंगे।" और सच में मैंने

देखा एक आदमी हाथ में सीढ़ी लिए हर एक खम्भे पर लगे कंदील की बत्ती जला रहा था। इस तरह पूरी सड़क रोशन हो गई। उजाले में मुझे हमारे घर से कुछ दूरी पर सड़क किनारे कुछ क्वाटर्स बने हुए दिखाई दिए तो मैंने रामू काका से पूछा, "वो जो घर दिखाई दे रहे हैं, उनमें कौन रहता है?"

उन्होंने उस तरफ देखते हुए बताया, "उसमें सरकारी कर्मचारी रहते हैं और ये जो पहला घर है उसमें सब डिवीजन के मुंशीजी रहते हैं उनके दो बच्चे हैं तुम्हारी ही उम्र के होंगे। कल सुबह में मेम साहब से पूछकर उन्हें बुला लाऊंगा। आपकी दोस्ती हो जाएगी तो उनके साथ ही खेलना। बहुत ही अच्छे बच्चे हैं।" उनकी बात सुनकर मन को शांति मिली कि अब घर के समीप ही दोस्त मिल जायेंगे, अकेलापन नहीं रहेगा।

दूसरे दिन सुबह-सुबह जब मैं बरामदे में अकेला खेल रहा था तब अपने वादे के मुताबिक रामू काका अपने साथ एक लड़के और एक लड़की को लेकर आये और मुझसे कहा, "भैया मैं आपके नए दोस्तों को साथ लाया हूँ, ये शरीफ़ भैया हैं और ये इनकी छोटी बहन नफीसा बिटिया है, हमारे मुंशी जी के बच्चे।"

मैंने मुस्कुराकर दोनों से पूछा, "मुझसे दोस्ती करोगे? मेरा नाम किशन है।"

शरीफ़ ने आगे बढ़कर मुझसे हाथ मिलाते हुए सहमति में सिर हिलाते हुए मुझसे पूछा, "कौन-सी कक्षा में पढ़ते हो?"

मैंने चहकते हुए जवाब दिया, "मैंने तीसरी क्लास की परीक्षा दी है और पास हो गया तो चौथी कक्षा से यहीं के स्कूल में पढ़ूंगा।"

"अरे वाह! मैंने भी तीसरी कक्षा की परीक्षा दी है और इसने (नफीसा की ओर देखकर) पहली की। स्कूल खुलने पर साथ-साथ ही पढ़ने जायेंगे" शरीफ़ ने जवाब दिया। बातचीत करते हुए अब हम कुछ सहज हो चले थे। इसी बीच मेरी माताजी बरामदे में आ गईं उन्होंने पूछा, "ये बच्चे कौन है?" मैं जवाब देता इससे पहले ही शरीफ़ ने उनको नमस्ते किया और बताया उसका नाम शरीफ़ और बहन का नाम नफीसा है, उनके पिता सब डिवीजन कार्यालय में मुंशी है और पास ही सरकारी क्वार्टर में रहते हैं। पिताजी ने दफ्तर जाने के लिए बाहर निकलते हुए शरीफ़ की बात सुन ली और उसके सिर पर प्यार से हाथ रखते हुए कहा, "तुम मुंशीजी के बेटे हो? उन्होंने कभी बताया नहीं, अच्छा हुआ कि तुम्हारी दोस्ती किशन से हो गई अन्यथा

ये दिन भर रामलाल को परेशान करता रहता, आ जाया करो कभी भी इसके साथ खेलने। अभी तो मैं दफ्तर जा रहा हूँ, शाम को आना तब तुमसे बातें करूँगा।" शरीफ़ और नफ़ीसा ने उन्हें नमस्ते किया और पिताजी मुस्कुराते हुए ऑफिस जाने के लिए बाहर निकल गए।

मातःजी वहीं खड़ी थीं। उन्होंने मुझसे कहा, "किशन! तुम तीनों अंदर तुम्हारे कमरे में बैठकर खेलो। तुम्हारे खिलौने भी तो वहीं हैं। मैं रामू के हाथ तुम तीनों के लिए कुछ खाने के लिए भिजवाती हूँ।" हम तीनों अंदर आकर खिलौनों से खेलने लगे। जब हम खेल रहे थे उस दौरान बातचीत करते हुए शरीफ़ ने बताया कि, "मेरा एक पक्का दोस्त भी है, मेरे साथ ही पढ़ता है। उसका घर बस्ती में है।"

मैंने उत्सुकता से पूछा, "क्या नाम है उसका? उसको भी कल बुला लेना।"

"जरुर कल सुबह साथ ही लेकर आऊँगा। उसका नाम गुरमीत है।" शरीफ़ ने दोस्त का नाम बता दिया। धूप ढल चुकी थी और वैसे भी हम खिलौनों से खेलते-खेलते ऊब चुके थे। मैंने सुझाव दिया, "गिल्ली-डंडा खेलें?" दोनों ने एक साथ जवाब दिया "हाँ..हाँ..बाहर चलते हैं।" मैंने कोने में रखा गिल्ली-डंडा उठाया और माताजी को बोलते हुए कि हम तीनों बाहर खेलने जा रहे हैं घर से बाहर आकर खेलने लगे। खेलते-खेलते कब शाम ढल गई पता ही नहीं चला। हम तीनों थक भी चुके थे। अँधेरा हो उससे पहले ही शरीफ़ ने सुझाया, "अब हम घर जाते हैं किशन, कल फिर मिलेंगे और मैं गुरमीत को भी साथ ही ले आऊँगा।" मेरा मन तो और कुछ देर खेलने का था परन्तु मैंने उदास मन से कहा, "ठीक है, कल मिलते हैं।"

घर आकर मैंने हाथ-पैर धोकर कपड़े बदले, कुछ देर माता जी से बातें की और फिर एक कहानी की पुस्तक पढ़ने लगा।

सुबह जब नहा रहा था तब रामू काका ने आवाज दी कहा, "भैया आपके दोस्त आये हैं।"

मैंने जवाब दिया, "उन्हें बिठाइए मैं कुछ ही देर में आता हूँ।" झटपट नहाकर स्नानघर से निकला, कपड़े पहन तैयार हुआ और कमरे से बाहर आया। बरामदे में माता जी बैठी मेरे दोस्तों से बात कर रही थी। एक नया लड़का था, शायद शरीफ़ ने इसका कल जिक्र किया था, वही होगा। मेरे कुछ कहने से पहले ही शरीफ़ बोल पड़ा, "किशन! ये गुरमीत है मेरा दोस्त अब से ये तुम्हारा भी दोस्त है।"

मैंने गुरमीत से हाथ मिलाते हुए कहा, "मैं किशन हूँ, अच्छा लगा तुमसे मिलकर। आज से हम चार दोस्त हो गए। साथ मिलकर खेलेंगे और पढ़ेंगे।"

शरीफ़ ने कहा, "अभी ज्यादा तेज धूप नहीं है क्यों ना हम बाहर खेले?"

मैंने माताजी की तरफ देखते हुए उनसे पूछा, "क्या हम बाहर कुछ देर खेल सकते हैं?" माताजी ने ख़ुशी से आज्ञा दे दी। जब बरामदे से बाहर निकलने लगे तो गुरमीत बोला, "बाहर तो खेलेंगे पर खेल क्या खेलेंगे? यह भी तो सोचो।"

मैंने तपाक से जवाब दिया, "सितोलिया खेलेंगे, मैं गेंद लेकर आता हूँ, तुम तब तक कत्तल इकट्ठा करो।" मैं जल्दी से अपने कमरे में जाकर गेंद लेकर आ गया। शरीफ़ और गुरमीत कत्तल ढूंढ रहे थे। जैसे-तैसे फ़र्शी के पतले-पतले सात टुकड़े मिल ही गए और हमारी कत्तल तैयार हो गई। गुरमीत ने सातों कत्तल एक के ऊपर एक रखकर ढेरी बना दी और हो गया सितोलिया तैयार। अब शरीफ़ ने कत्तल के पंद्रह कदम चलकर एक ईंट का टुकड़ा रख दिया। पहले गेंद मारकर कत्तल कौन गिराएगा? इसके लिए अगड़म-बगड़म बोलकर पहले खिलाड़ी का चुनाव किया गया। पहली बारी नफीसा को मिली। उसने ईंट के निशान के पास खड़े होकर गेंद से सितोलिया का निशाना साधा और गेंद फेंकी, निशाना सही लगा और कत्तल बिखर गई। हम तीनों गेंद को लपकने के लिए दौड़ पड़े। गेंद गुरमीत के हाथ लगी। उसने नफीसा को निशाना बनाकर गेंद फेंकी किन्तु गेंद उसके पास से निकलकर दूर चली गई। नफीसा इस बीच दौड़कर कत्तल इकट्ठा करके एक के ऊपर एक रख रही थी। पाँच कत्तल रख चुकी थी तभी मैंने उसकी पीठ पर गेंद फेंकी और मेरा निशाना सही जा लगा। नफीसा आउट। अब नफीसा को मैंने जहाँ से गेंद मारी थी वहाँ से सितोलिया तक लंगड़ी चलना था। उसने वहाँ से एक पैर से चलना शुरू किया और उसके पीछे-पीछे हम तीनों 'लंगड़ दीन, टके के तीन' बोलते हुए, हँसते हुए चल रह थे। अब गेंद फेंकने की मेरी बारी थी। मैंने निशाना लगाकर गेंद फेंकी, सितोलिया बिखरा, मैं दौड़कर सितोलिया वापस जमा ही रहा था कि शरीफ़ की फेंकी हुई गेंद मेरी बाजू पर लगी। अब मेरी लंगड़ी चाल की बारी थी। शरीफ़ ने उसकी बारी पर समय से सितोलिया जमा दिया। उसे दोबारा मौका मिला परन्तु दूसरी बार जैसे ही उसने गेंद फेंकी, गेंद सितोलिया के पास टप्पा खाकर उछली और गुरमीत ने लपक ली, शरीफ़ आउट। आखिरी बारी गुरमीत की थी। उसने जैसे ही गेंद फेंकी, गेंद ने

टप्पा खाया जिसे नफीसा ने कैच कर लिया, खेल का विजेता शरीफ़ रहा।

अब धूप तेज होने लगी थी और भूख भी लग आई थी। शाम को फिर मिलने के वादे के साथ सब अपने-अपने घर लौट गए। इसी तरह हम चारों रोजाना नए-नए खेल खेलते छुट्टियों का मज़ा लेने लगे। एक दिन पिताजी ने सुबह नाश्ता करते समय मुझसे कहा "अब तुम्हारी छुट्टियां समाप्त होने वाली है, मैंने तुम्हारा दाखिला स्कूल में करवा दिया है। अगले मगंलवार से तुम्हें स्कूल जाना है।"

अब हम चारों दोस्त साथ-साथ स्कूल जाने लगे। पहले मैं शरीफ़ के घर पहुँचता, वहाँ से शरीफ़ और नफीसा साथ हो लेते और फिर बस्ती में होकर गुरमीत को संग लेते हुए स्कूल पहुँच जाते थे। अब तो मुंशी चाची और गुरमीत की बीजी भी मेरे घर माताजी से मिलने आने लगी थीं।

हमें गौतम नगर आये तीन-चार महीने हो चुके थे। एक दिन पिताजी सरकारी काम से शहर गए हुए थे। वापसी में अपने साथ दादी और बुआजी को भी लेते आये। घर में रौनक हो गई। हमारे नगर का लंगड़ा आम बहुत प्रसिद्ध था। गौतमी नदी के उस पार आदेश बाबा की अमराई में बहुत अच्छी आम की बहार थी इस साल। रामू काका हर दूसरे दिन आम ले आते थे। इस बार रक्षाबंधन गौतम नगर में ही मनेगा। अगले माह ही त्यौहार है, चाचा और फूफाजी भी शहर से आयेंगे उसी की तैयारी में बुआजी और माताजी अभी से व्यस्त रहने लगीं।

महीना बीता और रक्षाबंधन का दिन आ गया, फूफाजी और चाचा भी शहर से आ चुके थे।घर में खूब सारे पकवान बने थे। शाम होने से पहले रामू काका ने हॉल में बिछात कर दी थी। सूर्यास्त के बाद शुभ मुहूर्त में माताजी और बुआजी ने पहले मुझे और चाचा को राखी बाँधी फिर बुआजी ने पिताजी को। फूफाजी को दादी ने राखी बाँधकर मिठाई खिलाई। जब राखी बाँधी जा रही थी उसी बीच रामू काका ने आकर बताया, "भैया के दोस्त आये हैं।"

पिताजी ने उनसे कहा, "अरे वाह! बहुत अच्छे समय पर आये हैं किशन के दोस्त, उनको यहीं पर भेज दीजिये।" शरीफ़ और गुरमीत ने सकपकाते हुए सभी को नमस्ते कहा और मेरे पास आकर दोनों बैठ गए। मैं चाचा के पास बैठा हुआ था। उन्होंने मुझसे हंसते हुए कहा, "किशन! तुम्हारे दोस्तों से परिचय तो करवा दो।"

मैंने उन्हें बताया, "यह शरीफ़ है हमारे घर के पास ही रहता है और यह है

गुरमीत, हम तीनों एक ही कक्षा में पढ़ते हैं।"

बुआजी ने दोनों से पूछा, "बेटा तुम्हें भी राखी बाँध दें?" खुश होकर पहले शरीफ़ ने हाथ आगे बढ़ा दिया। उसे राखी बाँध बुआ जी ने मिठाई खिलाई फिर गुरमीत को भी राखी बाँध दी।

पिताजी सप्ताह में छुट्टी वाले दिन घर पर हवन करते थे। उस दिन हमारे घर उनके ऑफिस के कई कर्मचारी के अलावा गुरमीत के पिताजी भी आते थे। हवन की पूर्णाहुति के पश्चात् आरती होती थी और फिर प्रसाद वितरण। हवन वाले दिन शरीफ़, गुरमीत और मैं पिताजी की सहायता में रहते थे। प्रसाद वितरण स्वयं पिताजी करते थे।

समय बीतता रहा। मैं अपने दोस्तों के साथ खेलते-कूदते और पढ़ते हुए बड़ा हो रहा था। इस वर्ष हम तीनों दोस्तों ने आठवी कक्षा की परीक्षा दी, बोर्ड की परीक्षा थी। चाचा से मालूम हुआ कि हमारा रिजल्ट समाचार पत्र में आयेगा। इन दिनों स्कूल की छुट्टियाँ चल रही थी।

मनोहर चाचा ट्रेनिंग पूरी करके पुलिस इंस्पेक्टर बन गए थे। उनकी पहली तैनाती शहर में ही हो गई थी। शहर में बुआजी, फूफाजी के साथ ही रहते थे। दादी को पिताजी गौतम नगर ले आये थे।

एक दिन ऑफिस से लौटकर पिताजी ने दादी को मिठाई खिलाते हुए उनके पैर छुए और कहा, "अम्मा आशीर्वाद दीजिये मेरा प्रमोशन हो गया है। अब मैं एडीशनल कलेक्टर बन गया हूँ।" मैं और माता जी भी वहीं पास बैठे थे। दादी ने उनका माथा चूमते हुए बलैया ली और उनकी तरक्की पर ख़ुशी जाहिर की। माताजी ने प्रसन्न होकर उनके हाथ से मिठाई का डिब्बा लेकर मुझे मिठाई खिलाई और पिताजी को प्रणाम करने का इशारा किया। मैंने उन्हें प्रणाम कर मिठाई खिलाई और माताजी को भी, खुश खबर जो थी। पिताजी भी हमारे साथ बैठकर बातें करने लगे। उन्होंने आगे बताया कि, "मुंशी जी का भी प्रमोशन हुआ है, अब वे 'वरिष्ठ लेखपाल' बन गए हैं।"

माताजी ने अपनी प्रसन्नता जाहिर करते हुए कहा, "अरे वाह! एक और खुश खबर। प्रमोशन हुआ है तो तबादला भी होगा, अभी कुछ पता चला है क्या?" पिताजी ने बताया कि, "मुंशी जी को तो शहर में मुख्यालय ट्रांसफर किया है, शायद

फूफाजी के साथ काम करेंगे। मेरा ट्रांसफर अगले दस-पंद्रह दिनों में घोषित होगा।" पिताजी हमसे बात कर ही रहे थे तभी रामू काका आकर बोले, "साहब! मुंशी जी परिवार सहित आये हैं।"

"उन्हें बैठक के कमरे में बिठाइए" कहते हुए पिताजी और माताजी उठ खड़े हुए, पीछे-पीछे मैं भी चल दिया।

"आइये-आइये मुंशी जी। बैठिये।" मुंशी चाचा-चाची ने मेरे पिताजी और माताजी को नमस्ते किया और शुभकामनायें दी। प्रति उत्तर में दोनों ने उनको बधाई दी। मैंने सहज भाव से चाची से पूछा, "शरीफ़ नहीं आया?"

उन्होंने कहा, "बेटा शाम का वक्त है घर में ताला नहीं लगाते इसलिए दोनों घर पर ही रुक गए हैं।"

मैंने माताजी ओर देखकर पूछा, ""मैं जाऊं उनके साथ खेलने? माताजी ने सिर हिलाकर आज्ञा दे दी। आज्ञा मिलते ही मैं सरपट शरीफ़ के घर की तरफ चल दिया। उसके घर पहुँचकर देखा कि नफीसा चित्रकारी कर रही थी और शरीफ़ पिताजी की दी हुई पुस्तक 'अखंड भारत' पढ़ रहा था। उसे पढ़ने का बहुत शौक है। पिताजी के पुस्तक संग्रह की लगभग सारी किताबें पढ़ चुका है अब तक। किसी भी पुस्तक को पढ़ने के बाद, मन में उठे प्रश्नों के उत्तर वह पिताजी से चर्चा के दौरान बूझ लेता था।

मुझे आया देख दोनों खुश होकर एक साथ बोले, "अब्बा का तबादला हो गया है। अब हम लोग शहर चले जायेंगे।"

मैंने उनकी ख़ुशी में शामिल होते हुए कहा, "हाँ मुझे भी अभी-अभी मालूम हुआ है।"

नफीसा ने मुझसे पूछा, "तुम तो पहले शहर में रहते थे। वह जगह गौतम नगर से तो बड़ी होगी?"

"हाँ बड़ी जगह है, वहाँ बिजली भी है और सिनेमा टॉकीज भी है। दो टॉकीज हैं वहाँ। मैंने वहाँ चाचा के साथ सिनेमा भी देखा है।" मैंने नफीसा के सवाल का जवाब दिया।

नफीसा की ओर देखते हुए शरीफ़ ने कहा, "वह सब तो ठीक है परन्तु किशन

भी वहीं शहर में रहकर पढ़ाई करे तो अच्छा रहेगा।"

"हाँ, किशन! तुम्हारा तो वहाँ घर भी है, तुम भी हमारे साथ ही शहर में ही रहना।" नफीसा ने अपना सुझाव दिया।

"ठीक है" कहते हुए मैंने उन दोनों से कहा, "मैं पिताजी से बात करूँगा।" हम तीनों की गपशप चल ही रही थी उसी समय मुंशी चाचा और चाची मेरे घर से वापस आ गए थे। मैंने शरीफ से कहा, "अब मैं घर जाता हूँ, कल मिलेंगे।"

पिताजी का ट्रांसफर शामगढ़ हुआ था। कुछ दिनों बाद ही मुंशी चाचा अपने परिवार सहित शहर चले गए। इधर पिताजी भी माताजी को साथ लेकर मुझे और दादी को शहर में छोड़ते हुए उनके नए कार्य स्थल शामगढ़ पहुँच चुके थे।

मेरी और शरीफ़ की पढ़ाई शहर में होने लगी। शरीफ़ ने विज्ञान और मैंने कला संकाय के विषय से इस वर्ष उच्चतर माध्यमिक परीक्षा अच्छे अंकों के साथ उत्तीर्ण की। मेरिट लिस्ट में मेरा नाम भी शामिल था लेकिन, शरीफ़ ने पूरे जिले में सर्वोच्च अंक प्राप्त कर मेरिट सूची में पहला स्थान हासिल किया। उसे हर विषय में विशेष योग्यता मिली थी। गुरमीत गौतम नगर में ही पढ़ रहा था। वह भी द्वितीय श्रेणी में पास हो गया था। शरीफ़ की रूचि इंजीनियरिंग की पढ़ाई में थी। इसलिए उसने आगे बी.टेक की पढ़ाई के लिए आवेदन भेजना शुरू कर दिया था। मैंने अभी तक आगे की पढ़ाई के लिए कुछ सोचा ही नहीं था। मन में विचार किया क्यों न चाचा से सलाह ली जाए। झिझकते हुए आख़िर उनसे पुछ ही लिया कि मुझे अब क्या पढ़ाई करना चाहिये? उन्होंने कुछ सोचकर मुझसे पूछा, "अच्छा, पहले तुम ये बताओ कि भविष्य में क्या बनना चाहते हो?" मैंने जवाब में उनसे कहा, "मैं पिताजी की तरह कलेक्टर बनना चाहता हूँ।"

मेरा उत्तर सुनकर उन्होंने मुझे समझाते हुए कहा, "ठीक है, इसके लिए तुम्हें यहीं शहर में रहकर बी.ए. की पढ़ाई मन लगाकर अंग्रेजी माध्यम से करना होगी।"

"जी, चाचा पढ़ूंगा मन लगाकर। कल ही कॉलेज जाकर दाखिले के लिए फॉर्म जमा कर देता हूं।"

फिर मैंने गवर्नमेंट कॉलेज में दाखिला ले लिया और इस तरह मेरी बी.ए. की पढ़ाई शहर में शुरू हुई। गुरमीत भी आगे पढ़ने के लिए शहर आ चुका था, उसके चाचा के घर। उसने भी कॉलेज में बी.कॉम में दाखिला ले लिया था। उसके

चाचा का घर हमारे घर के पास ही था। शरीफ़ के बहुत अच्छे अंकों से उत्तीर्ण होने के कारण उसे आय.आय.टी. पवई में एडमिशन मिल गया और पढ़ाई के लिए छात्रवृत्ति भी मंजूर हो गई। अब उसे वहीं कॉलेज कैम्पस में बने हॉस्टल में रहकर चार वर्षों की पढ़ाई पूरी करना थी।

एक के बाद एक वर्ष बीतते जा रहे थे। हर एक साल कुछ अच्छी और कुछ बुरी घटनाओं के साथ गुजर जाता था।

कुछ दिनों पहले ही मनोहर चाचा का विवाह धूमधाम से संपन्न हुआ। गौतम नगर से बहुत मेहमान आये थे। शादी की सारी तैयारी हवेली चाचा की देख-रेख में हुई। वे सपरिवार विवाह के दस दिन पूर्व ही आ गए थे। बारात में मैंने, शरीफ़ और गुरमीत ने बहुत मौज-मस्ती की। विवाह के बाद चाचा अपने साथ चाची को लेकर नीमच छावनी, जहाँ उनकी पोस्टींग थी चले गए। अब मैं शहर में दादी, बुआजी और फूफाजी के साथ रहकर अपनी बी.ए. की पढाई में व्यस्त हो गया। पिताजी और माता जी कभी-कभी हम सभी से मिलने शामगढ़ से आते रहते थे।

शरीफ़ को बी.टेक की पढाई ख़त्म होते ही उसे जर्मनी की एक बड़ी कंपनी में नौकरी मिल जाने से वह विदेश चला गया। गुरमीत ने बी.कॉम पास कर लिया था और वह शहर में ही अपने चाचा के साथ ठेकेदारी का काम करने लगा। मैंने भी बी.ए. प्रथम श्रेणी में पास कर लिया और अब आय.ए.एस की प्रतियोगिता परीक्षा की तैयारी के लिए एक कोचिंग क्लास जाने लगा था।

नफीसा का एडमिशन दिल्ली के नामी मेडिकल कॉलेज में हो चुका था। वह वहाँ होस्टल में रहकर पढ़ाई करने लगी। मेरी आय.ए.एस की परीक्षा अगले माह होनी है। मैं रात-दिन पढ़ाई में लगा रहता, सिर्फ शाम के समय ही एक घंटा गुरमीत के साथ टहलने जाता था। इस बीच फूफाजी का रिटायरमेंट हो गया और मुंशी चाचा का प्रमोशन। परिवार को एक और सुखद समाचार मिला, पिताजी प्रमोशन पाकर कलेक्टर हो गए और उनका ट्रांसफर शहर में ही हो गया। इस सब के बीच मेरे आय.ए.एस के इम्तिहान निपट गए थे। मैं अब रिजल्ट का इंतजार कर रहा था। बुआजी कुछ दिनों से नीमच गई हुई थीं। वापस आने पर उन्होंने भी एक अच्छी खबर सुनाई कि चाचा पिता बनने वाले हैं। खबर सुनकर पिताजी ने मिठाई बुलवाकर पास-पड़ोस में बंटवाई।

मैं एक दिन गुरमीत के साथ सुबह ही घर से निकल गया था। वापस लौटने पर फूफाजी ने मुझे एक पत्र देते हुए कहा, "बधाई हो किशन! तुम्हारा सिलेक्शन हो गया है, आय.ए.एस में।" मैं जैसे ही झुककर उनके पैर छूने लगा उन्होंने मुझे बाँहों में भरकर मेरा माथा चूमा और बुआ को आवाज दी। बुआ के आते ही बोले, "मिठाई खिलाओ अपने लाडले को, परिवार में एक और कलेक्टर।" बुआ ने मुझे मिठाई खिलाते हुए आशीर्वाद देकर से गले लगा लिया।

उनसे छूटते हुए मैंने कहा, "बुआजी पहले मुझे पत्र तो पढने दीजिये क्या लिखा है? देख तो लूँ।"

"हाँ हाँ छोटे लाट साहब देख लो, हमने तो पढ़ लिया है, तुम्हें दस तारीख को दिल्ली जाकर इन्टरव्यू देना है, बस। फिर भी तुम पढ़कर तसल्ली कर लो।" उनकी बात सुनकर फूफाजी को हँसी आ गई। मैंने खुशी से कंपकपाते हाथों से लिफाफा खोला और पत्र पढ़ने लगा। पत्र पढ़ने के बाद बुआ की ओर देखा और झूमते हुए बुआजी को गोदी में उठा लिया। दादी और माताजी अंदर कमरे में थी, वहाँ जाकर दोनों से आशीर्वाद लिया।

दादी ने सलाह दी, "किशन! अपने पिताजी को भी उनके ऑफिस जाकर पत्र दिखा आओ।"

"जी दादी, मैं अभी जाकर पिताजी को बताकर आता हूँ।"

पिताजी के ऑफिस पहुँचकर उनसे आशीर्वाद लेकर वापस घर आया तब तक गुरमीत वापस आ चुका था। मैंने उसे पत्र देकर कहा, "पढ़ ले।"

उसने आश्चर्य से देखते हुए कहा, "क्या है?"

मैंने गंभीर मुद्रा से उसे दोबारा कहा, "पढ़ ले...समझ जायेगा।"

उसने लिफाफे में से पत्र निकालकर पढ़ा और मेरी ओर देख लपककर मुझे गले लगाते हुए बोला, "ये हुई न बात, तेरी मेहनत का ईनाम मिला है तुझे। वाहे गुरु ऐसी ही कृपा बनाये रखें। तूने आज दिल खुश कर दिया मेरे दोस्त। चल इसी बात पर लस्सी पीकर आते हैं।" और फिर हम दोनों 'घमंडी लस्सी हाउस' पर लस्सी पीने चल दिए।

मेरे इन्टरव्यू से दो दिन पहले ही मैं ट्रेन से दिल्ली पहुँच गया। शाम को नफीसा

से मिलने उसके होस्टल पहुँचा। मुझसे मिलकर वह बहुत प्रसन्न लग रही थी। अब वह पहले जैसी नन्ही नटखट नफीसा नहीं रही थी। एक निहायत ही खूबसूरत और सलीकेदार युवती हो चुकी थी। मेरी सफलता से वह बहुत ही खुश थी। हम चलते हुए बातें कर रहे थे, वह उसके कॉलेज के दोस्तों के बारे में बता रही थी। अचानक मेरी नज़र उसके होस्टल से कुछ ही दूरी पर एक बहुत ही अच्छे होटल पर पड़ी। मैंने सुझाया चलो रात का खाना साथ-साथ करते हैं। उसकी स्वीकृति के बाद हम होटल गए। मैंने उससे पूछकर खाने का ऑर्डर दे दिया। जब वेटर खाना सर्व कर रहा था, वह मुझे एकटक निहारे जा रही थी। मैंने टोकते हुए पूछा, "सब ठीक तो है?" वह झेंपते हुए बोली, "सब ठीक है, मैं देख रही थी कि कुछ सालों पहले जब हम मिले थे, तब और आज में तुम कितना बदल गए हो। पहले वाला मस्तीखोर और मजाकिया किशन आज एकदम गंभीर नौजवान में तब्दील हो गया है।" अपनी प्रशंसा सुन मैं कुछ शरमा सा गया और बात बदलते हुए उससे पूछा, "शरीफ़ की क्या खबर है? कई दिनों से उसका कोई ख़त नहीं मिला।"

"भाई एकदम अच्छे हैं, अभी चार-पाँच दिन पहले ही उनकी चिट्ठी आई थी। उनको अभी एक साल हो गया है जर्मनी में, और दो साल बचे हैं उनके कॉन्ट्रैक्ट के। फिर शायद दुबई ज्वाइन करेंगे" नफीसा ने बताया।

हमारा खाना हो चुका था। मैंने बिल का पेमेंट किया फिर नफीसा को उसके होस्टल छोड़ने गया।

होस्टल के गेट पर पहुंचकर उसने कहा, "तुम्हारे इन्टरव्यू के लिए मेरी शुभकामनायें, मैं दुआ करुँगी, और हाँ वापस लौटने से पहले मुझसे मिलकर जाना।"

"जरुर मिलकर जाऊँगा, तुम अपना ख्याल रखना।"

इन्टरव्यू वाले दिन जब मेरा नाम पुकारा गया मैं संयत मन से कक्ष में गया। चार अधिकारियों से सामना हुआ। मैंने निर्भीक होकर उनके सभी सवालों का यथोचित जवाब दिया। जब सवाल-जवाब ख़त्म हुए तब एक साहब ने मुझसे पूछा, "तुम श्यामाप्रसाद शुक्ला के बेटे हो ना?"

मैंने आश्चर्य से उनसे पूछा, "क्या आप जानते हैं उन्हें?"

"हां मैं उन्हें जानता हूँ। मैंने उनके साथ करीब एक सप्ताह सुंदरगढ़ में बिताया है। जब वे वहाँ नायब तहसीलदार थे, उन्होंने ही मुझे चार्ज सौंपा था। बहुत ही

मिलनसार और सुलझे हुए इंसान हैं। उन्हें मेरा नमस्ते कहना, मेरा नाम पी.के.मेहरा है। वे पहचान जायेंगे।''

"जी जरुर..शुक्रिया" कहते हुए मैंने सभी को नमस्ते किया और कक्ष से बाहर आ गया। मैं जैसे ही बाहर आया एक चपरासी ने मेरे पास आकर कहा, "आप कुछ देर रुकियेगा, यहाँ बैठ जाइए।" कुछ समय बाद वही चपरासी हाथ में एक लिफाफा लिए आया और मुझे सौंपते हुए बोला, "साहब ने दिया है।" मैंने लिफाफा लेकर उस पर लिखा हुआ एड्रेस पढ़ा, लिखा था, प्रति पंडित श्यामा प्रसाद शुक्ला और भेजने वाले की जगह लिखा था, प्रमोद कुमार मेहरा, सेक्रेटरी, गृह मंत्रालय, नई दिल्ली। लिफाफा चिपकाया हुआ था। कुछ सोचकर जेब में रख लिया। मेरा इन्टरव्यू मेरे हिसाब से तो अच्छा ही रहा था फिर भी जो होगा अच्छा ही होगा सोचकर वहाँ से चल दिया। दोपहर के दो बजे थे, कुछ भूख सी महसूस हुई तो बाहर ही एक रेस्तरां में जाकर कुछ खा लिया। नफीसा से शाम को मिलना है, तीन-चार घंटे वहीं सड़कों पर टहलते हुए बिताकर, नफीसा से मिलने चल दिया। जब होस्टल के मुख्य द्वार पर पहुँचा तो देखा नफीसा मेरा इंतजार कर रही थी। हम दोनों एक-दूसरे को देखकर मुस्कुरा दिए। उसने पूछा, "कैसा रहा?"

मेरा जवाब था, "अच्छा रहा, शायद ट्रेनिंग पर भेज दिया जाऊँगा।" उसने ख़ुशी से झूमते हुए मुझसे सटते हुए मेरे गाल को चूम लिया। उसके चुम्बन से मेरे शरीर में अजीब-सी सिहरन हो चली। वह चहकते हुए बोली, "तो चलिए भावी कलेक्टर साहब जश्न मनाते हैं। पहले सिनेमा उसके बाद डिनर। कैसा रहेगा?"

"बढ़िया..किस थिएटर में चलना है?" मैंने पूछा।

"जवाब था 'रीगल' पास ही है, पैदल चल सकते हैं।" मैंने टिकट बुलवा ली थी 'कटी पतंग' पिक्चर चल रही है। कुछ ही देर में हम 'रीगल' पहुँच गए और सिनेमा हॉल में जा बैठे। कार्नर की सीट पर नफीसा और उसके पास मैं बैठा था। नफीसा के कपड़ों से बहुत अच्छी महक आ रही थी। फिल्म शुरु हुई, नायक राजेश खन्ना और नायिका आशा पारेख, उस समय के बेहतरीन अदाकार थे। नायक की विधवा नायिका से प्रेम पर आधारित कहानी थी। पिक्चर की समाप्ति पर नफीसा ने पूछा, "कैसी लगी फिल्म?" मैं अभी भी फिल्म की कहानी में खोया हुआ था। हड़बड़ाते हुए कहा, "बहुत ही अच्छी।" उसने जवाब दिया, "दोस्तों से बहुत तारीफ़

सुनी थी, मुझे भी बहुत पसंद आई।" थिएटर के पास ही एक रेस्तरां में हमने खाना खाया। उसने पूछा, "कल कितने बजे की ट्रेन है तुम्हारी? मैं आऊँगी स्टेशन।"

मैंने कहा, "दोपहर एक पैंतालीस की ट्रेन है। तुम नाहक परेशान होगी, मैं चला जाऊँगा।"

"जनाब! कल मेरी छुट्टी है। तुम तैयार होकर ग्यारह बजे मुझे मिलो, साथ ही खाना खायेंगे और फिर स्टेशन चले चलेंगे।"

मैंने स्वीकृति में सिर हिलाते हुए "हां ठीक है" कहा और उसे होस्टल छोड़ते हुए चल दिया।

सुबह उठकर फटाफट तैयार हुआ, सामान पैक किया और नफीसा के साथ भोजन कर रेल्वे स्टेशन जा पहुँचे हम दोनों। उसने एक पैकेट मुझे थमाते हुए कहा इसे घर पर अब्बा को दे देना। ट्रेन प्लेटफ़ॉर्म पर लग चुकी थी। मैंने अपनी सीट पर सामान व्यवस्थित रख लिया। कुछ देर हमने बातें की और ट्रेन ने सीटी बजाई, चलने का समय हो गया था। मैं उसे ट्रेन से नीचे बिदा करने उतर आया। उसने मुझे आलिंगन करते हुए कहा, "शुभ यात्रा किशन। जल्दी मिलेंगे। ध्यान रखना।" मैं ट्रेन के दरवाजे पर खड़ा हाथ हिला रहा था और ट्रेन की रफ़्तार के साथ-साथ वो पीछे छूटती जा रही थी।

रात ट्रेन में बीती। सुबह घर पहुँचा। दादी बैठक के कमरे में रामायण पाठ कर रही थीं। उन्हें दूर से प्रणाम करते हुए अपने कमरे में सामान रखकर मैं गुसलखाने में नहाने चला गया। नहाकर वापस अपने कमरे में कपड़े पहन रहा था तभी माताजी ने मुझे देखकर कहा, "कब आये? मैं तुम्हारे नानाजी के घर चल गई थी। उनकी तबियत ठीक नहीं है।"

"क्या हुआ है उन्हें?" मैंने चिंतित स्वर से पूछा।

"कल से उन्हें बहुत तेज बुखार है, खून की जाँच की है, शाम तक रिपोर्ट आएगी, तब डॉक्टर बता पायेंगे।" माताजी ने उदास स्वर में बताया।

"तुम बैठो, मैं खाना लगा देती हूँ" कहते हुए वे रसोई घर में चली गई। दादी का रामायण पाठ हो चुका था। मैं उनके समीप जा बैठा। उन्होंने मेरे सिर पर दुलराते हुए पूछा, "कैसी रही तुम्हारी यात्रा?"

"बहुत बढ़िया रही दादी और मेरा साक्षात्कार भी बहुत अच्छा रहा। वहां नफीसा से भी मिल लिया। अच्छी है वह, आपको प्रणाम कहा है।"

माता जी ने खाना परोस दिया था। मैंने उनसे कहा, "मैं भोजन करके पिताजी के ऑफिस जाऊँगा। वहाँ उनसे मिलकर वापसी में नानाजी की तबियत का हाल पूछते हुए घर वापस आऊँगा।" मैंने खाना ख़त्म किया हाथ धो रहा था उसी समय गुरमीत आ गया आते ही उसने पूछा, "कैसा रहा तेरा इन्टरव्यू?"

मैंने कहा, "ठीक रहा।"

"अबे ठीक रहा मतलब? जरा जोश से बता बढ़िया रहा।"

मैंने हँसते हुए कहा, "बढ़िया रहा है। ट्रेनिंग का कॉल लेटर आयेगा, भरोसा रख।"

"ये हुई ना शेरों वाली बात" कहते हुए उसने मुझे बाँहों में उठा लिया।

मैंने उसे बताया, "पिताजी के ऑफिस चलना है।"

वह बोला, "चल साथ चलते हैं।" मैंने दिल्ली से साथ लाया पिताजी के नाम मेहरा साहब का लिखा पत्र लिया और उसकी मोटरसाइकिल पर बैठकर पिताजी के ऑफिस जाने के लिए घर से चल दिया। कलेक्टर ऑफिस पहुँचे ही थे कि सामने से मुंशी चाचा आते दिखाई दिए उन्हें नमस्ते कह कर नफीसा के हाल चाल बताये और कहा, "आपके घर आऊँगा शाम को, नफीसा ने कुछ भेजा है आपके लिए।" कहते हुए मैंने पिताजी के चेंबर में जाकर उनको प्रणाम कर साथ लाया पत्र दिया। उन्होंने इन्टरव्यू की विस्तृत जानकारी मुझसे ली फिर पूछा कि, "मेहरा साहब कहाँ मिले तुम्हें?"

मैंने बताया, "वे भी इन्टरव्यू पैनल में थे।"

"अच्छा" कहते हुए उन्होंने लिफाफा खोलकर पत्र पढ़ा। फिर मुझे गौर से देखते हुए बताया, "किशन तुम्हें ट्रेनिंग के लिए सिलेक्ट कर लिया गया है" यही लिखा है इस पत्र में।

फिर एक दिन मेरा ट्रेनिंग लेटर भी आ गया और जिस दिन मुझे लेटर मिला उसी दिन चाचा के घर एक बिटिया ने जन्म लिया। उसका नाम बुआजी ने लक्ष्मी रखा। इन दिनों बुआजी और फूफाजी चाचा के साथ ही नीमच में रह रहे थे।

ट्रेनिंग पर जाने के लिए पूरी तैयारी करके मैं देहरादून जाने के लिए नियत समय पर घर से विदा लेकर रेलवे स्टेशन पहुंच गया। मुझे विदा करने गुरमीत आया था। मेरी ट्रेन दिल्ली होकर देहरादून जाने वाली थी। दिल्ली में आधा घंटे का हाल्ट था। ट्रेन दिल्ली पहुँची, मैं प्लेटफार्म पर सुस्ताने के लिए अपनी बोगी से नीचे उतरा तो देखा सामने से नफीसा चली आ रही है। उसने आते ही मुझे आलिंगन किया। मैंने मुस्कुराते हुए उससे पूछा, "तुम्हें कैसे मालूम हुआ कि मैं इस ट्रेन में हूँ?"

उसने सहज भाव से कहा, "रात सपने में एक परी ने आकर मुझे बताया कि कल इस ट्रेन से एक खुबसूरत नौजवान यात्रा करेगा, तो मैं स्वयं को रोक नहीं पाई और चली आई।"

मैंने असमंजस से कहा, "मजाक नहीं सच बताओ।"

"बात यह है जनाब, कि आपकी टिकट गुरमीत ने बुक कराई थी और साथ ही उसने मुझे ख़त भेज दिया था कि तुम इसी ट्रेन से सफ़र करने वाले हो, तो बस मैं आ गई तुमसे मिलने। तुम्हें अच्छा नहीं लगा मेरा आना?" उसने कुछ नाराज स्वर में कहा।

"नहीं, मुझे हैरानी हुई तुम्हें देखकर। तुमसे मिलकर तो बहुत अच्छा लगता है।" वह मुझसे लिपटते हुए बोली, "अपना ख्याल रखना और ठीक से ट्रेनिंग लेना, मन लगाकर। और हाँ ख़त जरुर लिखते रहना।"

मैंने उसे अपने से अलग करते हुए कहा, "जरुर लिखूंगा। हर हफ्ते मेरा पत्र तुम्हें मिलता रहेगा। तुम भी अच्छे से पढाई करना।" ट्रेन के छूटने का समय हो चला था। मैंने उसका माथा चुमते हुए कहा, "जल्दी मिलेंगे।" और बोगी के दरवाजे पर खड़ा हो गया। छुक छुक छुक की आवाज के साथ ट्रेन चल पड़ी। मैं दरवाजे पर खड़ा हाथ हिला रहा था और धीरे-धीरे नफीसा नजरों से ओझल होती जा रही थी।

एक साल बीत गया। मेरी ट्रेनिंग पूरी हुई और मैं वापस घर आ गया। मुझे स्टेशन पर लिवाने गुरमीत आ गया था। उसने कुछ महीनों पहले कार खरीदी थी। उसी में बैठकर घर आया। मेरे ट्रेनिंग से लौटने पर गुरमीत बहुत ही खुश था। उसने कुछ धीमे स्वर में कहा, "एक खबर है तुझे बताने के लिए।"

मैंने उसी तरफ देखकर पूछा, "क्या खबर है?"

"सुरिन्दर कौर याद है तुझे?" उसने सवाल किया।

"हाँ हाँ याद है मुझे। आखिर बता भी, क्या हुआ उसे?"

उसने फुसफुसाकर कहा, "अरे उसे कुछ नहीं हुआ, मेरी शादी पक्की हो गई उससे।"

"अरे वाह!" उसे गले लगाते हुए बधाई दी। और कहा, "गुरमीत! वाहे गुरु ने सुन ली तेरी।" और हम दोनों एक साथ ठहाका लगाकर हँसते हुए बोले " वाहे गुरु दा खालसा, वाहे गुरु दी फतेह"।

गुरमीत की शादी का कार्यक्रम तय हो गया। शरीफ़ को पत्र लिखकर मैंने ख़बर कर दी थी।

नफीसा को गुरमीत ने अलग से चिट्ठी लिखकर पूरे कार्यक्रम का ब्यौरा लिखने के साथ-साथ उसे तीन-चार दिन पहले आने का सन्देश भेज दिया था।

गुरमीत की शादी का कार्यक्रम तीन दिन होना था। पहले दिन शहर में उसके चाचा के घर कुछ रस्में पूरी की जाएगी फिर दूसरे दिन गुरूद्वारे में विवाह और फेरे होंगे। शादी के उपरांत तीसरे दिन एक रिसेप्शन गौतम नगर में रखा गया था।

नफीसा उसको भेजे गए सन्देश के मुताबिक चार दिन पहले आ गई थी। मुझे और गुरमीत को बात चीत के दौरान उसने बताया कि, "शरीफ़ भाई फ्लाइट से मुंबई होते हुए ट्रेन द्वारा शादी के एक दिन पहले शहर पहुंच जाएंगे।" गुरमीत का पूरा परिवार उसके चाचा के घर आ चुका था। वीर जी और पिंटू भैया जिम्मेदारी से विवाह की तैयारियाँ करने में व्यस्त थे। सुरिंदर का परिवार भी शहर पहुँच चुका था। विवाह से पहले मैं, शरीफ़ और नफीसा एक दिन सुरिंदर से मिलने गए। वह हम तीनों से मिलकर बहुत खुश हुई।

सर्दियों का मौसम था। गुरमीत के विवाह से एक दिन पहले मैं और शरीफ़ मेरे घर की छत पर बैठे धूप का आनंद ले रहे थे। गपशप के दौरान उसने मुझे बताया कि वह जर्मनी से दुबई शिफ्ट हो चूका है। उसकी पोस्टिंग दुबई सरकार में तकनीकी विशेषज्ञ के रूप में हुई है। वहां उसका एक सहकर्मी उसे एक दिन गुरुकुल लेकर गया। अब छुट्टी वाले दिन और अन्य फ्री टाइम में वह उस गुरुकुल में समय बिताता है। दुबई का गुरुकुल एक सामाजिक संस्था है, जिसका आधार हमारी भारतीय संस्कृति की सामाजिक व्यवस्था है। इस संस्था के संस्थापक स्वामी श्रद्धानंद जी के स्वर्गवास होने के बाद से संस्था के स्थाई मेम्बर्स उसे संचालित कर रहे हैं। गुरुकुल में

एक सुसज्जित बड़ा अस्पताल और विद्यालय बना हुआ है। इस अस्पताल में बहुत ही कम खर्च पर जरुरतमंदों का इलाज किया जाता है। एक बोर्डिंग हाउस भी उसी कैंपस में है। जहाँ गरीब या कम आय वाले परिवारों के बच्चों के रहने की व्यवस्था है। स्कूल में बोर्डिंग में रहने वाले बच्चों को मुफ्त मेट्रिक तक शिक्षा दी जाती है। बच्चों के खेलकूद के लिए भी सारी व्यवस्था है वहाँ। दुबई के राज परिवार की ओर से प्रति वर्ष अंशदान संस्था को मिलता है। सबसे अच्छी बात यह है कि वहाँ हर गुरूवार की सुबह हवन होता है। जिसमें राज परिवार के सदस्य भी शरीक होते हैं, कुल मिलकर जो मैं समझता हूँ गुरुकुल से निकले बच्चे समाज कल्याण के लिए श्रेष्ठ इंसान बनकर निकलते हैं। मैंने बचपन से जो देखा और चाचाजी से सिखा वही सब कुछ होता है गुरुकुल में। मुझे बहुत आनंद मिलता है वहाँ। दुबई की संस्था का विचार भारत में भी गुरुकुल आरंभ करने का है और इस हेतु मुझे भूमि अधिग्रहण और निर्माण कार्य की जिम्मेदारी ट्रस्टी मेंबर्स ने सौंपी है। तुम्हें गौतम नगर की नदी किनारे वाले शिवजी के मंदिर की याद है? मैंने स्वीकृति में सिर हिलाकर कहा, "हाँ याद है।"

उसने कहना जारी रखा, "मंदिर के पीछे टीले वाली जगह, दो-तीन छोटी पहाड़ियों से गुजरती हुए करीब पच्चीस से तीस एकड़ जमीन तो होगी। मुझे वह जगह गुरुकुल के लिए मुनासिब लगती है।"

"हाँ होगी इतनी जमीन और नदी के किनारे, प्राचीन मंदिर से समीप गुरुकुल, तुम्हारी सोच एकदम सही लग रही है मुझे" मैंने अपनी सहमति जताते हुए आगे कहा "आज से तीसरे दिन गुरमीत के विवाह का रिसेप्शन गौतम नगर में होना है, तब जाकर एक बार मुआवना कर लेंगे।"

अब धूप तेज हो चली थी। हम दोनों छत से नीचे उतरकर बैठक के कमरे में आकर बैठ गए। सभी के भोजन की व्यवस्था वीर जी ने गुरमीत के विवाह स्थल पर बने पंडाल में रखी है। सुबह का नाश्ता, दोपहर और रात्री का भोजन वहीं हो रहा है। हम दोनों दादी को साथ लिए पंडाल पहुँच गए। माताजी बाद में पिताजी के साथ आने वाली हैं। जब पंडाल पहुँचे तो गुरमीत और नफीसा हमारा इंतजार कर रहे थे। हमारे पहुँचते ही गुरमीत बोला, "यार बहुत देर कर दी आने में। मेरे पेट में तो भूख के कारण चूहे कूदने लगे हैं।"

अब नफीसा भी उसके ही अंदाज में बोली, "हाँ देखो ना, भूख से बेहाल हो गए हैं दूल्हे राजा। वो तो गनीमत है मैंने इनको पेट पर कसकर नाड़ा बाँधने की सलाह दे दी थी। वरना तुम दोनों को पंडाल में चूहे कूदते हुए मिलते।" गुरमीत की खिसियाहट के साथ ही हम तीनों एक साथ ठहाके के साथ हँसे। शरीफ ने स्वयं की हँसी पर काबू करते हुए कहा, "चलो चलो खाने को ज्यादा इंतजार मत कराओ।" फिर हम चारों खाना खाने बैठ गए।

गुरूद्वारे में गुरु ग्रंथ साहिब की साक्षी में गुरमीत सिंह और सुरिन्दर कौर का विवाह आनंद पूर्वक संपन्न हुआ। फेरों के समय नफीसा सुरिन्दर कौर के पास बैठी मुझे निहार रही थी। विवाह के तीसरे दिन हम सभी को गौतम नगर जाना था। गुरमीत, सुरिन्दर, वीर जी और पिंटू भैया सुबह ही चले गए। हवेलीचाचा ने एक बस का इंतजाम कर दिया था जो हमें गौतम नगर ले जाएगी। बस सुबह ग्यारह बजे रवाना होनी है। दोपहर का भोजन गुरमीत के घर पर था। गौतम नगर में, मैं और शरीफ़ दिन भर बस्ती में घूमते रहे। छोगालाल भी मिला, उसने चौक में फल और सब्जी की दूकान खोल ली थी।

शाम ढलते ही रिसेप्शन शुरू हुआ। स्टेज पर सजे-संवरे दूल्हा-दुल्हन बैठे थे। मेहमान आते और दूल्हा-दुल्हन को बधाई देकर भेंट देते जा रहे थे। पंडाल के मुख्य द्वार पर वीर जी और भाभी मेहमानों का स्वागत कर रहे थे। पिंटू भैया मेहमानों को आग्रह से भोजन करवा रहे थे। पंडाल में हल्का-हल्का संगीत बज रहा था। मुझे भी वहाँ कई परिचित मिले। मैं और शरीफ़ पूरे पंडाल में घूम-घूमकर सभी से बात कर रहे थे। नफीसा भी अपनी बचपन सहेलियों से मिलकर बहुत प्रसन्न थी। वह जाने-अनजाने घूमते हुए मुझसे तीन-चार बार टकरा गई। फिर कनखियों से देखते हुए चली गई। उसके टकराने पर मेरे शरीर में अजीब-सी गुदगुदी होने लगती। रिसेप्शन समारोह देर रात तक चला।

दूसरे दिन सुबह-सुबह शरीफ़ और मैं तालाब किनारे टहलने गए। तालाब के किनारों पर अब पत्थर की एरन लगा दी गई थी, जिससे मिटटी कटकर पानी के अंदर ना गिर सके। कमल के फूल पूरी बहार पर थे। बरबस बचपन याद आ गया। दोपहर को हम दोनों गुरमीत की मोटरसाइकिल लेकर गौतमेश्वर शिव मंदिर के पास वाली जमीन का मुआवना करने निकल गए। जगह और जमीन शरीफ़ को उसके

प्लान के अनुरूप लगी। हम लोग उसी दिन शहर वापस आ गए। मेरा नियुक्ति पत्र आ चुका था। मुझे अनुविभागीय अधिकारी की हैसियत से शाजापुर ज्वाइन करना था। पिताजी को मेरे नियुक्ति पत्र की ख़बर देने मैं और शरीफ़ उनके ऑफिस पहुँचे।मेरी नियुक्ति पर उन्होंने खुश होकर मुझे आशीर्वाद दिया। शरीफ़ ने पिताजी से चर्चा करते हुए गुरुकुल वाली बात छेड़ दी। उन्होंने उसकी पूरी बात ध्यान से सुनी और सलाह देते हुए समझाईश दी, "बेटा! गुरुकुल मेरा सपना रहा है। जगह का चुनाव तुमने बहुत सही किया है। परंतु रेवेन्यू की जमीन पाने के लिए सबसे पहले तो गुरुकुल का भारत में रजिस्ट्रेशन कराना होगा। सामाजिक संस्था के रजिस्टर हो जाने के बाद भूमि के लिए आवेदन दे सकते हैं। तुम रजिस्ट्रेशन की अर्जी दिल्ली में लगा दो। इस मामले में मेरे मित्र मेहरा जी तुम्हारी मदद कर देंगे। इस बीच मैं जमीन का नक्शा निकलवाकर उसकी परिसीमा और नाप करवा लूँगा। तुम्हारे इस प्रोजेक्ट में मुझसे जो सहायता हो सकती है वह हो जायेगी। पिताजी से मिलकर हम दोनों लौट आये।"

शरीफ व्यस्त हो गया गुरुकुल की स्थापना की कार्यवाही में। नफीसा दिल्ली लौट गयी और मैंने शाजापुर राजकीय सेवा ज्वाइन कर ली। गुरमीत और सुरिन्दर भी शहर आ गए।

मेरे शाजापुर कार्यकाल के दौरान गुरमीत और शरीफ़ मुझसे मिलने एक-दो बार आये।

नफीसा का एम.बी.बी.एस. हो चुका था। पोस्ट ग्रेजुएशन के लिए एम्स में कोशिश कर रही है। प्रतियोगी परीक्षा दे चुकी है, उम्मीद है उसे एडमिशन मिल जायेगा।

शाजापुर में मैं अपने सरकारी निवास पर अकेला रहता था। गुरमीत किसी काम से आया हुआ था, साथ ही ठहरा है। मैं सुबह उठकर नित्य की भांति टहलने निकल गया। गुरमीत सो रहा था। टहलकर वापस लौटा, तब तक गुरमीत उठ चुका था। और ड्राइंग रूम में बैठा चाय पी रहा था। मैं भी वहीं बैठ गया। सर्वेंट ने मेरी भी चाय वहाँ लाकर रख दी। गुरमीत ने बात शुरू की, "किशन ये तेरा और नफीसा का क्या चक्कर है?"

मैंने चाय का कप रखते हुए कहा, "चक्कर? मैं कुछ समझा नहीं।"

"अबे तू क्या नफीसा से प्रेम करता है?" सीधी बात पूछ ली गुरमीत ने।

"हाँ करता हूँ और वह भी मुझे चाहती है।" मेरा संक्षिप्त जवाब था।

"किशन एक दूजे से प्रेम करना और चाहना बुरा नहीं है, परन्तु यहाँ सवाल विपरीत जाति का है। परिवार और समाज की स्वीकृति इस सम्बन्ध हो नहीं मिल पायेगी। मेरी बात और थी, मैं और सुरिन्दर एक ही समाज से थे। परिवार की स्वीकृति मिल गई। और अब हम पति-पत्नी हैं।" गुरमीत ने मुझे समझाते हुए कहा।

मैंने असमंजस होकर उससे पूछा, "तो अब क्या मुझे उससे सम्बन्ध तोड़ देना चाहिए?"

"नहीं, मैं तुम दोनों के संबंध को बुरा नहीं समझता और ना ही मैंने संबंध तोड़ने का सुझाव दिया है। हालांकि तुम्हारे मामले में परिवार की स्वीकृति मिलना मुश्किल है। फिर भी मैं तुम्हारे लिए कोशिश करके देखता हूँ, क्या नतीजा रहता है देखते हैं।"

शहर में शरीफ के सारे काम-काज पूरे हो चूके थे। संस्था के रजिस्ट्रेशन के लिए उसने आवेदन भी कर दिया था। उसने गुरुकुल संस्था से सिफ़ारिश करके गुरमीत को प्रोजेक्ट कार्य संचालन हेतु 'कंट्री रिप्रेजेन्टेटिव' नियुक्त करवा दिया था। शरीफ़ ने गुरमीत को पूरा प्रोजेक्ट समझाकर निर्माण कार्य की ज़िम्मेदारी भी सौंप दी। शरीफ़ का अब वापस दुबई जाने समय हो चुका था। उसका प्रोग्राम शहर से दिल्ली जाकर एक दिन नफीसा के साथ बिताकर वहीं से दुबई जाने का तय हुआ। उसके जाने से पहले मैं भी शहर आ चुका था। रविवार छुट्टी के दिन मेरे घर पर मुंशी चाचा परिवार सहित नाश्ते के लिए आमंत्रित थे। गुरमीत और सुरिन्दर को भी बुलवा लिया था। पिताजी को शरीफ़ गुरुकुल की विस्तृत जानकारी बता रहा था। जब पिताजी ने उसकी पूरी बात सुन ली तब बोले, "बेटा! यही था हमारे देश में, हमारी संस्कृति का गौरव। वर्षों पहले संपूर्ण भारत में गुरुकुल प्रथा थी। धीरे-धीरे मुग़ल और ब्रिटिश राज में गुरुकुल समाप्त से हो गए। मुझे गर्व है कि शरीफ़ हमारे खोये हुए गुरुकुल को वापस ला रहा है।" शरीफ़ ने अपने स्थान से उठकर पिताजी के चरण स्पर्श करते हुए कहा, "आप ही मेरे प्रथम गुरु हो। मैंने बचपन से ही आपके सानिध्य में कई बातें सीखी और आपके द्वारा दिए गए साहित्य ने मेरा मार्गदर्शन किया।" पिताजी ने उसे आशीर्वाद दिया। नाश्ता लग चुका था, सभी डाइनिंग टेबल

के समीप रखी कुर्सियों पर जा बैठे। दादी ज्यादा बूढी हो चुकी थी उन्हें महरी नाश्ता करवा रही थी। प्लेट में रखे टोस्ट पर मक्खन लगाते-लगाते हुए गुरमीत ने पिताजी से कहा, "चाचाजी! मेरे एक मित्र है, उच्च कुल के ब्राह्मण उनकी एक छोटी बहन है, पढ़ी-लिखी है। जब वह कॉलेज में थी उसे उसके साथ पढने वाले एक लड़के से प्रेम हो गया। अब उसकी जिद है कि उसका विवाह उसी लड़के से हो।"

पिताजी ने समाधान सुझाया, "अगर लड़की और लड़के की सहमति है तो दोनों परिवार को मिलकर विवाह कर देना चाहिए। इसमें समस्या क्या है?"

गुरमीत बोला, "समस्या है चाचाजी, लड़का जाति से मुसलमान है।"

पिताजी ने सुनकर तुरंत कहा, "असंभव, किसी भी सूरत में विवाह नहीं हो सकता है। समाज नहीं स्वीकार करेगा इस रिश्ते को।"

उनकी बात सुनकर मुंशी चाचा ने भी अपनी राय दी, "विवाह एक ही सूरत में हो सकता है कि लड़की मुस्लिम धर्म कबूल कर ले परन्तु, शायद कट्टर ब्राह्मण परिवार को यह मंजूर नहीं होगा इसलिए मैं मानता हूँ यह शादी हो ही नहीं सकती। वैसे विवाह के क़ानूनी विकल्प हैं, कोर्ट मैरिज हो सकती है परन्तु समाज के ताने लड़की का परिवार और विवाहित युगल सह नहीं पायेगा, बेहतर होगा समाज के साथ चलें।" गुरमीत ने मेरी ओर देखा, मैं समझ गया।

आज छुट्टी का दिन है आज मुझे ऑफिस नहीं जाना है। ड्राइंग रूम में बैठा जरुरी फाइलें पढ़ रहा था तभी, बाहर मोटर कार रुकने की आवाज सुनाई दी।

मैंने सर्वेंट से कहा, "जाकर देखो बाहर, कोई आया है।" उसके बाहर निकलने से पहले ही खट-खट-खट जूतों की आवाज के साथ पिताजी ने घर में प्रवेश किया। साथ में माताजी और मेहरा साहब भी थे। मैं भौंचक्का होकर तुरंत उठा उन्हें प्रणाम कर पूछा, "अचानक? खबर तो कर देते।"

पिताजी का जवाब हाजिर था, "बेटा! खबर रिश्तेदारों को करते हैं, अपने बेटे के घर ऐसे अचानक ही जाते हैं यह खबर लेने कि उनके सुपुत्र की दिनचर्या कैसी है?" उनकी बात सुन मेहरा साहब हँस दिए।

माताजी अंदर कमरे में बैठकर सर्वेंट को बताने लगीं कि खाने में क्या-क्या बनाना है। मैं अंदर उनके पास जा बैठा। सर्वेंट के किचन से जाने के बाद उनसे पूछा, "ये मेहरा साहब किसलिए आये हैं?"

उन्होंने कहा, "दोस्त हैं तुम्हारे पिताजी के, मिलने आ गए।"

"सो तो ठीक है माताजी। परन्तु बिना किसी प्रयोजन के सिर्फ मिलने के लिए दिल्ली से यहाँ कोई क्यों आयेगा भला।"

भोजन करके पिताजी और मेहरा साहब नगर भ्रमण के लिए चले गए। मैं और माता जी कुछ समय विश्राम करने के लिए बिस्तर पर जा लेटे। वापस उठे तब तक चाय का समय हो चुका था। सर्वेंट को चाय बनाने का कहकर हम दोनों ड्राइंग रूम में जाकर बैठे ही थे कि पिताजी और मेहरा साहब भी घूमकर वापस आ गए। चारों ने साथ बैठकर गरम चाय के साथ बिस्कुट का आनंद लिया। चाय पीते समय मेहरा साहब मेरी नित्य दिनचर्या के बारे में विस्तृत जानकारी लेते रहे। मेरी पसंद और नापसंद के बारे में मुझे उनकी विशेष रूचि महसूस हुई।

रात्री भोजन के उपरांत जब मेहरा साहब सो गए तब माताजी ने आकर मुझे बताया, "किशन तुम्हारी बात सही थी।"

"क्या बात?" पूछा मैंने।

"यही कि मेहरा साहब के आने का क्या प्रयोजन हो सकता है? अकारण नहीं आये हैं। कारण यह है कि वे अपने छोटे भाई की बिटिया का सम्बन्ध तुम्हारे साथ करना चाहते हैं।"

"मतलब मेरा शक सही निकला।"

"हाँ बेटा, इनकी भतीजी लंदन में अपने माता-पिता के साथ रहती है। उससे बड़ा एक भाई है जिसका विवाह वहीं इंग्लैण्ड में बसे भारतीय ब्राह्मण परिवार में हुआ है। इनका छोटा भाई वहाँ सरकारी नौकरी में है। उनको ब्रिटिश नागरिकता मिली हुई है। वैसे हैं तो ये लोग राजपूत संप्रदाय के परन्तु शाकाहारी आर्य समाज के नियमों का पालन करते हैं। लड़की का फोटो और जन्म कुंडली साथ ही लाये हैं।" माताजी ने मुझे विस्तारपूर्वक जानकारी देते हुए मुख्य अभिप्राय बतलाया।

मैंने कुछ सोचते हुए पूछा, "पिताजी की क्या इच्छा है?"

"उन्हें लड़की तो फोटो देखकर पसंद आई है परन्तु कल जन्म पत्रिका का मिलान करवाकर ही निर्णय लेंगे। बुआ फूफाजी और चाचा चाची से मशवरा भी करना जरुरी है। रुको, मैं लड़की का फोटो लेकर आती हूँ। तुम भी देख लो।"

मैंने फोटो देखकर कहा, "फोटो में तो ठीक दिख रही है परन्तु व्यवहार कैसा है? वह भी जाँच पड़ताल कर लीजियेगा।"

दूसरे दिन पिताजी, मेहरा साहब और माताजी वापस शहर चले गए। मैं भी उन्हें विदा करके दफ्तर चल दिया।

चाचा की पोस्टिंग इन दिनों भिंड में थी। ग्वालियर के समीप भिंड नगर के आसपास के इलाके में डाकुओं का बहुत आतंक था। उसी के दमन के लिए गृह मंत्रालय की अनुशंसा पर उन्हें वहाँ ट्रांसफर किया गया था। फूफाजी और बुआजी उनके साथ ही रह रहे थे। पिताजी ने उन्हें पत्र लिखकर सब को शहर आने के लिए सूचना भेजी ताकि मेरे विवाह के लिए प्रस्तावित लड़की के बारे में निर्णय लिया जा सके। चाचा डाकुओं को पकड़ने की मुहीम में व्यस्त थे। अतः उन्होंने बुआ, फूफाजी के साथ चाची को शहर भेज दिया। जब सभी शहर पहुँच चुके तब बैठक में नाश्ते के दौरान पिताजी ने सभी के सामने मेहरा साहब का प्रस्ताव रखा। उन्होंने बताया, "पत्रिका अनुसार उनतीस गुणों का मिलान हो रहा है, शास्त्री जी ने उत्तम बताया है। लड़की इंग्लैण्ड में पली-बढ़ी है। अंग्रेजी लिटरेचर के साथ-साथ इतिहास में बी.ए. किया है। लड़की वाले राजपूत हैं, मेहरा उपनाम है, परन्तु शाकाहारी और आर्य समाजी हैं। लड़की के पिता लंदन में सरकारी नौकरी करते हैं। ये लड़की का फोटो है, आप लोग देखकर अपनी-अपनी राय बताएं ताकि उनको उचित जवाब दिया जा सके।" फोटो देखकर लड़की सभी को पसंद आई। फूफाजी ने सलाह दी, "लल्ला जन्म पत्रिका से गुणों का मिलान हो गया, फोटो देखकर लड़की सभी को पसंद भी आ गई परन्तु वह विदेश में पली है, यहाँ हमारे माहौल में हमारे रीति-रिवाज का पालन कर पाएगी? एक शंका और है कि उसका व्यवहार कैसा है? यह जानना भी जरुरी है।"

"जी, फूफाजी मैं आपकी सलाह से सहमत हूँ। इसलिए मैंने मेहरा साहब को कहा है कि वे बिटिया को उनके घर बुला लेवे ताकि हमारे घर की महिलायें सप्ताह दस दिन उसके साथ रहकर निर्णय ले सकें।"

लक्ष्मी अब कुछ बड़ी होकर सयानी हो चली थी और चाची इन दिनों गर्भवती थी। इसलिए दादी और बुआ की सलाह पर घर पर ही उनकी गोद भराई की रस्म की गई और फिर चाची प्रसूति के लिए शहर से ही अपने मायके चली गई।

मेहरा साहब की भतीजी का नाम है मीरा। जब वह दिल्ली पहुँच गई तब मेहरा साहब ने पिताजी को ऑफिस में फोन पर सूचित करते हुए मेरे परिवार को उससे मिलने के लिए उनके घर दिल्ली आने के लिए आमंत्रित किया। शाम को जब पिताजी ऑफिस से घर लौट आए उस समय उन्होंने बताया कि, ''मेहरा साहब की भतीजी मीरा, दिल्ली आ चुकी है और मेहरा साहब ने उससे मिलने के लिए हमें दिल्ली आने का निमंत्रण दिया है। मेरा तो साथ जाना संभव नहीं हो पायेगा। अतः फूफाजी, बुआ और मनोरमा जाकर लड़की देख आयें। अम्मा और मैं यहीं रहेंगे। मैं कल आप तीनों की टिकट राजधानी एक्सप्रेस में करवा देता हूँ। मेरे विचार से सोमवार का दिन जाने के लिए ठीक रहेगा।''

फूफाजी ने सहमती जताते हुए कहा, ''हाँ सोमवार की टिकट बुक करवा दो लल्ला।''

बुआजी, फूफाजी और माताजी दिल्ली में छः दिन रुके। मेहरा साहब ने आवभगत में कोई कसर नहीं छोड़ी। सभी को मीरा बहुत पसंद आई। विवाह के लिए आधी सहमति बन चुकी थी। शेष बचा था मेरा मीरा से मिलकर हाँ कहना और मीरा का मुझसे मिलकर पसंद-नापसंद बताना। अतः फूफाजी ने सुझाया कि, ''क्यों ना, श्रीमती मेहरा और मीरा हम सब के साथ शहर चलें ताकि देख-दिखाई समाप्त होकर अंतिम निर्णय लिया जा सके।'' फूफाजी के सुझाव पर सहमती हो गई और सब शहर पहुंच गए।

शहर आगमन पर मीरा और उसकी ताईजी हमारे घर 'मनोहर निवास' पर ही रुके। दूसरे दिन मैं भी घर पहुंच गया था, तब मेरी मुलाकात मीरा से हुई। उसने मुझे पसंद किया। माताजी ने अकेले में मुझसे मेरी राय पूछी। मेरा जवाब था, ''जैसा आप और पिताजी ठीक समझें।'' मेहरा परिवार के वापस दिल्ली जाने के बाद एक दिन दादी ने पिताजी से कहा, ''लल्ला! दिल्ली वालों का कुछ जवाब आया क्या?''

''हाँ अम्मा, कह रहे थे जल्दी शादी का मुहूर्त निकलवाइये और सगाई तो अगले माह ही करना चाहते हैं। वैसे अम्मा आपको मीरा कैसी लगी?''

''बेटा, लड़की तो भली है। परन्तु किशन की तुलना में तेज तर्रार है। और अब, जब सबको लड़की पसंद आ गई है तो विवाह भी जल्दी ही कर दो। जीते जी पोते की शादी तो देख लूँगी।''

इस तरह मेरा विवाह मीरा से होना निश्चित हो गया। सगाई की रस्म पूरी कर ली गई। सगाई में मेहरा साहब का पूरा परिवार और उनके भाई-भाभी के साथ मीरा के बड़े भाई सपत्नीक आये थे। सगाई कार्यक्रम का इंतजाम गुरमीत ने बड़े मनोयोग से शानदार तरीके से किया। सगाई कार्य पूर्ण हुआ और उसी समय चर्चा करके विवाह की तिथि भी निश्चित कर ली गई। निमंत्रण पत्र भी छपने के लिए दे दिए गए, कारण मात्र बीस दिन बाद ही लग्न की तारीख निश्चित हुई थी। सब कुछ कम समय में होना था। विवाह के लिए बारात नोएडा जाएगी। अतः रेल में रिजर्वेशन भी जल्दी करवाना होगा इसलिए बारातियों की लिस्ट भी तीन-चार दिनों में फाइनल कर ली गई। मेरे विवाह के लिए नए कपड़े सिलने दे दिए गए। बुआजी और माताजी तैयारीयों में व्यस्त हो गईं। और फिर निश्चित तारीख को हम रेल द्वारा शहर से बारात लेकर दिल्ली स्टेशन पहुँच गए। वहाँ हमें लिवाने मेहरा परिवार तैयार खड़ा था। वहां सभी का स्वागत कर सात-आठ कारों द्वारा हमें नोएडा ले जाया गया। हमारे ठहरने का इंतजाम भव्य था। जब सभी बाराती व्यवस्थित रूप से अपने-अपने कमरों में ठहर गए तभी गुरमीत अपने साथ शरीफ़ और नफीसा को लिए मेरे कमरे में आया। मैंने शरीफ़ के गले मिलते हुए पूछा, "कब आये?"

उसने बताया, "कल शाम को ही आ गया था।"

नफीसा से पूछा, "कैसी हो?" वह मुस्कुरा दी। गुरमीत और शरीफ़ मेरे कमरे में ठहरे थे। जबकि नफीसा, सुरिन्दर के कमरे में ठहर गई। दोपहर भोज लाजवाब था। शाम को बारात का प्रोसेशन निकला और बैंड बाजे के साथ मुझे घोड़े पर बिठाया गया। गुरमीत, शरीफ़ और कुछ अन्य बाराती बैंड बाजे की धुन पर नाचते हुए आगे-आगे चल रहे थे। बारात का प्रोसेशन कुछ समय बाद घूमकर वापस विवाह स्थल पर लौटा। मैंने तोरण रस्म पूरी की। तोरण के बाद द्वार पर सभी का स्वागत मेहरा परिवार ने किया। मेरे पैर पखारे गए और फिर मंडप में ले जाकर बैठा दिया गया। मंत्रोच्चार के साथ विवाह की रस्में पूरी की गईं।

शुभ लग्न का समय रात्री में था। मेहरा परिवार की महिलाओं के संग दुल्हन मीरा को मेरे समीप बैठाया गया। पंडितजी ने हवन कुंड में ज्वाला प्रज्वलित की और हवन आरंभ किया। हवन समाप्ति के बाद हमारे फेरे हुए और इस तरह विवाह संपन्न हुआ।

दूसरे दिन दोपहर को ट्रेन द्वारा यात्रा कर बारात दुल्हन को संग लिए वापस शहर लौट आई। शहर में हमारे लौटने के एक दिन बाद रिसेप्शन रखा था। रिसेप्शन में कई रिश्तेदार, गणमान्य मित्र और संबंधी आये। यादगार आयोजन रहा। उत्तम व्यवस्था के लिए पिताजी ने वीर जी, गुरमीत और पिंटू भैया ढेर सारे आशीर्वाद दिए।

चौथे दिन मीरा के बड़े भाई और भाभी पगफेरा के लिए मीरा को साथ लेकर दिल्ली लौट गए। शरीफ़ दिल्ली से ही वापस चला गया था। मीरा के जाने के एक दिन बाद मैं भी वापस शाजापुर लौट गया।

मुझे कार्य पर लौटे यही कोई पंद्रह बीस दिन हुए होंगे कि एक दिन गृह मंत्रालय से एक गोपनीय आदेश द्वारा ज्ञात हुआ कि मेरी पदोन्नति कलेक्टर पद पर कर दी गई है। आदेश अनुसार मेरी पोस्टिंग आगरा कैंट होकर मुझे वहां पहुंच अगले पंद्रह में ज्वाइन करना होगा। अतः बोरिया-बिस्तर बाँध समय पर वहाँ जाकर कार्यभार संभाल लिया। आगरा में मुझे बड़ा-सा सरकारी बंगला मिला था। एक सर्वेंट भी मेरी देखभाल के लिए था। मैंने पत्र लिखकर बुआजी और फूफाजी को भी वहीं बुलवा लिया था। बुआजी के आने के बाद घर सजने लगा, गृहस्थी बसने लगी। अब मीरा को गौना कराके लाने का समय हो चला था, सो हम तीनों दिल्ली जाकर उसे साथ ले आये। मेहरा साहब ने हमारी खूब आवभगत की दिल्ली में। मीरा के माता-पिता और भाई-भाभी वापस विदेश जा चुके थे। चूँकि मीरा ने कभी रसोई बनाने का काम नहीं किया था अतः वह बुआजी से खाना बनाना सिखने लगी। फूफाजी को आगरा में उनके सर्विस पीरियड के चार-पाँच मित्र मिल गए थे। उनके साथ सुबह शाम घूमने जाने लगे। मित्रों के साथ गपशप में उनका समय बीत जाता था।उन्हें यहां अच्छा लगने लगा।

नफीसा गायकोनोलॉजी में पोस्ट ग्रेजुएशन के आखिरी साल में थी। एक बार हमसे मिलने आगरा आई और दो दिन रूककर वापस चली गई। उसी से मुझे मालूम हुआ कि, शरीफ़ की गुरुकुल संस्था का रजिस्ट्रेशन होकर मान्यता मिल गई है। और गौतम नगर की जमीन के लिए संस्था का आवेदन स्वीकार कर लिया गया है। जमीन अधिग्रहण का मामला पिताजी के बोर्ड पर है और शायद दो-चार महीनों में भूमि का कब्ज़ा संस्था को दे दिया जायेगा।

मुझे आगरा आये दो साल बीत गए थे, मेरे प्रशासन की धाक जम चुकी थी। मेरे उत्तम कार्य की अनुशंसा में मेहरा साहब का भी योगदान था, वे गृह मंत्रालय में जो थे।

एक दिन सुबह-सुबह लॉन में बैठकर चाय पीते हुए अख़बार पढ़ रहा था। तभी बुआजी भी मेरे पास आकर बैठ गई। फूफाजी सैर करने गए थे। मीरा सो रही थी। बुआजी ने मुझसे कहा, "किशन तुम बहु की आज डॉक्टर से जाँच करवा लो, मुझे शक है कि वह गर्भवती है।"

मैंने अवाक् होकर पूछा, "आपको कैसे पता चला?"

उन्होंने हँसकर जवाब दिया, "अनुभव से। जब तुम होने वाल थे तब जैसे लक्षण मनोरमा के देखे वैसे ही बहु में दिखाई दे रहे हैं।"

"अगर ऐसा है तो मैं आज ही लेडी डॉक्टर को घर भिजवा दूँगा।"

दोपहर को मैंने डॉक्टर को घर भिजवा दिया था। मैं ऑफिस कार्य में व्यस्त था तभी टेलीफोन की घंटी बजी, मेरे हैलो कहते ही उधर से बुआजी बोलीं, "बधाई हो बेटा, मेरा अनुमान सही निकला, दो माह का गर्भ है।" मेरी ख़ुशी का ठिकाना नहीं रहा। कुछ संयत होकर बोला, "आपको भी बहुत सारी बधाई बुआजी, और क्या कहा डॉक्टर ने?"

"उन्होंने कहा है कि अब हर महीने चेक अप करेंगे, अभी तो सब ठीक है, तुम जल्दी घर आ जाना। मैं तुम्हारे पिताजी और मनोहर को भी खबर कर देती हूँ।" "जी बुआजी" कहते हुए मैंने फोन रख दिया।

चाचा ग्वालियर में एस.पी. हो गए थे। जब उन्हें पता चला तो बहुत खुश हुए। उन्होंने मुझे फोन पर बधाई दी और कहा वे जल्दी सब को लेकर आगरा आयेंगे। उनसे बात ख़त्म करके फोन रखा ही था कि गुरमीत का फोन आ गया, उससे बहुत सारी बातें हुई। वह भी खबर सुनकर प्रसन्न था।

दिन और महीने बीत चले। मीरा के गर्भ-काल का सातवाँ महिना हो चला। गोद भराई रस्म का दिन निश्चित किया गया। शहर से पिताजी, माताजी और दादी आगरा आ गए थे। उनके आगमन के दूसरे दिन चाचा भी परिवार सहित आ गए थे।घर में चहल-पहल बढ़ने से रौनक हो गई थी। चाचा का छोटा बेटा कपिल दो वर्ष का हो चूका था।लक्ष्मी और कपिल की शरारतों से घर गुलजार हो चला था।

मेहरा साहब अपनी पत्नी और बिटिया, दामाद को साथ लेकर दिल्ली से गोद भराई वाले दिन सुबह ही आगरा आ गए। पंडितजी ने विधिपूर्वक गोद भराई का कार्य संपन्न कराया। उसके पश्चात् भोजन करके मेहरा परिवार दूसरे दिन मीरा को साथ लिए वापस दिल्ली रवाना हो गया। मेहरा परिवार को विदा करने के बाद, चाचा भी ग्वालियर चले गए। चाची और बच्चे आगरा ही रुक गए थे क्योंकि चाची को उनके मायके जाना था। वे पिताजी और दादी के साथ एक दिन रूककर शहर गई। अब घर पर मैं, फूफाजी, बुआजी और माताजी बचे थे। दो दिन की चहल-पहल के बाद अब घर सूना-सूना सा हो गया।

मीरा को दिल्ली गए दो माह कैसे बीत गए पता ही नहीं चला। फरवरी माह के शुरुवाती दिन थे, मौसम सर्दी वाला था। आज मैं भी फूफाजी के साथ सुबह-सुबह सैर करने निकला, वापस दो घंटे बाद हम दोनों लौटे। बुआजी और माताजी दोनों लॉन में ही बैठकर चाय पी रहे थे। तभी सर्वेंट ने आकर कहा, "साहब फोन आया है दिल्ली से।"

बुआजी प्याला रख उठते हुए बोली, "मैं देखती हूँ, आप लोग चाय पीजिये।" कुछ समय बाद उन्होंने आकर बताया, "मीरा की मम्मी का फोन था, मीरा को दर्द शुरू हो गया है, उसे अस्पताल ले जा रहे हैं।"

"मेरे विचार से हमें दिल्ली जाना चाहिए" उन्होंने माता जी की ओर देखकर कहा, "मनोरमा! तुम नहाकर तैयार हो जाओ और दो-चार जोड़ी कपड़े भी साथ रख लो।" फूफाजी ने मुझसे पूछा, "तुम्हारा क्या विचार है? तुम साथ जाओगे क्या?"

मैंने असमर्थता जताते हुए कहा, "मेरी आज आवश्यक मीटिंग है। आप साथ चले जाइये। मैं कल सुबह पहुँच जाऊँगा।"

"ठीक है" कहते हुए फूफाजी भी तैयार होने चले गए। जब सब तैयार हो रहे थे मैंने दिल्ली फोन करके मेहरा साहब से हॉस्पिटल का नाम और वार्ड नंबर आदि जानकरी लेते हुए बताया कि, "बुआजी और माताजी को साथ लेकर फूफाजी कुछ ही समय में दिल्ली के लिए रवाना हो रहे हैं। मैं कल सुबह आ जाऊँगा।" मैंने फ़ोन पर बात समाप्त की तब तक ड्राइवर कार में पेट्रोल भरवाकर आ चुका था। सर्वेंट ने डिक्की में सामान रख दिया। फूफाजी के कर में बैठने से पहले मैंने फूफाजी को एक चिट देते हुए कहा, "इसमें मैंने अस्पताल का नाम और पते के साथ-साथ वार्ड

नंबर भी लिख दिया है। ठीक से पहुँचकर मुझे फोन कीजियेगा। वैसे मैं कल पहुँच ही जाऊँगा।" और कार स्टार्ट होते ही सभी हाथ हिलाते हुए दिल्ली प्रस्थान कर गए।

ऑफिस पहुँचकर मैंने गुरमीत को मीरा के बारे में बताया। उसने कहा, "तुम दिल्ली पहुँचकर मुझे फोन करके हालात बताना।" गुरमीत से बात समाप्त कर चाचा को फोन करके सारी जानकारी दी और उन्हें पिताजी को भी खबर करने का कह दिया। कुछ आवश्यक कार्य समाप्त करके मैं मीटिंग हॉल में जा बैठा। मीटिंग लम्बी चली। मीटिंग समाप्ति के पश्चात् अधीनस्थ कर्मचारियों को जरूरी निर्देश देते हुए मैं अपने चेंबर में आया। मेरे सेक्रेटरी ने जरुरी फाइलों में मुझसे हस्ताक्षर लिए। ऑफिस छोड़ने से पहले मैंने उसे बताया कि, "मैं कल दिल्ली जा रहा हूँ। वहाँ पहुँच कर फोन पर तुमसे जानकारी लूँगा।"

घर पहुँचते-पहुँचते रात के दस बज गए थे। हाथ-पैर धोकर कपड़े बदल खाना खाने बैठा ही था कि फोन की घंटी बज उठी। उठकर रिसीवर उठाया। उधर से फूफाजी की आवाज थी। "किशन तुम सुबह की बजाये रात में ही निकल आओ। मीरा को तकलीफ ज्यादा है। डॉक्टर बता रहे हैं कि बच्चा पेट में तिरछा हो गया है। तुम जल्दी आ जाओगे तो अच्छा रहेगा।"

"जी फूफाजी। मैं अभी थोड़ी देर में ही निकल पड़ता हूँ। आप फिक्र मत करिए।" मैंने उन्हें धीरज बंधाते हुए कहा।।नफीसा को खबर कर दी क्या?" मैंने पूछा।

"हाँ फोन किया था मैंने। आने ही वाली है।"

"ठीक है फूफाजी, मैं भी पहुँचता हूँ" कहकर मैंने फोन रखा, फटाफट खाना खाया और एक मित्र को फोन करके उसकी कार बुलवा ली। सर्वेंट को आवश्यक हिदायत देकर मैं कार में बैठ दिल्ली के लिए रवाना हुआ। सुबह-सुबह चार बजे दिल्ली हॉस्पिटल पहुँचकर देखा कि पूरा परिवार ऑपरेशन थिएटर के बाहर टहल रहा है।मैं फूफाजी के पास पहुँचा। उन्होंने चिंतित स्वर में कहा, "बेटा हालत गंभीर है। सभी बड़े डॉक्टर्स और नफीसा अंदर ही है पिछले एक घंटे से।"

मैंने उन्हें दिलासा देते हुए कहा, "ईश्वर पर भरोसा रखिये, सब ठीक होगा।" हालाँकि मैं उन्हें हिम्मत दे रहा था परन्तु मन ही मन अनजाना डर मुझे सता रहा था। हम सभी की नजरें ऑपरेशन थिएटर की जलती हुई लाल लाइट पर थी। कुछ समय बाद लाल बत्ती बुझी और एक नर्स बाहर निकलकर तेजी से दूसरी ओर चली गई,

फिर दो डॉक्टर उदास चेहरे लिए बाहर आये। हम सभी ने उत्सुकता से उनकी तरफ देखा। उन्होंने सिर लटकाए अफ़सोस शब्दों से कहा, "हम असफल रहे।" नफीसा एक डॉक्टर के साथ भीगी पलकों से बाहर निकली। मैंने दौड़कर उसके पास जाकर पूछा, "क्या हुआ?"

उसने लगभग रोते हुए जवाब दिया, "मीरा नहीं रही, बच्चे ने पेट में ही दम तोड़ दिया था। उसके पूरे शरीर में जहर फ़ैल चुका था।" सुनते ही मैं उससे लिपटकर बच्चों की तरह रो दिया। नफीसा की बात सुनते ही बुआजी, माताजी, मीरा की ताई, ताऊजी और फूफाजी सुनकर जड़ से हो चले। अविरल आँसू बहने लगे उनकी आँखों से।

कुछ समय बाद हॉस्पिटल की कार्यवाही पूरी करके मीरा का मृत शरीर लिए हम लोग मेहरा साहब के घर पहुँचे। मैं सूनी आँखों से मीरा का चेहरा देख रहा था। घर की स्त्रियों का रुदन निरंतर चल रहा था। बुआजी और माताजी फूट-फूटकर रो रही थी। गुरमीत को शायद नफीसा ने खबर कर दी थी। वह भी पिताजी को साथ लिए फ्लाइट से दिल्ली पहुँच गया था। आनन-फानन में सभी रिश्तेदारों को खबर कर दी गई। और सूरज ढलने से पहले मीरा की अर्थी लिए हम अंतिम संस्कार करने शमशान पहुँचे। चिता को दाग देते ही मैं फूफाजी से बच्चों की तरह लिपट कर खूब रोया।

मृत्यु उपरांत के संस्कार रीति-रिवाज से पूर्ण कर मैं वापस आगरा लौट आया। कुछ दिनों पहले जिस घर में जहाँ रौनक हुआ करती थी। अब सन्नाटा था। चाहकर भी मीरा के संग बिताये पल मेरा पीछा नहीं छोड़ पा रहे थे। अब मुझे अकेले ही जीवन जीना है यह सोच मेरे पूरे शरीर में अजीब-सी बेचैनी पैदा करने लगी।

दिल्ली से पिताजी और माता जी, गुरमीत के संग वापस शहर लौट चूके थे। फूफाजी और बुआजी भी टैक्सी द्वारा आगरा वापस आ गए। दोनों का आगरा में ही मेरे साथ रहने से मेरी उदासीनता कुछ कम हुई।चाची, लक्ष्मी और कपिल ग्वालियर में चाचा के संग कुशल थे। आज न्यूज पेपर में ख़बर छपी थी, चाचा ने एक कुख्यात डाकू को गिरफ्तार कर लिया है। एक तरफ तो पुलिस विभाग में उनके कार्य की बहुत प्रशंसा हो रही थी। वहीं दूसरी ओर पकडे गए खूंखार डाकू की गैंग के अन्य डाकुओं के लिए वे दुश्मन बन चूके थे। डाकू गैंग उन पर नजर रखने लगी। एक मर्तबा तो जब

वे दौरे पर थे, उन पर हमला भी हुआ परंतु ईश्वर की कृपा से वे सुरक्षित बच गए।

आज ऑफिस में दोपहर भोजन करने के बाद चाय पी रहा था उस समय चाचा का फोन आया। मेरे हाल चाल पूछे। बात चीत के दौरान उन्होंने कहा कि पिछले तीन-चार दिन से चाची को बुखार है। ऐसी परिस्थिति में वे बच्चों की ठीक तरह से देखरेख नहीं कर पा रहे हैं। उन्होंने कहा कि जल्द ही फूफाजी, बुआजी को ग्वालियर भेज दो जिससे बच्चों की देखभाल हो सके।उन्होंने कहा कि परसों दिल्ली से एक पुलिस जीप खाली आ रही है उसी में दोनों आ जायेंगे। उनकी परेशानी समझते हुए मैंने अपनी सहमति दे दी। ग्वालियर जाने से एक दिन पहले बुआजी और फूफाजी ने अपना सामान पैक कर लिया था और दूसरे दिन जाने के लिए जल्दी तैयार भी हो गए। दिन का खाना हम तीनों ने साथ में ही खाया। दोपहर होने से पहले ही जीप आ गई थी। गेट से सर्वेंट ने सूचना दी। सर्वेंट ने जाने वाला सामान जीप में रख दिया। फूफाजी-बुआजी को मैंने प्रणाम कर कहा, "अपना ध्यान रखना और ग्वालियर पहुँचकर फोन ज़रूर करना।" जब दोनों जीप में बैठ गए तब हमराह पुलिस सब इंस्पेक्टर ने मुझे सेल्यूट करते हुए कहा, "आप फिक्र न करें श्रीमान इनको सकुशल पहुँचाने की जिम्मेदारी मेरी है" और जीप चल दी। बुआजी-फूफाजी के जाते ही घर फिर सूना और खाली हो गया। दोनों को रवाना करने के बाद मेरा मन फिर उदास हो चला। कुछ देर ठहर कर, जरुरी कागजात लेकर मैं भी ऑफिस चला गया। देर तक काम करता रहा। घर वापस लौटा तो सर्वेंट ने पूछा, "साहब खाना लगा दूँ?"

मैंने पूछा, "क्या बनाया है?"

"सब्जी, दाल, चावल बना लिया है, चपाती अभी सेंक देता हूँ।"

मैंने उससे कहा, "सिर्फ दाल-चावल लगा दो। ज्यादा भूख नहीं है।"

"जी साहब।" कह कर वह खाना परोसने लगा। खाना खाकर कुछ समय तक टहलता रहा न जाने क्यों नींद नहीं आ रही थी। ग्यारह बजे के आस-पास बिस्तर पर जा लेटा। सुबह सात बजे सर्वेंट ने जगाया, "साहब चाय बना लाऊं।" मैंने स्वीकृति में सिर हिलाते हुए कहा, "अखबार आ गया हो तो टेबल पर रख देना" और मैं बाथरूम में चला गया। फ्रेश होकर डायनिंग टेबल की कुर्सी पर पर बैठ चाय पीना शुरू किया। अख़बार खोला, मुख्य पेज की खबर पढ़ने के लिए अखबार सीधा करते ही चौंक पड़ा। लिखा था, ग्वालियर के पुलिस कप्तान के माता-पिता का

डाकुओं द्वारा अपहरण। जल्दी जल्दी पूरी खबर पढ़ी, जब पढ़ चुका तो उठकर चाचा को फोन लगाया, फोन चाची ने उठाया। मैंने उनसे पूछा, "चाचा कहाँ हैं? आप सब तो कुशल हो।"

उन्होंने कहा, "बच्चे और वे सकुशल हैं। चाचा पुलिस टीम को साथ लेकर फूफाजी-बुआजी को छुड़ाने गए हैं। अगर उन्हें कुछ खबर मिलेगी तो वे फोन करके बतायेंगी।" मेरी बेचैनी बढ़ती जा रही थी। मैंने ग्वालियर के कलेक्टर को फोन किया। उन्होंने मुझे जानकारी दी कि कल दिल्ली से ग्वालियर आते समय रास्ते में ही डाकुओं ने जीप रोक कर आगे बैठे सब इंस्पेक्टर और ड्राइवर दोनों को गोली मारकर हत्या कर दी और एस.पी. साहब के पैरेंट्स को अपने साथ ले गए। डाकुओं ने एस.पी. साहब के नाम एक पत्र जीप में छोड़ा है जिसमें उन्होंने लिखा है कि, "हमारे साथी को रिहा कर दो और अपने माँ-बाप को ले जाओ।"

"आप फिक्र ना करें, पुलिस टीम गई है मौके पर तलाश करने। कुछ नई जानकारी मिलती है तो खबर करूँगा।"

मैंने गुरमीत और नफीसा को भी खबर दे दी। अपहरण हुए दो दिन बीत चुके थे। मुझे सुबह-शाम ग्वालियर के कलेक्टर ताज़ा जानकारी से अवगत करा देते थे। अभी सुबह ही उन्होंने बताया कि पुलिस टीम एस.पी. साहब के साथ चंबल के बीहड़ में दो दिन से तलाश कर रही है परन्तु अब तक कुछ भी पता नहीं चल पाया है।हां, कुछ समय पहले एक गुमनाम पत्र सिटी कोतवाली में जरूर मिला है जिसमें लिखा है कि, "अगर कल दोपहर तक हमारे साथी को नहीं छोड़ा तो किसी भी अंजाम की जिम्मेदारी पुलिस की होगी।"

उन्होंने मुझसे आगे कहा, "मैंने दिल्ली बात की है, सेक्रेटेरिएट में। जवाब मिलने पर आपको खबर करूँगा।"

उनसे बात समाप्त कर मैंने तुरंत मीरा के ताऊजी से बात की। उन्होंने मुझे सांत्वना देते हुए कहा, "आज सेक्रेट्रियेट पैनल ने डाकू को रिहा करके तिवारीजी और बहनजी को छुड़वाने का प्रपोजल मीटिंग में पास कर लिया गया है। आदेश पर मंत्री जी के दस्तखत होना बाकी है। मुझे उम्मीद है समय पर सब हो जायेगा। दस्तखत होते ही वायरलेस से खबर कर देंगे। तुम फिक्र मत करो और अपना ख्याल रखना।"

सुबह अखबार में खबर छपी थी, दिल्ली ग्वालियर राजमार्ग पर एक वृद्ध पुरुष और महिला की लाश पुलिया के पास मिली। ग्वालियर पुलिस हरकत में। जल्दी-जल्दी पूरी खबर पढ़ी और चाचा के घर फोन लगाया। चाची ने रोते-रोते बताया, "मार दिया भैया उन दुष्टों ने माँ-बाबा को, पोस्टमार्टम के लिए लेकर गए हैं।"

मैंने उनसे कहा, "आप चाचा को खबर करो कि मुझे घर पर फोन करें।" जैसे-तैसे नहाकर तैयार हुआ ही था कि फोन की घंटी बजी। चाचा का फोन था बोले, "किशन! जो होना था सो हो चुका, पोस्टमार्टम के बाद माँ-बाबा को शहर लेकर जाऊँगा। यहां सब तैयारी कर ली है। तुम भी छुट्टी लेकर शहर पहुँचो।"

मेरे शहर पहुंचने के कुछ घंटों बाद चाचा भी परिवार सहित बुआ-फूफाजी के पार्थिव शरीर को लेकर घर पहुँच गए। दादी को किसी ने कुछ बताया नहीं था। जब उन्होंने मृत बुआजी को देखा तो चीखकर उनसे लिपटते हुए उन्होंने 'हे राम' कहा और उसी समय प्राण त्याग दिए। पिताजी तो पहले ही मानसिक रूप से विचलित थे, दादी को कंधों से पकड़कर, अम्मा अम्मा कहते हुए उठाने लगे। परन्तु उनकी अम्मा तब तक दूसरी दुनिया में जा चुकी थी। हमने अपने परिवार का एक और सदस्य खो दिया। पूरे घर में रोना-धोना शुरू हो गया।

आज मनोहर निवास से तीन अर्थियां एक साथ उठी। दाह संस्कार में शहर उमड़ पड़ा। अंत्येष्टि के बाद सभी कार्य रीति-रिवाज अनुसार पूरे किये गये। मैं और चाचा अस्थियाँ लेकर हरिद्वार गए और शेष विधि वहां पूर्ण कर वापस शहर लौट आए।

कुछ समय परिवार के साथ बिताए और फिर मैं और चाचा अपने कार्य पर लौट गए।

मीरा के ताऊजी रिटायर होने वाले थे। उन्होंने रिटायरमेंट के पहले मेरा ट्रांसफर आगरा से दिल्ली करवा दिया। मेरे दिल्ली सेक्रेटेरिएट में ज्वाइन होने के छः माह बाद चाचा भी प्रमोशन पाकर दिल्ली पुलिस में आ गए। चाचा के दिल्ली आ जाने से मैं भी अब चाचा के साथ ही रहने लगा।

नफीसा का पोस्ट ग्रेजुएशन हो चुका था। और उसे ए.आई.आई.एम.एस. में ही गाइनेकोलॉजी विभाग में नौकरी मिल गई थी। शरीफ़ की गुरुकुल संस्था को गौतम नगर में चाही गई जमीन ट्रांसफर होकर उस पर प्रोजेक्ट के मुताबिक स्कूल,

अस्पताल आदि का निर्माण कार्य गुरमीत की देखरेख में आरम्भ हो गया था। वह निर्माण की प्रोग्रेस रिपोर्ट हर सप्ताह शरीफ़ को भेज दिया करता था।

यहां दिल्ली आकर मेरा जीवन भी धीरे-धीरे नियमित और सामान्य हो चला था। रोज शाम को नफीसा के साथ घूमना-फिरना और फिर साथ ही डिनर करना मेरी रोजमर्रा की दिनचर्या में शरीक हो गया था।

बुआजी-फूफाजी के देहांत के बाद इन दिनों शहर में पिताजी गुमसुम और उदास रहने लगे थे। गुरमीत दिन में एक दो बार उनकी खोज ख़बर ले लिया करता था और उन्हें छुट्टी वाले दिन गुरुकुल निर्माण स्थल दिखाने भी ले जाता था। वहाँ जाकर उन्हें बहुत अच्छा लगता था।

एक दिन मैंने नफीसा को डिनर करते हुए कहा, "मेरी तीन दिन की मीटिंग है नैनीताल में, कल ही जा रहा हूँ।"

सुनकर तपाक से बोली, "मैं भी चल रही हूँ तुम्हारे साथ।"

मैंने समझाया उसे, "साथ में डेलिगेट्स रहेंगे, ठीक नहीं होगा तुम्हारा चलना।" उसने जिद की और कहा, "तुम सिर्फ इतना बता दो वहाँ ठहरोगे कहाँ? मैं तुम्हारे काम में कोई दखल नहीं दूँगी। वहाँ पहुचूंगी भी अकेले, अब तो तुम्हें कोई समस्या नहीं होनी चाहिए।"

"ठीक है जैसी तुम्हारी मर्जी" कहते हुए मैंने उसे हमारे ठहरने की जगह का पता लिखकर दे दिया।

दूसरे दिन मैं डेलिगेट्स के साथ शाम तक नैनीताल पहुँचा। जिस होटल में हम लोग ठहरने वाले थे वहाँ रिसेप्शन में एक कोने के सोफे पर नफीसा विराजमान थी। मैंने उसे हैरानी से देखते हुए पास जाकर पूछा, "कब आ गई यहाँ?"

जवाब दिया उसने, "दो घंटे पहले। मेरा रूम नंबर तीन सौ छः है। फुर्सत पा जाओ तो आ जाना डिनर साथ करेंगे।" हमारे पाँच कमरे चौथी मंजिल पर थे। मैंने अपने साथ आये चारों डेलिगेट्स को लेकर उनको कमरों में व्यवस्थित ठहरा दिया और उन्हें सुबह चाय पर मिलने का कहकर गुड नाईट कहते हुए विदा ली। मेरे सहायक ने मेरा सामान मेरे कमरे में रखवा दिया था। मैंने उसे सुबह के कार्यक्रम संक्षिप्त में समझाए और मेहमानों का ध्यान रखने का कहते हुए उसे भी आराम करने भेज दिया। अपने कमरे में जाकर हाथ-पैर धोकर कपड़े बदले और रूम नंबर तीन

सौ छः पहुँच गया।

विदेशी डेलिगेट्स के साथ दिन भर की व्यस्त मीटिंग और रात्रि में नफीसा का साथ रहना, तीन दिन कब बीत गए पता ही नहीं चला।

पिछले सप्ताह मीरा के ताऊजी रिटायर हो गए थे।अब मैं कभी समय निकालकर उनसे मिलने चला जाता था। कभी चाचा भी सपरिवार उनसे मिलने जाते थे। मीरा के देहांत के बाद भी उनका मेरे और परिवार के प्रति स्नेह और सम्मान कम नहीं हुआ था।

एक दिन शाम को नियत समय और स्थान पर नफीसा से मिला। डिनर करते समय उसने बताया कि उसे शिकागो के मेडिकल कॉलेज में असिस्टेंट प्रोफ़ेसर का जॉब ऑफर आया है और उसकी इच्छा वहाँ ज्वाइन करने की है। उसकी इच्छा सुनकर मैंने उसे समझाया, "यहाँ तुम अपने देश में अपनों के साथ रह रही हो, मेरे विचार से वहां अजनबियों के साथ रहने की बनिस्बत तुम्हें यहीं रहना चाहिए। वैसे भी अब मैं तुम्हारे साथ के बगैर ठीक से नहीं रह पाऊँगा।"

"मेरा जाना जरुरी है किशन! इसी में सभी की भलाई है।" और फिर एक दिन नफीसा मुझे अकेला छोड़कर अमेरिका चली गई।

दिन, महीने और साल बीत चले। पिताजी को भी रिटायर हुए अरसा बीत गया था।इन दिनों वे गुरुकुल के कार्यों में विशेष रुचि लेने लगे थे। गुरमीत की निःस्वार्थ मेहनत से गुरुकुल ने पूर्ण आकार ले लिया था। हॉस्पिटल में आयातित मशीनें लगने लगीं थी। मुंशी चाचा भी रिटायरमेंट के बाद चाची को लेकर गौतम नगर पहुंच वहीं गुरुकुल में रहने लगे थे। उन्होंने वहां रहते हुए गुरुकुल के लेखा विभाग की जिम्मेदारी बखूबी संभाल ली थी।

गुरुकुल के अभिन्यास की बात करें तो आगमन के लिए भव्य और सुन्दर प्रवेश द्वार बनाया गया था। प्रवेश द्वार से अंदर आकर दाहिनी तरफ सुरक्षा कक्ष और फिर एक छोटे से बगीचे से लगा हुआ तीन मंजिल का बड़ा सा अस्पताल। अस्पताल के पीछे कर्मचारियों के निवास के लिए क्वार्टर बनाये गए थे। क्वार्टर लाइन के पीछे फूलों की क्यारियां और उसके बाद खेल-मैदान, उसी से सटा हुआ दो मंजिल का विद्यालय। बाईं ओर एक तरफ बोर्डिंग हाउस, यज्ञ शाला, व्यायाम शाला आदि का बेजोड़ निर्माण किया था। दाहिनी तरफ व्यवस्था मंडल के लिए

निवास बनाये गए थे। उन्हीं में से एक घर में मुंशी चाचा रहने लगे थे।

नफीसा के अमेरिका चले जाने के कुछ वर्षों बाद मैंने भी राजकीय नौकरी से त्याग पत्र देकर गौतम नगर में हमारे फार्म हाउस में डेरा जमा लिया था। अब मैं भी गुरमीत के संग गुरुकुल के काम-काज में उसका हाथ बटाने लगा था। मेरे गौतम नगर आ जाने के कुछ ही महीनों बाद, शरीफ़ को भी गुरुकुल संस्था ने मुख्य संचालक नियुक्त कर गौतम नगर भेज दिया। अब गुरुकुल के संचालन हेतु हम दो से तीन हो गए। अस्पताल के स्टाफ के लिए चयन की प्रक्रिया शुरू हो चुकी थी। कुछ चयनित कर्मियों ने तो कार्यभार भी संभाल लिया था। गुरमीत ने स्कूल के लिए अध्यापकों की आवश्यकता हेतु अखबार में विज्ञापन दे दिया था। रोज आवेदन आने लगे थे। मेरा समय आए हुए आवेदनों में से योग्य उम्मीदवारों की शार्टलिस्ट बना उनके इंटरव्यू लेने में बीत जाता था। स्कूल की जिम्मेदारी मेरी और शरीफ़ की थी। गुरमीत आस-पास के गाँवों में भ्रमण कर योग्य विद्यार्थियों का चयन कर उनके परिवार को गुरुकुल की जानकारी देकर प्रवेश फॉर्म भरवा रहा था। आरंभ में बोर्डिंग हाउस में सौ विद्यार्थियों के प्रवेश का लक्ष्य रखा गया था। हम तीनों की मेहनत रंग लाई और बहुत ही कम समय में हमने अस्पताल और विद्यालय के सभी कार्य पूर्ण कर लिए।

गुरुकुल अब सुसज्जित होकर तैयार था, उद्घाटन के लिए हम तीनों ने पिताजी, हवेली चाचा और मुंशी चाचा के नाम तय करके निमंत्रण पत्र छपने दे दिए। उद्घाटन से एक सप्ताह पूर्व निमंत्रण पत्र भेजना आरंभ कर दिया गया। गुरमीत ने उसके मित्र पत्रकारों के ज़रिए प्रमुख अख़बारों में भी गुरुकुल के शुभारंभ की खबर छपवा दी थी।

उद्घाटन वाले दिन मुख्य द्वार को फूलों से सजाया गया था। आमंत्रित अतिथियों के साथ-साथ गौतम नगर वासी और समीप के गाँवों के निवासी भी आये थे।तीनों उद्घाटन कर्ताओं ने द्वार पर बंधा रिबन काटा फिर अस्पताल के रिसेप्शन में पहुंचकर अतिथियों की उपस्थिति में वहां रखी समराई के दीपों को प्रज्वलित किया।समराई के दीपों के रोशन होते ही तालियों की गड़गड़ाहट से रिसेप्शन हॉल गूंज उठा। उदघाट्रन रस्म पूरी करके तीनों मुख्य अतिथि सामने रखीं कुर्सियों पर जाकर बैठ गए।

कार्यक्रम के संयोजक गुरमीत ने स्टेज पर पहुंचकर सबसे पहले सभी उपस्थित

सज्जनों का आभार व्यक्त करते हुए तीनों मुख्य अतिथियों का परिचय दिया। परिचय की समाप्ति के पश्चात् शरीफ़ ने अपने स्थान से उठकर मुख्य अतिथियों का, फूल माला से स्वागत करते हुए तीनों को चरण स्पर्श कर आशीर्वाद लिया। अब गुरमीत ने उपस्थित जन समुदाय तथा अतिथियों को मेरा परिचय देकर मुझसे गुरुकुल के उद्देश्य के बारे में जानकारी देने के लिए निवेदन किया। मैंने सब का अभिवादन करते हुए कहना शुरू किया,

"गुरुकुल स्वस्थ और स्वच्छ समाज की जननी है। प्राचीन काल में हमारे देश में गुरुकुल प्रथा थी। विद्यार्थी गुरुजन के साथ रहकर विद्या अध्ययन करते थे। गुरु उनको विध्या अभ्यास के साथ साथ सामाजिक नियम धर्म भी सिखाते थे। उनके दीर्घायु और स्वस्थ जीवन के लिए नित्य योगाभ्यास कराते थे। मनुष्य जीवन तो हम सभी ने पाया है परन्तु गुरुकुल समाज को श्रेष्ठ मनुष्य गढ़कर देता है। गुरुकुल "कर्मसु कौशलम्" में विश्वास रखता है अर्थात कुशलता से किये गए वे सभी कार्य जिसे प्रत्येक मनुष्य कर सके और जिससे मानव जाति का कल्याण हो। गुरुकुल किसी धर्म या जाति के लिए नहीं परन्तु संपूर्ण मानव समाज के लिए है। मेरे भाई शरीफ़ ने विगत कई वर्षों से मानव धर्म का गहन अध्ययन किया है। गुरुकुल की व्यवस्था को समझा है और उनका विश्वास है कि, गुरुकुल से पढ़कर निकले विद्यार्थी एक मजबूत समाज का निर्माण करेंगे। मुझे आशा है आप एक आत्मनिर्भर और सुगठित समाज निर्माण के लक्ष्य को पूरा करने में गुरुकुल का समर्थन कर इसकी उन्नति में पूर्ण सहयोग देंगे। अब मैं संस्था के मुख्य संचालक भाई शरीफ़ को आपसे रूबरू करवाता हूँ जो आपके प्रश्नों का उत्तर देंगे।"

मेरा अभिभाषण समाप्त होते ही, गुरमीत अपने स्थान से उठकर, पिताजी के समीप बैठे श्वेत वस्त्रों से सज्जित, लम्बे चमकीले केशधारी तथा मस्तक पर चन्दन का टीका लगाये हुए भाई शरीफ़ को मंच पर रखे हुए रिक्त आसन पर बैठा दिया। शरीफ़ के आसन पर बैठते ही मैंने फूल माला पहनाकर उसका स्वागत किया। शरीफ के स्वागत में जन समुदाय ने तालियां बजाकर ख़ुशी जाहिर की। जब तालियों की गड़गड़ाहट कम हुई तब शरीफ़ ने, आसन से उठकर दोनों हाथ जोड़ते हुए उपस्थित अतिथियों को नमस्ते कहकर अपनी ओजस्वी वाणी में संबोधन किया।

"मेरा नाम शरीफ़ है। मेरी प्रारंभिक शिक्षा यहीं गौतम नगर के सरकारी स्कूल

में हुई है। यहीं इसी नगर में मुझे सौभाग्य से किशन और गुरमीत जैसे भाई मिले जो आज भी मेरे हम कदम हैं। इंजीनियरिंग की बी.टेक पढ़ाई पूरी करके मैंने विदेश में कई वर्ष नौकरी की। जब दुबई पहुँचा तो वहाँ मुझे गुरुकुल मिला। कुछ समय में ही मैं समझ गया कि यही मेरी मंजिल है, जो मेरा सपना था वही यहाँ साकार है। मैंने पूरे मनोयोग से जो मुझमें अधूरा था, उसे गुरुकुल में पूर्ण किया और जब संपूर्ण हो गया तो आज आपके सामने हूँ।"

उपस्थिति श्रोता मंत्रमुग्ध होकर उसका भाषण सुन रहे थे। अब बारी थी प्रश्न पूछने की, एक सज्जन ने खड़े होकर सवाल किया, "आप मुसलमान है, फिर आपके मस्तक पर चन्दन क्यों?"

उन्हें उनके सवाल का जवाब मिला,

"मैं मनुष्य हूँ। एक पूर्ण मानव। जातियां, धर्म आदि एक मान्यता है। जन्म के समय सिर्फ़ मनुष्य जन्म लेता है, कोई हिन्दू, सिख या मुसलमान नहीं। और रही बात चन्दन की तो, यह मेरे मस्तक को शीतलता देता है। इसलिए धारण करता हूँ। आप भी लगाया कीजिये। माथा ठंडा रहेगा।" जवाब सुनकर जन समुदाय की हँसी गूंज उठी।

एक अन्य ने पूछा, "गुरुकुल के अस्पताल और विद्यालय के खर्च की व्यवस्था आप कैसे करेंगे?"

मुस्कुराते हुए जवाब मिला, "आत्मनिर्भरता हमारा संकल्प है और इस हेतु गुरुकुल में गौशाला है, सब्जियां और फल उगाये जाते हैं। दूध, फल और सब्जियां बाजार में बेची जाएंगी और उससे जो आमदनी होगी उससे खर्चे पूरे किए जाएंगे। और फिर भी यदि खर्चों में कुछ कमी रह जाएगी तो आप जैसे सज्जन जो दान देंगे उससे पूर्ति हो जाएगी।"

प्रश्न और उत्तर का सिलसिला कुछ समय चला तत्पश्चात प्रसाद वितरण के साथ समारोह संपन्न हुआ।

दूसरे दिन करीब-करीब सभी अख़बारों की सुर्खियों में गुरुकुल था। शरीफ़ का महिमा मंडित परिचय छपा था।

एक महीना पहले, लक्ष्मी और कपिल के साथ चाची भी शहर आ गई थीं। पिताजी ने दोनों बच्चों को वहीं स्कूल में दाखिल करवा दिया था। शहर में सारी

व्यवस्था करके, चाची को घर की जिम्मेदारी सौंपकर पिताजी भी माताजी को साथ लेकर गुरुकुल में आकर रहने लगे थे।

गुरुकुल में विद्यालय की दिनचर्या सुबह छ: बजे से आरंभ होकर शाम छ: बजे तक चलती थी।विद्यालय में सुबह की प्रार्थना में सभी उपस्थित रहते थे। नित्य प्रार्थना के पश्चात शरीफ या पिताजी ज्ञान वाणी कहते थे।

मुझे फार्म हाउस में रहना पसंद था। अतः गुरुकुल के कार्यों से निवृत्त होकर वहीं चला जाता हूँ। मेरी देखभाल के लिए सेवकराम और राधा तो थे ही।

सुबह जो गुरमीत ने खबर दी थी उसके मुताबिक आज नफीसा आने वाली थी। चौबीस साल बीत चुके हैं उससे बिछुड़े। यह मेरा दुर्भाग्य ही कहिए कि इतने सालों में मुझे उसकी कभी कोई खबर भी नहीं मिल पाई। उससे मिलने की कल्पना भर से ही मेरा मन आनंदित हो चला था। गुरमीत के जाते ही, झटपट तैयार होकर उत्सुकता से लॉन में बैठकर नफीसा का इंतजार करने लगा। सेवकराम फूलों की क्यारियां संवार रहा था। इंतजार करते कुछ समय बीता और अचानक एक चमचमाती कार गेट के सामने आकर रुकी। कार का दरवाजा खुला। नफीसा ने जैसे ही अपना पैर जमीन पर उतरने के लिए रखा मैंने उठकर लगभग दौड़ते हुए जाकर गेट खोला और उसे आलिंगन में लेते हुए कहा, "कहाँ गुम हो गई थी तुम।"

उसका जवाब था, "कहीं गुम नहीं हुई जनाब, हर पल तुम्हारे साथ ही तो थी और अब तो आपके सामने हूँ।" नफीसा से बात करते हुए अचानक मेरी नजर उसके पीछे खड़े नौजवान पर पड़ी। गौर से देखने पर चेहरा पहचाना-सा लगा।मैंने उत्सुकता से पूछा, "ये कौन हैं?"

नफीसा ने खिलखिलाते हुए कहा, "पहचानिए।" मैंने दोबारा ध्यान से देखा। उसकी सूरत मुझसे काफी मिलती-जुलती नजर आई। मैंने असमंजस भरी नजरों से नफीसा की ओर देखा।अब परेशान मत होइए हुजूर, "चलिए मैं परिचय करवा देती हूं। ये हैं, डॉक्टर कृष्ण कुमार शुक्ला, पिता का नाम किशन कुमार शुक्ला।" परिचय सुन मेरी ख़ुशी का ठिकाना नहीं रहा। मैंने लपककर अपने बेटे को बाँहों में भर लिया। मेरे बेटे ने मेरे पैर छुए। मैंने उसका माथा चूमते हुए उसे आशीर्वाद दिया। मुझे गेट खोलते देख सेवकराम भी दौड़ता चला आया था। वहीं खड़ा हम तीनों को हैरानी से देख रहा था। नफीसा ने मेरी नजरों में देखते हुए कहा, "अब घर में भी चलियेगा या

यहीं खड़े रहकर बेटे को दुलारते रहेंगे।" मैं दोनों को उनके गले पर हाथ डाले घर में लेकर आया। पीछे-पीछे सेवकराम सामान लेकर आ गया। जब वह सामान रखकर जाने लगा तब नफीसा ने उसे संबोधित कर कहा, "भैया! राधा को कहिए पराठे बना दे बहुत तेज भूख लगी है। उसकी कही बात गुरमीत ने सुन ली। वह हाल ही में वहां पहुंचा था। तपाक से बोला, "मेरे लिए भी दो पराठे बनवा देना।"

उसे देख मैंने आश्चर्य से पूछा, "तुम कब आ गए?"

उसका जवाब था, "बस अभी। जब पराठे की बात चल रही थी।"

कृष्णा ने सोफे से उठकर गुरमीत को प्रणाम किया। उसने भी उसे दुलारते हुए पूछा, "कैसे हो कृष्णा?"

"जी एकदम अच्छा हूँ चाचा।"

मैंने गुरमीत को घूरते हुए पूछा, "तुम जानते हो एक-दूसरे को?"

जवाब कृष्णा ने दिया, "जी पापा। चाचा जब भी कनाडा गोविन्द भैया से मिलने जाते थे तब वापसी में हमारे साथ एक-दो दिन जरुर बिताते थे।"

मैं बुद्धू बना तीनों की शक्ल देखता रहा।

हमने नाश्ता ख़त्म करके चाय पीना शुरू ही किया था कि गुरमीत चहकते हुए बोला, "अगर बिछुड़े हुए प्रेमियों का मिलन समारोह ख़त्म हो गया हो तो चाय पीकर गुरुकुल चलें? वहाँ भी कुछ बुजुर्ग अपने बिछुड़े बच्चों से मिलकर खुश होंगे।" इस बात पर कृष्णा और नफीसा जोरों से हँस दिए और मैं खिसियाए चेहरे से उनको देखता रहा।

गुरुकुल के मुख्य द्वार पर पहुँच उसे एकटक निहारते हुए नफीसा ने अवाक् होकर कहा, "भव्य, बेमिसाल! मैंने कल्पना भी नहीं की थी कि गुरमीत भैया इतना सुघड़ और सुंदर वास्तु शिल्प गढ़ देंगे, वाकई गज़ब।"

मैंने उसे कार पार्क करते हुए कहा, "हॉस्पिटल, स्कूल और अन्य भवन भी बेमिसाल बनाये हैं गुरमीत ने, तुम्हें बहुत पसंद आएंगे।"

हम चारों हॉस्पिटल को पार करके स्कूल के पीछे बने व्यवस्था मंडल के लिए बने हुए घरों की ओर चल दिए। जब पिताजी के निवास के नज़दीक पहुँचने वाले ही थे तभी गुरमीत ने सुझाया, "सिर्फ मैं और कृष्णा चाचाजी के सामने जायेंगे। तुम

दोनों बाहर ही खड़े रहना और जब मैं पुकारूं तभी अंदर आना।"

मैं और नफीसा उसके कहे अनुसार घर के द्वार के बाहर ही रुक गए। घर में पिताजी शायद कोई पुस्तक पढ़ रहे थे। गुरमीत ने जाकर उन्हें प्रणाम किया। उन्होंने उसे आशर्वाद देते हुए बैठने को कहा। अब गुरमीत ने एक कुर्सी पर बैठते हुए कृष्णा को इशारे से पिताजी के पैर छूने का कहा। उसने झुककर उनके पैर छुए तो उन्होंने 'आयुष्मान भव' कहकर आशीर्वाद दिया और गुरमीत की ओर देखकर पूछा, "ये किसका बालक है बेटा?"

उसने जवाब में कहा, "गौर से देखिये चाचा जी, शायद आप पहचान पायें।" कृष्णा पिताजी के पास खड़ा मुस्कुरा रहा था। पिताजी खड़े होकर कृष्णा को गौर से देख पहचानने की कोशिश करते हुए बोले, "दिख तो किशन जैसा रहा है, कद काठी भी उसी के जैसी है। जब वह आय.ए.एस. की ट्रेनिंग करके आया था तब इसी की उम्र का रहा होगा वैसा ही दिखाई दे रहा है, फर्क है तो सिर्फ रंग का, किशन सांवला था और ये तो एकदम गोरा चिट्टा है। अब पहेलियाँ मत बुझाओ और बताओ ये कौन है?"

पिताजी जब कृष्णा को पहचानने का प्रयत्न कर रहे थे, उसी समय माताजी अंदर किचन से निकलते हुए बोली, "गुरमीत की आवाज सुनाई दे रही है, नाश्ता बनाया है उसके लिए।" उनके आते ही गुरमीत ने उन्हें प्रणाम करते हुए कृष्णा से कहा, दादी के पैर छुओं बेटा।

कृष्णा को आशीर्वाद देते हुए पूछा, "कौन है?"

गुरमीत ने कहा, "आपका पोता है कृष्णा। पूरा नाम डॉक्टर कृष्ण कुमार शुक्ला। पिताजी का नाम किशन कुमार शुक्ला और दादाजी का नाम पंडित श्यामाप्रसाद शुक्ला। आज ही विदेश से आया है।" अपने शक का खुलासा होते ही पिताजी ने कृष्णा को दुलारते हुए बाँहों में भींच लिया। माताजी ने उसकी बलैया ली और माथा चूमा। पिताजी की ख़ुशी छुपाये नहीं छुप रही थी। उन्होंने गुरमीत से पूछा "इसकी माँ कहाँ है?"

गुरमीत ने अपने मजाकिया लहजे में जवाब दिया, "अभी पेश करता हूँ जहाँपनाह।" फिर तीन बार ताली ठोकते हुए ऊँची आवाज में कहा, "कृष्ण कुमार की माँ हाजिर हो।" सिर पर साड़ी का पल्लू रखते हुए नफीसा ने आकर पिताजी

और माताजी को प्रणाम किया। दोनों ने उसे खुश होकर, अखंड सौभाग्यवती होने का आशीर्वाद दिया। माताजी ने नफीसा की बलैया भी लीं और पूछा, "किशन नहीं आया तुम्हारे साथ?" इस बार गुरमीत ने तीन बार ताली ठोकते हुए पुकारा, "मुजरिम किशन कुमार दरबार में हाजिर हो।" मेरे सिर झुकाकर कमरे में आते ही सभी के ठहाके गूंज उठे।

हमारे जोर-जोर से हँसने की आवाज सुनकर पास वाले घर से मुंशी चाचा और चाची भी वहीं आ गए। नफीसा को देखकर चाची की आँखों से ख़ुशी के आँसू छलक पड़े। दोनों एक-दूसरे से लिपटकर गले मिलीं। चाचा भी बहुत खुश थे। नफीसा ने कृष्णा को उसके नाना-नानी से मिलवाया। नातिन से मिलकर नाना-नानी की ख़ुशी आँसुओं से साथ बहने लगी।

कुछ ही दिनों में कृष्णा और नफीसा ने गुरुकुल के अस्पताल का कामकाज सुचारू रूप से संभाल लिया था।

वैसे रहते तो मैं, नफीसा और कृष्णा फार्म हाउस में ही थे। परन्तु रोज नियमित रूप से सुबह दस बजे तैयार होकर गुरुकुल पहुँचकर अपने-अपने काम में व्यस्त हो जाते थे।

कृष्णा जब पहली बार शरीफ़ से मिला तो एकटक उसे निहारता ही रहा।रोज गुरुकुल आकर सबसे पहले वह उससे मिलने जाता था। कृष्णा अपने मामा के व्यक्तित्व से बहुत प्रभावित हो चुका था।उसे जब भी समय मिलता, पहुंच जाता था उससे मिलने।

कुछ ही महीनों में गुरुकुल को पूरे क्षेत्र में प्रसिद्धि मिल गई। अन्य शहरों से भी रोजाना कई संस्था के प्रतिनिधि गुरुकुल में समाज कल्याण के लिए मार्ग दर्शन हेतु आने लगे। सप्ताह में प्रति सोमवार किसानों के लिए कार्यशाला आयोजित की जाने लगी। कृषकों को पशुपालन और उन्नत अनाज की खेती के गुर सिखाये जाने लगे। कृषक समुदाय समृद्ध हो चला। और इस तरह पिताजी को संत श्याम जी पराशर द्वारा दिखाए गए स्वप्न को गुरुकुल के माध्यम से शरीफ़ ने सच कर दिखाया। पिताजी आश्वस्त हो चले कि श्रेष्ठ मानव का निर्माण होने लगा है। आत्मनिर्भर और संपन्न समाज का प्रागट्य दिखाई देने लगा है।

।। इति ।।

www.ingramcontent.com/pod-product-compliance
Lightning Source LLC
Chambersburg PA
CBHW031318160726
47993CB00001B/458